무탈한 하루에 안도하게 됐어

무탈한 하루에 안도하게 됐어.

라비니야 장편소설

저마다의 일상을 나아가는
세 여자의 오롯한 삶의 방식

애플북스

1

○ ○ ○

　지하철 안은 퇴근 시간 때와 달리 한산했다. 은실은 빈 좌석에 앉아 조용히 눈을 감았다. 시야가 어둠으로 메워지자 왼쪽 가슴의 통증이 선명하게 느껴졌다. 가슴 안쪽이 저릿해지는 기분 나쁜 통증이 잦아진 뒤로 덜컥 겁이 났다. 은밀히 크기를 키워가는 이 통증의 원인이 심각한 병일지도 모른다는 생각이 들면 불현듯 억울해졌다. 이성을 앞지르는 불안에 마음을 내맡기며 은실은 암담한 기분이 들었다. 조금씩 크기가 비대해지는 불안을 누군가와 나누고 싶다. 그런 간절한 마음이 일더라도 떠오르는 사람은 없었다. 그 때 불현듯 떠오른 건 헤어진 애인이었다. 결혼하게 된다면 그 남자와

하게 될 줄 알았다. 구체적으로 어디에서 식을 올릴지, 언제 부모님을 찾아뵐지 논의한 적이 없는데도 넘겨짚어 믿어버렸다.

"네가 너무 순진했던 탓이야."

확신을 주지 않는 남자 곁에서 보낸 4년을 친구들은 '잃어버린 시간'이라고 명징하게 표현했다. 오랜만에 만난 동창들과 근황을 나눌 적마다 나오는 그 말은, 대화의 종착역을 상징하는 문장이었다. "너도 이제 그 남자는 잊고 새출발해야지. 결혼이 부담되면 연애라도 해. 오히려 연애만 즐기는 게 나을 수도 있어. 결혼 후에는 내 생활은 없어지고 가족이 1순위가 되거든." 은실은 돌림노래처럼 이어지는 그 말을 통해 만남이 종료될 시간에 다다랐다는 것을 짐작했다.

저녁 7시 무렵 만남이 파하는 분위기가 이어지면 "남편 올 시간 됐다."라거나 "딸아이 학원 끝날 시간이 됐는데 슬슬 갈까?"라는 말이 술잔 대신 오갔다. 기혼자 친구들은 은실과 영지를 보며 "저녁 시간을 자유롭게 활용할 수 있을 때가 좋은 거야. 우린 가서 애들 밥 챙겨줘야 해."라는 푸념을 늘어놓았다. 불평한 것과 달리 그녀들은 비슷한 시간대가 되면 집으로 돌아갔다. 마치 연어가 강을 거슬러 오르는 본능에 따르듯 가족들이 있는 집으로 향하는 일이 마땅히 지켜져야 할 지고한 순리처럼 그들의 생활 양상에서 이어지도록 장치된 것만 같았다. 친구들의 표현대로 지금 이 상태가 만끽할 만한 자유의 상태라고 볼 수 있는가에 은실은 의문이 일었다.

실상 자신이 놓인 현실은 적절한 인연과 시기를 놓친 뒤 방치된 상태일 뿐이었다.

생각에 잠겨 있던 은실은 찌르는 듯한 통증에 인상을 찌푸렸다. 생리 기간이 아닌데도 성가시게 부푼 가슴은 벽이나 문에 쓸릴 때면 불에 덴 듯 아팠다. "같이 산부인과에 가줄 애인이나 남편이 있다면 어땠을까?" 은실은 병원 접수실에 앉아 중얼거렸다. 건너편에 한 여자가 부른 배를 안고 있었다. 곁에는 다정히 머리를 쓸어주는 남자도 함께였다. 은실은 젊은 부부가 대화 나누는 모습을 멍하니 바라봤다. 하필이면 그 순간, 애인의 마지막 말이 떠오른 건 속 시끄러운 내면에 신경질적인 짜증과 자괴감을 불러일으키기에 마땅했다.

은실을 아프게 했던 과거의 말들은 이따금 내면이 약해진 틈에 침투했다. "이 관계의 시작은 내 의지였지만, 끝을 이런 식으로 맺은 건 네 선택이라는 것만 기억해. 너만 잘했으면 아무 문제없었어." 왜 몇 년 전 그 말이 벼린 칼날이 되어 가슴을 저미는 건지 모르겠다. 은실은 손으로 왼쪽 가슴을 눌렀다. 할 수만 있다면 이 통증을, 애인이 내뱉었던 말의 씨앗이 감춰진 가슴을 도려내고 싶었다.

진료실로 들어가자 초로의 의사가 모니터 화면을 응시하며 물었다.

"통증은 언제부터 느끼셨나요?"

"한 달 정도 되어가요."

"생리 시기는 아니시고요?"

의사는 콧등에 반쯤 걸쳐진 안경을 추어올리며 질문했다. "그건 아니에요."라고 답하자 "그럼 유방 초음파를 해보시겠어요?"라고 되물었다.

그 뒤에 은실은 초음파 장비로 가슴 상태를 확인했다. 어두운 화면에 희끄무레한 형체가 보였다. 의사는 화면에 보이는 것들을 유심히 보고, 저장했다. 그가 무얼 보고 고개를 끄덕이는 건지, 흐음 하고 짧게 내뱉는 신음은 어떤 뜻인지 알 수 없어 수 분간 은실은 초조했다. 검사 후 의사는 어차피 보더라도 도통 무엇인지 분별할 수 없는 사진을 가리키며 말했다.

"섬유선종 정도는 보이지만 크게 문제 될 만한 것들은 발견되지 않았어요."

"그럼 이 통증은 왜 생긴 걸까요?"

"일시적인 증상일 수 있으니 조금 더 지켜보죠. 통증이 있느냐 없느냐 하는 문제로 유방암 여부를 판별할 순 없어요. 다만, 지금 보이는 정도의 혹은 일시적으로 생겼다 사라지는 것들이라 악성으로 발전될 가능성은 거의 없습니다."

의사는 3개월 뒤에 한 번 더 검진을 받으러 오라고 했다. "그래도 주의해서 살펴보는 게 좋겠네요. 35세 이후로는 유방암이나 자궁근종 등의 발생 위험이 두 배가량 높아질 수 있어서 꾸준한 검사가 요구됩니다."라는 말을 덧붙였다.

은실은 무거운 걸음으로 진료실을 나왔다. 암이 아니라는 진단에 대한 안도감보다는 원인을 알 수 없는 통증에 대한 막연한 두려움이 더 컸다.

'그럼 이 통증을 이유도 모른 채 안고 살아야 하는 건가.'

답답한 감정을 터놓을 대상조차 없다는 것을 절감하자 조금 울고 싶은 기분이었다.

"저기요."

소리가 나는 쪽으로 고개를 돌리자 접수실에서 봤던 여자가 다가섰다. 동생인 은주보다 한두 살 어리거나 또래로 보일 만큼 앳된 인상이었다.

"아까 진료실에 들어가면서 떨어뜨리신 것 같아요."

여자는 작은 펜던트를 건네주었다. 깜짝 놀란 은실은 목덜미를 손으로 매만졌다.

"주변에서 체인은 발견하지 못했는데 어쩌죠?"

마치 자신이 끊어진 목걸이에 대한 책임을 지는 게 마땅한 것처럼 여자가 안타까운 표정으로 되물었다. 은실은 괜찮다고 답하며 펜던트를 건네받았다.

"끊어진 줄도 몰랐네요. 감사합니다."

"목걸이가 예쁘더라고요. 선물 받으셨어요?"

여자의 질문에 은실은 "네, 남자 친구가요."라고 답했다. 불쑥 그 말을 내뱉고선 귓불이 달아올랐다. 애인에게 선물 받은 건 사실이지만, 더 이상 그가 곁에 없다는 것은 조용히 함구하며 은밀한 수치가 밀려왔다. 루비가 박힌 펜던트를 쥔 손에 지그시 힘이 들어갔다.

"탄생석이죠? 붉은색이면 7월 아닌가요? 제 아이도 7월 출산 예정이라 탄생석이 루비예요."

여자는 자신의 배를 부드럽게 쓸며 말했다.

"아이가 엄마를 닮아 예쁠 것 같아요."

"저보다는 남편을 닮으면 좋겠어요. 절 닮으면 몸도 약하고 잔병치레도 많을 수 있어서……."

여자는 고개를 돌려 소파에 앉아 있는 남편을 바라봤다. 한없이 부드러운 시선에는 탄성이 깃들어 있었다. 쉬이 꺾이거나 부러지지 않는 완만한 부드러움, 버드나무 가지 같은 나긋함이 여자의 미소에서 오롯이 드러났다. 은실은 여자의 눈빛에서 뿜어져 나오는 생동감을 관찰하며 동떨어진 소외감을 느꼈다. 그 감정은 시샘보다 무력한 소외에 가까웠다. 자신에게 허락된 적 없는 상황에 대한 분분한 마음. 펜던트를 쥔 손에서 땀이 조금 배어나왔다. "김은주 님."이라는 말이 들려오자 남자는 여자의 어깨를 감싸 안고 진료실로 향했다. 남편의 부축을 받은 여자의 모습이 시야에서 사라질 때까지 은실은 그 자리에 가만히 서 있었다.

'은주. 은주라니…….'

은실은 동생과 같은 이름을 가진 여자를, 그리고 자신과 같은 탄생석을 갖게 될 아이를 생각했다. 7월, 무더운 뙤약볕 아래 울음을 터뜨리며 생의 알을 처음 깨고 나오게 될 아이를.

통화 연결음이 끊어지자 은실은 맥없는 숨을 토하며 메시지를 써 내려갔다.

└ 잘 지내? 엄마한테 연락도 좀 하고.

고심하던 끝에 썼던 메시지를 지우고 새로운 문장을 써 내려갔다.

└ 병원에서 너랑 이름이 같은 여자를 만났어. 이름이 김은주였어. 그냥, 그래서 네 생각이 났어. 잘 지내나 궁금하기도 하고.

메시지를 전송한 뒤에도 한참 동안 읽음 표시가 생기지 않았다.

└ 건강 챙기면서 공부해. 필요한 거 있으면 연락하고.

은실은 마지막 문장을 보낸 뒤 휴대폰을 가방 안쪽에 밀어 넣었다. 가끔 인숙을 통해 소식을 듣는 게 전부일 뿐, 둘은 따로 연락하지 않는 사이였다. 언제까지 임용 준비만 할 거냐고 타박하며 부담을 준 자신을 미워하겠지. 동생을 떠올리면 은실은 가슴이 답답했다.

초등학교에 다닐 적에 은주는 〈개그콘서트〉를 가장 좋아하는 TV 프로그램으로 꼽았지만, 동시에 그 프로의 엔딩곡이 흘러나오면, 일요일이 끝나는 게 실감돼서 싫다고 말하던 아이였다. 월요일 아침 1교시가 수학이라며 투덜거리던 동생이 수학 교사가 되기 위해 교직을 이수할 줄은 상상도 못 했다. 시험을 준비하면서부터 은주는 말수가 줄고 웃음도 사라졌다. 볼우물이 움푹 들어갈 만큼 환하게 웃는 얼굴을 본 게 언제인지 기억이 흐릿할 정도다. "1등만 알아주는 더러운 세상."이라는 유행어를 따라 하며 은실의 허술한 웃음 포인트를 명중시키던 은주는 곧잘 따라 하던 그 문장을 지금도 기억하고 있을까.

은실의 기억 속에 있는 동생은 언제나 구부정하게 등을 굽히고 책상 앞에 앉아 있었다. 계절이 흘러가는 줄도 모르고, 자신만의 철망에 갇혀 기도하듯 조용히 문제지를 넘기고 있었다. 은실은 가슴께를 두 손으로 눌렀다. 저릿한 통증이 이어지는 가슴을 지혈하듯 누른 그 밤에도 은주의 답문은 없었다.

○ ○ ○

퇴근을 서두르는 사람들이 건물에서 쏟아져 나왔다. 빠른 템포의 걸음이 오선지 위의 음표처럼 분주히 연주되는 광경 사이로 은실은 천천히 걸어갔다. 이내 멈춰선 건 주얼리 숍 앞이었다. 끊어진 목걸이의 체인을 구매할까 고심하였지만 체념한 듯 돌아섰다.

"굳이 그런 거짓말을 왜 했던 걸까……."

산부인과에 홀로 방문한 처지를 의식한 탓도 있었지만 '내게도 다정한 누군가가 있어.'라는 분위기를 내비치고 싶은 자존심도 한몫했던 것 같다.

복잡한 감정에 젖어 있던 은실은 역을 지나쳐 걸어갔다. 지하철로 서너 정거장 정도의 거리를 도보로 이동하던 끝에 영지에게 전화를 걸었다. 외국계 기업에서 일하는 영지는 종종 만나서 밥을 먹을 만큼 가까운 사이였지만 몇 달 전부터 얼굴 보기가 어려웠다. 간혹 자정이 가까운 시각에 불쑥 연락하여 "시간 되면 볼래?"라고 물을 때의 영지의 음성은 가라앉아 있었다. 사연 있는 목소리에 이끌려 나가면 중요한 선약을 준비하고 있던 것처럼 몸매가 드러나는 원피스에 짙은 화장을 하고 있었다.

"고객님이 전화를 받을 수 없습니다."

익숙한 안내음이 이어졌다. 연락이 없는 것을 보면 영지의 선약이 취소되지 않은 것이리라. 은실은 매우 느린 걸음으로 집 쪽으로 걸어갔다.

○ ○ ○

은주는 휴대폰을 무음으로 바꾼 뒤 도서관에 들어갔다. 어렸을 땐 갈등이 있더라도 은실 쪽에서 손을 내밀며 화해를 청해주었다.

언니라는 이유로 자존심을 세우거나 군기를 잡으려 하지 않는 점이 퍽 고맙고 좋았다. 그 너른 마음과 포용을 언니의 당연한 몫이라 여겼지만 부러 오는 연락을 피하는 것에 대해선 미안함이 컸다. 은주는 지금도 은실을 떠올리면 제 손을 붙든 채 발맞춰 걷던 장면이 어른거릴 만큼 애틋한 그리움을 갖고 있었다. 당시 초등학생이던 은실은 동생의 유치원 등원을 도맡았고, 일을 나간 엄마의 빈자리를 대신해 살뜰히 돌봐주었다. 그 시절에 대해 인숙은 입버릇처럼 말했다.

"네 언니가 널 많이 예뻐했던 거 알지. 네 언니가 널 살뜰히 챙겨주었잖니."

각별했던 자매 사이가 어색해진 건 두 번 연속 임용고시에서 떨어진 시기부터였다. 인숙은 은실과 사이가 틀어진 은주를 애써 다독였다. "네 언니는 널 생각해서 그런 거야." 그러나 은주는 그 말이 와닿지 않았다. 언제까지 공부만 할 거냐고 묻는 은실에게 보란 듯이 합격하는 모습을 보여주고 싶었다. 믿었던 존재에게 응원을 받지 못했다는 좌절감과 원망은 오기로 이어졌다. 바득바득 우겨서라도 끝내 합격하는 것이 언니 앞에서 자신이 내보일 수 있는 제일 타당한 복수로 여겨졌다.

늦은 밤, 은주는 도서관을 나올 때에야 비로소 은실의 메시지를 확인했다.

ㄴ 병원에서 너랑 이름이 같은 여자를 만났어. 이름이 김은주였어. 그냥,

그래서 네 생각이 났어. 잘 지내나 궁금하기도 하고.

은주의 걸음은 자연히 느려졌다. 그녀가 뒤처진 것을 알아챈 차진이 돌아보며 물었다.

"왜, 무슨 일 있어?"

"아니야, 아무것도."

은주는 차진의 말에 귀 기울이는 대신 홀로 골똘해졌다. '병원은 왜 간 거야. 어디 아픈 곳이 있어?' 묻지 못할 말들을 되뇌며 거리를 둔 스스로의 언행을 좀스럽다고 생각했다. 그러나 그뿐이었다. 선을 긋고 일절 연락하지 않은 건 미안했지만, 한 번 상한 관계는 예사로운 게 아니라서 회복하는 일이 어려웠다. 시간이 흘렀으니 이쯤에서 넘길 만한 일이라 되뇌면서도 누적된 섭섭함은 사라지지 않았다. 언니만큼은 자신을 이해해주어야 마땅한 게 아니냐고 묻고 싶은 원망이 은주의 내면에서는 지금도 일렁였다.

○ ○ ○

"네가 날 이해해줬으면 해."

"나만 널 이해해야 해?"

차진은 원망하는 눈으로 보는 은주에게 침착하게 말했다.

"꼬아서 생각하지 말고 진지하게 들어. 우리 관계를 위해선 네 노력이 필요하다는 뜻이야."

"네가 말하는 노력이라는 게 결국 내가 시험을 그만둬야 한다는 거 아니야? 능력 없는 나랑 관계를 유지하는 게 손해라는 뜻으로밖에 안 들려."

"난 현실을 말하는 거야. 계속 이렇게 살 순 없어."

차진은 "잊었나 본데, 너 내년이면 서른이야."라는 말로 은주를 가격했다. 할 말을 잃은 채 차진을 응시하던 은주는 대화를 이어가는 대신, 문을 박차고 나갔다. 차진은 대화를 중단하고 돌아서는 그녀를 붙잡지 않았다.

빌라 건물을 나오자 소리 없이 비가 내리고 있었다. 은주는 망설임 없이 비 오는 거리로 돌진하듯 걸어갔다. 차가운 빗물이 이마를 타고 흘렀다. 우산을 들고 나오지 않은 것이 후회됐지만 돌아가고 싶진 않았다. 비를 맞으며 걷다 보니 지녔던 온기가 빗물에 씻겨 내려가 몸이 떨렸다. 이런 날 하소연할 친구조차 없는 건 쓸쓸하고도 비감한 일이었다. 당장 뇌리에 떠오르는 건 은실뿐이었다.

머뭇거리던 은주는 홀린 듯 통화 버튼을 눌렀다. 연결음이 짧게 이어지자 이내 전화를 끊었다. 막상 언니가 전화를 받아도 그건 그것대로 문제였다. 장기간 연락을 안 하던 사이에 오갈 수 있는 대화는 없었다. 자신이 남긴 부재중 연락으로 인해 은실이 훈계나 충고를 더 하려 들까 봐 염려되자 충동적으로 전화를 건 일 자체가 후회스러웠다.

얼마 뒤 은주의 휴대폰이 울렸다. 차진의 메시지였다. 그는 이쯤
에서 공부를 중단하고 직장 생활을 하는 것에 대해 진지하게 생각
해보라고 권했다.

└ 난 하루 빨리 안정적인 가정을 꾸리고 싶어. 그러려면 네가 결혼 조건
을 갖춰야 하고.

그건 관계 유지를 위해 요구 조건을 갖추라는 명령과 진배없었
다. 그 조건을 갖추지 못하면 이 관계도 끝나겠지. 은주는 가까운
이들이 제 꿈을 응원하기보다 포기해야 한다고 설득하는 점이 서
러웠다.

며칠 후, 학원 건물을 나올 적에 익숙한 실루엣이 가까이 다가왔
다. 소리가 나는 쪽으로 고개를 돌려보자 차진이 굳은 얼굴로 이쪽
을 보고 있었다. 며칠 만에 보는 그 얼굴이 은주는 낯설게 느껴졌다.

"내가 말한 것에 대해 생각은 해봤어?"

차진은 본론부터 물었다. 소리를 낮췄지만 짜증이 밴 투였다.

"학원 앞까지 찾아와서 이래야 해? 지나가는 학생들이나 학부
모들 눈에 띌 수도 있어."

"애초에 연락 받았으면 이런 일도 없었어."

은주는 지친 표정으로 이마를 눌렀다. 차진과 좁은 원룸에서 생
활하며 공부하던 시절에도 다툰 적은 많았었다. 당시에는 매일 같
은 공간에서 마주치다 보니 격한 감정을 푸는 일이 비교적 쉬웠지

만, 떨어져 생활하고부턴 갈등을 풀어가는 방식이 전과 달라져야 했다. 그러나 차진은 그에 대한 고민이 없는 듯했고, 원하는 답을 받아내려는 의욕만 앞서 있었다.

"그래 봤자 고작 알바잖아. 네가 진짜 선생님도 아니고."

잠시 기가 찬 표정으로 차진을 올려다보던 은주가 입을 열었다.

"지금 그 말은, 넌 학교에서 아이들을 가르치는 교사지만 학원에서 시간강사로 일하는 난 진짜 선생도 아니니까 주변 시선에 신경 쓸 필요가 없다는 뜻이야?"

그사이에 학원에서 누군가 빠져나왔다. 지나쳐 가는 시선이 이쪽으로 향하는 게 느껴졌다. 돌아봤을 때 은주의 시야에 들어온 건 사무실에서 본 얼굴이었다. 추가 강사진을 모집한다는 공고에 면접을 보러 온 여자가 분명했다. 은주는 이런 때 알지도 못하는 여자의 시선을 끈 것이 낭패스러웠지만, 상황을 수습하기에는 늦은 뒤였다.

"유난스럽게 받아들여 해석하지 마. 이제 너도 공부에만 매달릴 게 아니라 미래 계획에 대해 진지하게 생각하라는 뜻이야. 내 말 알아들어?"

은주는 이 광경을 목격한 여자가 면접에 합격해 다시 볼 일이 없기를 바랐다.

'정말 그만해야 하는 걸까.'

은주는 다른 행로로 삶의 방향을 틀어야 할지도 모른다는 두려움, 계속 공부를 해 나가는 게 옳지 않을 수도 있다는 불안에 휩싸이는 일이 많아졌다. 이런 막막한 심정을 언니에게 터놓고 묻고 싶었다. 건너서 엄마에게 들은 은실의 근황은 요전과 비슷했지만, "요즘 몸이 좋지 않은지 목소리가 안 좋더라. 전화라도 해봐."라는 마지막 말이 이물처럼 목에 걸렸다.

○ ○ ○

"잠시만요."

엘리베이터로 들어선 여자가 고개를 숙이며 고맙다고 인사했다.

'설마 그때 면접 본 사람인가.'

은주는 암담한 기분을 느끼며 여자를 곁눈질했다. 젖은 머리 사이로 헤드셋이 눈에 띄었다. 짧은 단발머리에 체형이 드러나지 않는 넉넉한 셔츠와 긴 바지는 대학생 같은 명랑한 느낌을 주었다. 온종일 도서관에 들러붙어 있느라 창백하게 굳은 자신과는 달리 생동감이 감돌았다. 여자는 은주의 손에 들린 기출 문제지를 보고 먼저 말을 걸었다.

"정은주 선생님이시죠? 저랑 동갑이라고 전해 들었어요. 전 새로 들어온 서성은이라고 합니다."

좋지 않은 예감대로 여자는 학원에 새로 들어온 논술 강사였다.

두 사람은 수업 끝나는 시간이 비슷해 마주치는 일이 잦았다. 성은은 종종 수업에 지쳐 있는 은주에게 딸기 맛 사탕을 건네며 "하나 드실래요?"라고 물었다. 사탕을 좋아하지 않지만 호의를 거절하기도 애매해 몇 번 받아먹었다. 성은은, 수업을 끝마치고 돌아온 다른 강사나 학생들에게도 사탕을 건넸다. "사탕 드실래요?"라는 말은 그녀에게 있어 가벼운 안부의 인사말인 듯했다.

며칠 뒤 각자 자리에서 강사들이 수업 준비를 하고 있을 때, 부장 강사가 입을 뗐다.

"은주 쌤, 임용고시 준비한다고 했죠? 애들 기말 과제 출제하면서 시험 준비하기도 좋을 것 같은데, 이번 주말 보강 수업 어때요? 강제는 아니고 괜찮으면 하는 게 어떨까 해서."

대각선 방향에 위치한 책상에서 시험지를 채점하던 다른 강사가 놀라며 "어머, 제 주변 친구들은 시험 준비만으로도 벅차다던데, 선생님은 학원 일을 하면서 공부를 하세요?"라고 물었다. 도 넘는 관심의 말을 듣자니 아무것도 먹지 않은 빈속이 뒤틀리는 기분이었다. 이번 주는 일정이 있어 어렵다고 말하자, 곁에 있던 성은이 은주 대신 나오겠다고 답했다.

"선생님, 시간 괜찮아요? 그럼 은주 선생님 대신 맡아주면 좋고."

은주는 학원 수업을 마치고 나오는 길에 건조한 투로 말했다.

"아까 같은 상황에서 굳이 나서주지 않으셔도 돼요. 다른 선생님들은 가정이 있다는 이유로 주말 근무를 되도록 하지 않으려고

하는 편이라 일부러 저희 같은 시간강사들한테 업무를 가중시키는 면이 있어요."

은주는 성은의 풀 죽은 표정을 보며 아차 싶었다. 나름대로 고르고 골라 뱉은 문장도 누군가에게 상처를 야기하거나 곤란하게 만들 수 있음을 잊는 자신의 경솔함을 뒤늦게 돌아봤다. 있는 그대로 고마움을 표현하는 일에 왜 이토록 서투른 걸까. 고심하던 은주는 얼른 다음 말을 이어 붙였다. 처음과 달리 조금 부드럽게 풀어진 투였다.

"대신 보강 맡아준 건 고맙지만 무리해서 그런 역할을 하지 않아도 된다는 뜻이에요."

이런 무뚝뚝하고 차가운 태도는 가까운 이들에게도 적용됐다. 은실의 연락에 신경 쓸 필요 없다는 말로 대화를 끝낸 적은 또 얼마나 많은지. 자신의 언행에 대한 편치 않은 자책과 불편이 이어졌지만 태도는 좀처럼 고쳐지지 않았다.

'몇 년 전 일인데도 왜 이럴까, 난.'

자신이 바라는 일을 지지하지 않는다는 이유로 언니를 원망해선 안 된다고 되뇌었지만 해소되지 않는 결여와 심술은 여전했다. "넌 너밖에 몰라."라는 은실의 직언대로 자신이 집중한 건 시험이 전부였다. 언니가 오랜 시간 자신을 배려해주었음을 시인하면서도, 이따금 안부를 묻는 연락에 답하지 못한 건 못내 남아 있는 어리광 때문이었다. 자신의 응어리진 불편을 은실 또한 눈치챘으리라. 은주는 부모보다 가까웠던 언니가, 여유롭지 못한 가정 형편을 알파 벳보다 더 빨리 배우도록 만든 엄마가 자신에게 미안한 마음을 가 졌으면 좋겠다고 생각했다. 채워지지 않는 결여에 대해 먼저 어른 이 된 이들이 자책하고 슬퍼하기를 바랐다.

시험에서 두 번 떨어진 뒤 은주는 제힘으로 돈을 벌어 생활을 꾸려 나갔다. 은실과 거리를 두게 된 뒤로 경제적 지원을 받던 일 도 딱 잘라 끊어냈다. 변화의 이유에는 여러 가지가 있었는데, 그중 하나는 임용고시에 합격한 남자 친구 차진이었다. 그는 공부를 계 속할 거냐고 은주에게 물었다. 그건 이쯤에서 시험 준비를 중단하 라는 경고와 같았다. 차진은 부부 교사의 꿈은 일찌감치 접었다며 적당히 결혼 자금을 벌 수 있을 만한 일을 하라고 권유했고, 은주 는 그 말에 강력하게 반박하지 못했다.

"네가 대안을 말해봐. 계속 공부하면 다음 시험에 합격은 할 수 있고?"

은주가 답을 하지 못하는 틈에 차진은 자신의 논리를 늘어놓았다.

"널 결혼 상대로 소개하면 우리 엄마 뒷목 잡으실 게 뻔해. 체면 이라도 세우려면 혼수 정도는 마련할 돈이 있어야 하는데, 네 가정 형편에 그런 걸 지원받을 수도 없잖아."

은주의 표정이 굳든 말든 차진은 피곤하다는 투로 한숨을 내쉬 었다.

"너도 날 좀 이해해주라. 고시 공부 지원해준 부모의 기대를 아들로서 저버릴 순 없어. 나도 만나는 사람 떳떳하게 소개하게 좀 해줄 수 없어? 최소한의 자격을 좀 갖추라고."

"그 말은 애초에 너희 엄마가 이 관계를 반대하면 헤어지겠다는 말밖에 더 돼?"

은주의 물음에 차진은 "이 관계가 진지하게 이어지느냐 마느냐는 네 의지에 달려 있어."라고 재차 답했다. 그 뒤로 은주는 공부하는 시간을 줄여 나갔다. 학원에서 일을 시작한 초창기에는 시험 준비를 위해 장시간 수업을 맡지 않았지만 얼마 후부턴 추가 강의를 맡는 횟수를 늘려갔다. 학원이 끝난 뒤 집에 가면, 은주는 침대에 누워 차진에 대한 불안을 곱씹다가, 이번 달 급여를 헤아려 계산하고, 답변할 때를 놓쳐버린 은실의 문자를 읽다 잠들었다. 까무룩 잠이 들면 현실보다 더 현실 같은 꿈을 꾸었다. 꿈속에서 차진은 부모의 반대를 이유로 이별을 통보했다. 실감 날 정도로 또렷한 장면에 놀라 깨면 은주의 얼굴은 눈물로 번져 있었다.

결과적으로 은주의 생활은 공부에서 멀어져갔다. 간혹 차진이 학교에서의 일화나 방학 계획에 대해 늘어놓는 것을 들으면, 시험에 대한 미련이 슬그머니 일었다. 그때마다 은주는 "이번에는 붙을 수나 있고?"라는 차진의 반문과 언제까지 공부를 계속할 거냐고 묻던 언니의 실망스러운 시선을 되짚으며 마음을 잡았다. 확신도 없으면서 공부를 이어가는 게 자신의 이기적인 고집이라고 결론 내면 시험에 대한 열의도 꺼진 촛불같이 잦아들었다.

며칠 후, 강의실 앞에서 성은을 마주쳤을 때 은주는 물었다.

"지난 주말에 보강 수업은 괜찮았어요?"

"수업이 많지 않아서 괜찮았어요."

"다행이네요."

고개를 끄덕이던 은주는 머뭇거리던 끝에 무거운 입술을 겨우 뗐다.

"주말에 일이 있어서 곤란했는데 대신 보강 수업 해줘서 고마워요. 생각해보니 그땐 제가 표현을 이상하게 한 것 같아서요."

은주는 무뚝뚝하게 받아쳤던 일이 못내 마음에 걸려 사과했다. 서투르더라도 표현하기 위한 노력이 중요하다는 걸 알지만 이런 다가섬은 어렵기만 했다. 특히 이런 노력을 언니에게 들이는 건 상상할 수 없었다.

지난 시절, 은실에게 정서적, 경제적 의존 정도가 심화되었던 일은 관계의 테두리를 상하게 만들었고, 그 책임은 자신에게 있다는 것을 은주는 알고 있었다. 그러나 은실의 걱정과 간섭이 온당히 동생을 위한 조언이 아니었다는 점이 상당 부분 거리감을 느끼게 했다. 시험공부를 중단하는 게 어떠냐는 조언은 그 자체로, 경제적 지원이 벅차다는 것을 에둘러 표현한 말이었다. 시험에 떨어졌다는 공포와 조바심으로 괴로웠던 시기, 밀폐된 마음을 풀어주는 역할을 은주는 못내 언니에게 기대했었다. 그때의 심정을 고백했을 때, 차진은 이렇게 말했다.

"네가 섭섭해하는 마음도 이해되지만 아무리 가족이라도 꾸준히 지원해주는 건 쉽지 않아. 네 언니 정도면 최선을 다 한 거야."

"나도 모르는 거 아니야. 그렇지만 난 언니가 좀 더 솔직하게 말해주길 바랐어. 더는 도와주지 못할 것 같으니까 네 힘으로 알아서 해줬으면 좋겠다고 말했더라면 지금처럼 마음이 상하진 않았을 거야. 그 순간에 언니는 돈이 문제가 아니라 내 미래가 걱정된다는 식으로 설득하려 했어. 그건 본심이 아니잖아."

언니의 연락을 일부러 피하는 은주를 보며 그는, "형제 사이는 시간이 지나면 적당히 넘기고 허무는데, 자매들은 그렇지 않나 봐." 하고 말했다. 언니와의 관계에서 느끼는 거리감이 제 탓이라는 말을 은주는 차마 하지 못했다.

은주가 은실의 연락에 대해 상기할 때에 성은의 대답이 이어졌다.

"그날 제가 보강 수업 맡았던 일에 대해서는 부담 느끼지 않으셔도 괜찮아요. 만약 보강이 없었다면 추가로 다른 주말 알바를 구했을 거예요."

"선생님은 학원 외에도 다른 일을 병행하고 계세요?"

"남는 시간에 호텔 서빙이나 단기 알바를 하고 있어요. 취업 준비를 하다 보니 고정 아르바이트를 두 개나 하는 건 부담돼서요."

성은은 쾌활하게 답하며 목에 걸려 있는 헤드셋을 풀어 가방에 넣었다. 음악에 관해선 아는 바가 없지만 그녀가 듣는 음악이 어떤 종류의 것인지 은주는 문득 궁금했다. 남에게 관심 두지 않는 성미에 별걸 다 궁금해한다고 자조하면서도 성은에 대한 옅은 호기심은 꾸준히 이어졌다. 호기심의 이유를 더듬어본다면 몇 해 전 은실과의 통화가 계기가 된 것 같다. 대화가 길어졌던 밤, 은실은 또래 친구들의 삶도 둘러볼 필요가 있다고 말하며, 안정감 있는 생활을 갖추기 위한 준비를 일찌감치 하라고 조언했다. 당시에는 제 삶을 헤피 대하고 있다는 뉘앙스로 몰고 간다는 생각에 삐딱한 반발심이 일었지만, 경제활동을 하게 된 이후 그때 그 말을 떠올리는 일이 많아졌다. 은주는 언니의 말을 의식하며 비슷한 나이대의 다른 존재들의 삶을 의식하여 보았다. 오랜만에 만난 친구들은 직장도 안 다니는 애가 어째서 얼굴에 그림자가 있느냐고 물었다. 제 속도 모르고 무감각하게 던지는 농담에 은주는 웃지 못했다.

학원 일을 끝내고 집에 돌아오면 어김없이 밤이었고, 정신을 차리면 아침이 왔다. 한데 같이 일하게 된 성은은 달랐다. 입사한 지 얼마 안 된 신입 시기부터 퇴사를 입에 달고 살아가는 친구들이나 좀비처럼 무감각하게 일정에 따라 움직이는 자신과는 다른 생기를 지닌 건 어떤 이유 때문인지 궁금했다. 성은에게는 진득하게 눌어붙은 유증기 같은 권태와 피로가 없는 점이 생경했다. 성은에게서 풍기는 무해한 생기는 헤드셋에서 흘러나오는 선율에서 비롯된 걸까. 무언가를 듣고 몰입하는 일이 마음을 온화한 흐름으로 이끌어주는 건지도 모른다. 나에게도 그런 복잡한 날 실천할 수 있는 혼자만의 의식 같은 게 있던가, 하고 생각하면 뇌리에 떠오르는 게 없었다. 공부가 힘들고 버거운 날, 도피처로 삼은 건 차진이 유일했다. 그러나 연인을 통한 도피는 완전한 평화를 보장해주지 않았다. "엄마가 자꾸 선보래. 거절하기도 뭐하다니까."라고 말하던 차진의 얼굴이 떠오르자 은주는 마음이 무거워졌다.

학원 수업을 끝마치고 성은과 나왔을 때, 차진이 다가왔다. 은주는 굳은 표정으로 물었다.

"연락도 없이 어떻게 왔어?"

"학교가 일찍 끝나서. 학원 앞에서 기다리고 있다고 메시지 보냈는데 못 봤어?"

둘 사이의 묘한 긴장과 은주의 날선 반응을 의식한 성은은 "먼저 가볼게요."라고 말하며 자리를 떠났다. 그 뒤에 두 사람은 자주 가는 덴동집에서 늘 먹던 메뉴를 골랐다. 은주는 야채 덴동을 시켰고, 차진은 기본 덴동에 장어를 추가하며 월급이 들어온 날이라고 리듬감 있게 말했다. 차진은 소복하게 쌓은 밥 위에 기름기가 감도는 튀김을 얹어 먹었다.

"데리러 와준 건 고맙지만 학원 근처엔 오지 않으면 좋겠어."

"유난 떨지 마. 누가 너한테 신경 쓴다고."

은주의 말에 차진은 콧방귀를 뀌며 귀 기울여 듣지 않았다.

"유난이 아니라 다른 동료 강사들이 보고선 뭐라고 묻거나 말

만드는 게 싫어."

"알겠으니까 밥이나 먹자."

둘은 말없이 밥을 먹었다. 3년을 만났으니 애틋한 말이나 간지러운 고백이 오가기를 바라는 건 아니지만, 둘 사이에는 점차 침묵을 메울 정도의 대화만 오가는 일이 잦았다.

은주는 열의가 깃든 차진의 수저질을 보며 젓가락을 내려놓았다. 추가 주문한 장어가 테이블에 놓이자 차진의 먹는 속도는 더욱 빨라졌다. 그는 은주가 젓가락을 놓은 것에 개의치 않고 그릇에 있던 새우튀김을 가져가며 "내가 먹을게."라고 말했다. 추가 주문한 음식까지 비운 뒤에 차진은 뒤늦게 할 말이 떠오른 듯, 다음 주는 일정이 바빠서 만나기 어렵다고 이야기했다.

"학교에서 따로 잡힌 행사 있어?"

"가족 모임. 엄마도 한번 내려오라고 연락 왔어."

은주는 제 앞에 놓인 식은 밥을 보며 생각했다. '이렇게 애매하게 남은 채 식어버린 한 덩이 밥과 내 모습은 별로 다를 게 없지 않나.' 결혼 준비가 되어 있지 않은 현 상태와 결과를 보장할 수 없는 시험 준비를 그만두라는 차진의 경고, 언제까지 공부만 할 거냐고 묻던 언니의 어두운 눈동자 같은 기억이 떠오르자 숨이 막혔다. 그간 들었던 말들이 뒤엎인 바구니에서 쏟아진 과일처럼 떨어져 가슴 여기저기에 멍을 남겼다.

학교에서 일하게 된 뒤로 차진은 새로 온 젊은 교생 선생님들의 용모에 대해, 주변 동료 교사들과 가까워진 일화에 관해 이야기하는 일이 많았다. 다른 여자를 소개받아보라는 엄마의 권유에 관해서도 얼굴색 한번 변하지 않고 늘어놓곤 했다.

"요즘 엄마가 선보라고 잔소리해서 난감할 지경이야. 싫다고 해도 주변에서 결혼 소식이 들려서 그런지 엄청 뭐라고 해서."

"그래서 소개받겠다는 거야?"

굳은 안색을 눈치챈 차진은 오랜만에 부모님을 뵈러 다녀오려는 것뿐이라고 해명했다. 곤궁한 변명을 늘어놓던 그는 화장실에 다녀오겠다고 말한 뒤 자리를 피했다. 차진이 자리를 비우고 나서 얼마 뒤 테이블 위에 놓인 휴대폰이 울렸다. 기분 나쁜 쪽에 마음이 이끌린 은주는 차진의 휴대폰을 보았다. 휴대폰의 알림 내역을 본 순간, 표정이 굳어졌다.

"이만 가볼까?"

돌아온 차진은 자리에서 일어나며 자연스럽게 물었다.

"너, 나한테 할 말 더 있지 않아?"

"그게 무슨 말이야?"

은주는 높낮이 없는 음성으로 "네 휴대폰 봤어."라고 대답했다. 그 말에 차진은 분개하다가 어쩔 수 없었다는 말을 반복적으로 뇌까렸다.

"너 또 오해할 거 아는데, 그건 진짜 어쩔 수 없는 상황이었어. 엄마가 강요하는데 계속 거절하는 것도 애매해서 알겠다고 답한 것뿐이라고."

　근래 들어 자주 있던 차진의 가족 모임이 실제로 있었던 게 맞는지, 또는 모임을 빙자한 맞선 자리였는지 모르지만 지금으로선 그의 말을 신뢰하기 어려웠다. 차진은 전보다 회식이 잦았고, 만날 시간이 부족하다는 이유로 데이트 약속을 자주 취소했다. 일을 시작하고부터는 달라졌다며 섭섭함을 내비치면, 그는 일관된 반응을 보였다. "안 그래도 일에 적응하느라 힘든데 너라도 나를 배려해줄 수 없어? 일 때문에 힘든 것도 이해해주지 않는 여자랑 결혼하면 앞으로의 미래가 어떨지 막막하다. 너 진짜 나랑 결혼하고 싶은 거 맞아?"

　둘 사이의 관계가 좋지 않은 방향으로 이어질 거라 예견하면 은주의 마음은 견딜 수 없이 괴로웠다. 차진과의 연애를 통해 갖게 된 미래에 대한 낙관적인 꿈은 자신의 불합격과 차진의 합격 이후 균열이 일었다. 은주는 시험에서 떨어졌던 날 느꼈던 비감한 슬픔과 초라한 감정을 상기했다. 시험 결과가 나온 직후 얼마간은 차진의 연락을 피했었다. 벌어진 마음을 여민 뒤에야 고시원의 짐을 정리하고 나가는 그에게 합격을 축하한다고 말할 수 있었다.

　포장이사 트럭이 소음을 뿜어내며 지나간 뒤에 차진은 종량제 봉투 사이에 사용감 있는 책 묶음을 내려두고 속 시원한 표정으로 손을 털었다. 버거웠던 고시 생활에 대한 후련함을 표현한 것이었지만, 그가 처분하고 버린 것들 사이에 두 사람이 같이 보낸 시간도 포함되어 있는 듯해서 은주는 마음이 좋지 않았다. 그곳에서 지내온 시간을 모두 정리한 차진의 얼굴은 오후의 볕을 받아 환하게 빛났다. 자신은 벗지 못한 무력의 그늘을 벗고 홀가분하게 기뻐하는 연인 앞에서 은주는 울어야 할지 웃어야 할지 알 수 없었다.

은실과의 관계가 틀어졌던 시기, 은주의 공허와 외로움을 대신 채워준 건 차진이었다. 그가 없었다면 언니와의 관계로 생긴 괴로움이 더욱 크게 다가왔겠지만, 차진이 있었기에 생활은 견딜 만했다. 그 안에는 사소한 낭만도 있었다. 좁은 고시원에서 복닥거리며 속삭이던 사랑, 공부하던 중간에 함께 나눠 마신 캔 커피, 그가 피우던 담배의 블루베리 향이 입속에서 감돌며 나는 단내 같은 건 지친 생활의 나른한 위로가 되어주었다. 두 사람은 나란히 시험에 합격한 뒤에 미래를 함께하자는 이야기를 나눴다.

그 모든 건 기억 속 말들이었다. 비슷한 고민을 공유하던 둘의 시간은 끊어졌고, 은주는 묘실 같은 골짜기에 홀로 남았다. 이런 기분이 처음은 아니지 않나. 은실의 냉정한 조언에 부러 거리를 두고 멀어지는 선택을 했을 때도 비슷한 심정이었다. 의지의 대상이 언니에서 연인으로 바뀌었을 뿐, 달라진 게 없었다. 그간 은주는 혼자 힘으로 버틸 자생력을 갖추지 못했다는 것을 뒤늦게나마 깨달았다.

유년의 시간을 들춰보면, 곁에는 언제나 언니가 있었다. 엄마의 빈자리를 대신 채워준 언니. 그런 은실에 대한 의존은 토성같이 오래된 것이었다. 그런 기대가 과도했다는 것을 알게 된 건 불과 몇 년 전이었다. 은실이 가정을 이루었더라면 남달랐던 자매 관계의 분리에서 느낀 혼란을 유연히 받아들이는 게 가능했을까. '언니도 책임져야 하는 남편과 아이가 있는데, 이전처럼 날 보듬어줄 순 없어.' 이렇듯 순조로운 마음의 결론을 맺으며 잔재한 서운함을 정리했으면 어땠을까 하고 은주는 생각했다. 나이가 들어감에 따라 점차 바뀌어가는 위치와 변화를 받아들이고, 적절한 거리에서 홀로 서기를 시작할 수 있었더라면 우리 관계가 지금처럼 망가지진 않았으리라.

그건 차진과의 관계에서도 마찬가지였다. 지나치게 그에게 의지한 나머지 상대의 여백이 더욱 크게 다가왔다. 그와의 결혼과 미래 외에는 기댈 수 있는 꿈이 더는 없다는 절망감에 은주는 압도되어 있었다.

○ ○ ○

차진이 선 자리에 나갔다는 것을 알게 된 날, 은주는 거세게 따져 물었다. 그는 부모에 대한 최소한의 예의는 갖춰야 했기에 뜻을 따를 수밖에 없었다고 신경질적으로 호소했다.

"이래서 내가 너한테 엄마 연락이 와도 말 안 했던 거야. 이해해 주기는커녕 응석 부리면서 네 의견만 강요할 거 아니까. 어쩔 수 없이 얼굴만 비추고 온 것뿐이라고 몇 번을 말해야 해? 그럼 네가 결혼할 준비가 됐다는 걸 증명해. 그럼 되는 거 아니야?"

"다른 사람들은 그런 준비 없이도 다들 만나서 결혼하고 잘 살아. 애초에 넌 나랑 결혼할 생각이 없던 거겠지."

은주는 꿈속에서 차갑게 돌아서던 차진을 복기하며 자조적으로 말했다. 그는 진력이 난다는 표정으로 얼굴을 일그러뜨렸다.

"그건 네가 현실을 몰라서 하는 소리야. 결혼이 뭐 동거랑 같은 줄 알아? 우리 복닥거리면서 7평짜리 집에서 같이 살던 그런 일이 아니라고. 그간 말 안 하고 참았는데, 나 공부하면서 진 빚들 갚는 것도 버거워. 고작해야 신입 교사가 벌 수 있는 돈은 좀스러울 만큼 적으니까 여유 없다고. 네가 이 문제, 해결해줄 수 있어? 만약 도와준다면 엄마의 요구와 잔소리 끊어내고 네가 원하는 대로 다 할게."

차진의 말에 은주는 할 말을 잃었다. 안색의 변화를 눈치챈 차진은, "거 봐, 그럴 수 없지. 그럼 나한테 그런 요구하지 마."라고 답했다.

"교사는 금리도 낮고 대출도 잘 나올 거 아니야. 그 정도는 네 힘으로 감당할 수 있지 않아?"

"일하게 된 지 얼마나 됐다고 바로 대출이야. 신혼집 마련하려고 담보대출 받는 것도 아니고 빚 갚으려고 그런다는 거 아시면 부모님이 퍽이나 좋아하시겠다. 그간 공부할 때 어디에 돈을 썼느냐는 말 나올 거고, 그럼 너랑 동거한 것도 알게 되실 거 아니야. 머리 아픈 소리 좀 그만해."

"같이 살 때 대부분의 생활비는 내가 다 감당했던 거 잊었어? 네가 살던 월셋집 처분하고 같이 살면서, 네가 부모님한테 타서 쓰는 생활비 부족하다고 해서 1년간 월세부터 전기세까지 나 혼자 부담했어. 난 학원에서 번 돈으로 공부하면서 살 수밖에 없었지만 너도 많이 힘들 거라 생각해서 이해하고 넘어갔던 거고. 근데 지금 네 요구는 정도가 지나치지 않아?"

"나도 그때 어느 정도 냈어. 너만 충당한 게 아니야."

반박하는 차진의 말에 은주는 "누가 돈을 더 많이 냈느냐를 주제로 싸우자는 게 아니야. 지금 당연하다는 듯이 요구하는 네 태도를 말하는 거지."라고 되짚었다.

"그래, 알았어. 더는 이런 부탁 안 하면 되지? 같이 살 때 네가 그런 생각을 갖고 있는 줄은 몰랐네. 난 내가 어떤 형편에서 무슨 고민을 갖고 있는지 너한테 터놓고 싶었던 건데 그게 부담됐다면 미안하다."

차진은 조금도 미안한 기색 없이 말했다. 비꼬는 어조가 거슬려 은주는 마음이 상했다.

"결국 넌 엄마가 원하는 대로 하겠다는 거야?"

"그렇게 불만이 있으면 네가 부모님한테 소개해줄 정도로 괜찮은 여자의 자격을 마련해."

"누군 이렇게 학원에서 일하는 게 즐거운 줄 알아? 나도 너랑 공부하면서 같은 꿈 이루려고 들인 시간과 노력이 있어. 그걸 한순간에 너 때문에 정리하는 거 쉽지 않았어. 근데 넌 그런 노력 모르잖아. 학교에서 있었던 이야기를 신나게 늘어놓거나 하지 주말 보강까지 하고 피곤에 찌든 나한테 괜찮으냐고 물어본 적이 한 번이라도 있었니?"

"계속한다고 해서 시험에 합격할 보장이 없잖아. 우리 관계를 지켜가려는 의지도 없는 너한테 이런 얘기하는 것 자체가 의미 없다."

차진은 나직하게 뇌까린 뒤 제 할 말 끝났다는 듯 일어났다.

"도와주지 못할 거면 내가 엄마 도움 받더라도 원망 마. 부모 자식 간에도 준 게 있으면 기대하는 게 있는 법이야. 난 자식의 도리를 다하기 위해 노력하는 시늉이라도 해야 한다고."

자리를 박차고 일어난 차진은 고개를 반쯤 돌리고선 마지막으로 말했다.

"이제 좀 알 것 같아. 네 언니가 왜 너랑 거리를 뒀는지."

차진의 입에서 은실에 대한 이야기가 나오자 은주의 표정이 굳어졌다.

"관계가 그렇게 멀어진 건 네 문제 때문이라는 거 아직도 모르지? 경제적으로 지원해주던 가족이 오죽하면 그랬겠어? 넌 어떤 상황에 놓여 있든 너 자신만 중요해. 네 공부, 네 외로움. 그게 매번 1순위인 거, 지친다."

그는 먼 거리의 풍경을 응시하듯 은주를 내려다봤다.

"네 그런 몰입력, 처음에는 꽤 매력적으로 느껴졌는데 지금은 모르겠어."

○ ○ ○

성은은 은주에게 인간적인 호감을 느꼈지만, 쉬이 다가서기 어려웠다. 은주는 친밀감 있는 관계를 맺는 것에 엄격한 경계가 있는 것으로 보였으며 자신만의 영역을 지키려는 확고함이 엿보였다. 사적인 이야기를 꺼내는 일이 거의 없는 은주에 대해 성은이 아는 건 학원 강사로 일하며 임용고시를 준비한다는 것뿐이었다.

성은은 사탕을 건네며 "이쯤 되면 당 떨어지지 않으세요? 풀타임 수업 끝나면 녹초가 돼요."라고 말을 걸었다. 은주는 사탕을 먹는 대신 손에 가볍게 쥐었다. 성은이 먼저 얇은 비닐을 벗기고 사탕을 입안에 넣었다. 연강하느라 단내 나도록 건조한 입안에 딸기 향이 녹아들었다. 이따금 수업을 마친 학생들이 두 사람 곁을 지나치며 인사했다. 개중에 장난기 넘치는 녀석들은 "쌤, 저희 과제 해 올 테니까 떡볶이 사주시면 안 돼요?"라며 조건부 제안을 했다. 그 말에 은주는 표정의 변화 없이 "과제 안 하면 손해 보는 건 너희야. 안 해 오면 바로 집으로 전화할 거니까 신경 쓰는 게 좋을걸."이라는 답으로 아이들 입에 지퍼를 채웠다.

"선생님은 아이들을 잘 다루시는 것 같아요. 전 애들 말을 단호하게 끊어내거나 통솔하는 게 어려워요. 그러고 보니 몇 년 전에 교생 실습도 하셨다고 했죠?"

"잠깐 한 적 있어요. 성은 선생님은 학원 외에 다른 알바도 하신다고 하셨나요?"

"네, 저녁에는 패스트푸드점이나 호텔, 호프집에서 서빙도 해요."

"여러 알바를 병행하는 게 쉽지 않으시겠어요. 본가가 서울이 아니라고 하셨나요?"

"네, 서울 온 건 그리 오래 되지 않았어요. 여러 일을 하는 건 이젠 익숙해요. 뭐든 다 갖추고 난 후에 떠나야겠다고 생각했다면, 고향에서 벗어날 수 없었을 거예요."

그 말에 동의하듯 천천히 은주의 고개가 기울어졌다. 한동안 말없이 걷던 은주는 무언가 떠오른 듯 고개를 돌리고선 물었다.

"그런데 선생님은 많은 지역 중 왜 하필 서울이었어요?"

"저한테 서울은 일종의 꿈이에요."

꿈이라고 말하는 성은의 시선은 돌진하듯 달려가는 지하철을 향해 있었다.

"면접 본 뒤에 고속버스를 타고 가면서 다짐했거든요. 언젠가 이 도시에서 살고 싶다고. 이곳에서 매일 예측 가능해서 약간은 지루한 생활을 하는 게 제일 큰 바람이었어요. 계약 종료 기한 없이 꾸준히 월급 받고 그 돈으로 적금을 부으며 사는 그런 삶이요."

"알 것 같아요. 선생님이 원하는 건 안정적인 생활인 거죠."

"맞아요. 소란스럽지 않은 보통의 일상. 전 그거면 돼요."

"멋지네요."

성은은 웃으며 "선생님 꿈도 멋있어요."라고 대답했다.

"저도 다르지 않아요. 오랜 시간 안정적으로 생활 가능한 일인 게 중요했을 뿐이에요. 선생님이라는 직업이 상사의 눈치 볼 일 없이 일정 정도 사적 자율권이 보장되는 점이 마음에 들었어요. 물론 요즘은 교권이 무너져서 전 같지 않다는 말도 많지만, 제가 경험한 세상에선 그 직업이 근사하게 보였거든요. 막상 듣고 보니 멋없는 이유죠?"

은주가 얼굴을 붉히자 성은은 고개를 저었다.

"어떤 꿈이든 사소한 계기로 시작되는걸요. 가령 한 손에 스타벅스 아메리카노를 들고 출근하는 전문직 여성의 모습에 로망을 갖는 것처럼요."

"예시가 구체적이네요."

은주의 눈매가 유연하게 휘어졌다. 성은은 은주에게서 보기 드문 웃음을 목격한 것에 작은 희열을 느끼며 따라 웃었다. 그때 곧바로 시선을 돌리던 은주의 표정이 굳어졌다. 시선이 가닿은 곳으로 성은도 자연히 고개를 돌렸다. 지하철역 입구에서 말쑥한 차림새의 남자가 이쪽을 보고 있었다. 은주는 보이고 싶지 않은 일면을 들킨 것처럼 표정이 일그러졌다. 남자도 곁에 있는 성은을 의식했는지 다가오던 걸음을 멈췄다. 둘 사이에 애매하게 걸쳐져 있던 성은은 "저 먼저 가볼게요."라고 말한 뒤 지하철역 계단으로 쏟아지듯 내려갔다. 멀어지는 순간, 어렴풋이 오가는 말소리가 들렸다.

"연락도 없이 왜 왔어?"

"학교가 일찍 끝나서. 메시지 보냈는데 못 봤나 보네."

성은은 이후에 둘 사이에서 오갈 이야기를 놓치기 위해 걸음을 빨리했다. 남자의 얼굴은 두세 번 본 일이 있었기에 익숙했다. 처음 그를 본 건 학원 면접을 보러 온 날이었다. 건물 앞에서 대화를 나누던 남녀의 모습에서 무거운 긴장이 흘러 저절로 시선이 향했다. 당시에 남자는 "언제까지 시험만 준비할 건데?"라고 물으며 격앙된 음성으로 은주를 몰아세웠다. 그 말에 창백하게 굳어 있던 은주의 얼굴은 이후로도 뇌리에서 지워지지 않았다.

점심시간, 은주는 주문한 메뉴가 나오기 전, 무거운 표정으로 입을 열었다.

"어제 일은 못 본 걸로 해주셨으면 좋겠어요. 학원에 괜한 소문이 퍼지거나 오해 사는 일은 없었으면 해서요."

들키고 싶지 않은 일면은 누구에게나 있었기에, 껄끄럽게 여기는 은주의 마음을 성은은 이해할 수 있었다.

"괜찮아요. 그런 걸로 문제될 일, 안 만들어요. 다른 사람 일에 신경 쓰지 않기도 하고요."

그 말에 은주는 안심하는 듯했지만, 못내 불편한 화두를 꺼낸 것
에 미안한 표정이었다.

학원에서는 이런저런 말들이 많았고,

은주 쌤, 임용고시
준비는 잘되고 있어요?

학원 일을 하면서
시험 준비를 한다니,
그게 가능해요?

소문에 민감한 곳이었다.

ㅇㅇ네 학부모님이
강사진에 대해
컴플레인을 걸었대요.

헐, 정말요?

언행에 조심해야 하는 곳이기에
그런 말을 한 것도 이해가 됐다.

은주 선생님의
마음도 알 것 같아.
나도 곤란한 상황을
누군가에게 들켰다면
신경 쓰였을 거야.

곰곰‥

기억에서 지우려 했지만
남자 친구와 이야기할 때의
울 것 같은 선생님의 표정은
잊히지 않았다.

우걱‥

무탈한 하루에 안도하게 됐어

2

○ ○ ○

은실과 회사 생활을 시작한 동기 중 남아 있는 사람은 몇 명 없었다. 누군가는 더 좋은 복지와 급여를 제안한 곳으로 이직했고, 어떤 이는 가정을 이루면서 회사를 그만뒀다.

"은실 씨는 회사에 충성하는 타입이라니까. 애사심이 대단하다고. 벌써 7년 차지?"

팀장은 조용히 밥을 먹고 있던 은실을 대화의 중심으로 끌어들였다.

"과장님, 그 정도로 경력이 오래되셨어요?"

1년 차 신입 사원은 놀란 듯 감탄을 내뱉었다. 오랜 연차를 내세우는 건 의미 없는 나이 자랑처럼 여겨져 경력에 관한 이야기가 나오면 은실은 어색한 웃음으로 넘겼다.

'얼른 퇴근하고 싶다.'

경력 7년 차가 됐더라도 직장인의 마음은 한 가지로 귀결된다. 칼퇴근 후 집으로 돌아가는 것. 안락한 집에 다정한 연인이 있는 것도 아니고, 특별히 즐기는 여가 생활도 없지만, 회사만 나오면 집이 그리워졌다.

"오늘 저녁에는 뭐 먹지."

은실은 힐긋 시간을 확인하며 저녁 메뉴를 고민했다. 치킨을 배달시켜 먹으며 예능 프로를 보는 것 따위, 그 정도가 퇴근 후 낙이었다. 특별한 취미나 근사한 연애에는 흥미가 없었다. 열렬한 연애에는 시간과 감정 등 소모되는 것이 많다. 연애를 통한 달뜬 설렘 대신 배달 음식의 간편하고 자극적인 맛이 주는 즐거움이 은실에게는 훨씬 이롭게 느껴졌다.

"과장님, 오늘은 목걸이 안 하셨네요?"

성은이 눈썰미 좋게 물었다.

"잃어버렸어요."

"우리 과장님, 이젠 목걸이가 아니라 반지 끼셔야 할 텐데."

마케팅팀의 정이현 팀장은 성은이 대답하기도 전에 재미있다는 듯 저 혼자 웃으며 말했다. 상대가 정색하지 못하도록 유머를 덧씌워 포장하는 대화에 능한 그녀는 영업부 실장이 다른 회사에서 스카우트해 온 케이스였다. 평소에도 견제하거나 무시하는 언행을 일삼았지만, 은실은 되도록 거리를 두며 신경 쓰지 않았다.

이현이 돌아간 뒤 성은은 목소리를 낮추고 물었다.

"정이현 팀장님이요, 저희가 기획한 작품이 마음에 안 들어서 그러시는 걸까요? 지난번에 마케팅 요청 드린 신작의 바이럴도 진행되지 않고 있어서요."

직장에선 노골적으로 싫은 기색을 드러내기 어렵지만 불편한 선이 존재하는 관계가 있다. 성향이나 일하는 방식, 태도 등 맞지 않는다고 느끼는 요인은 무궁무진하다. 이런 불편한 감정이 쌓이면 직장 생활은 군대만큼 괴롭고 힘들어진다. 회사라는 조직의 특성상 공격은 에둘러 드러내는 식으로 자행되는데, 주변인들은 모르더라도 당사자는 분명하게 알 수 있다. 가령 회의에서 부정적 의견으로 시비를 걸거나, 그룹에서 배제되는 일이 자연스러워지며, 당사자는 즐거울 리 없는 농담과 무례한 장난이 난발된다. 은실은 그런 공격이 가해지면 대응하지 않는 방식을 고수했다.

"출판사에선 편집팀과 마케팅부서 사이의 의견 충돌이 많을 수밖에 없어요. 서로 추구하는 바나 원하는 결과에 대한 기준이 다르거든요."

은실은 그 말 뒤에 "우린 문학이나 예술을 하고 싶어 하지만 저쪽은 팔릴 만한 수익적 가치가 있는 콘텐츠를 원해요."라고 했다.

"뭐가 더 맞는 걸까요? 편집팀 전체를 주관하는 입장에서 과장님은 어떻게 생각하세요?"

"글쎄요. 서로 이해관계가 다른 부분이 있지만, 팔릴 만한 책을 내는 게 출판사의 경영 유지를 위해 필요한 건 맞아요. 책을 만드는 것도, 그 책을 매대에 두는 것도 모두 돈으로 상정되는 작업이에요. 넓게는 이곳에서 일하는 우리의 인건비도 포함되고요. 그러니 마케팅이나 영업팀에서는 매출과 직결되는 부분에 민감하게 반응할 수밖에 없어요. 근데 그건 그들이 고민할 몫이고, 우린 독자에게 읽힐 만한 글을 발굴해 책을 만드는 일에 집중하면 돼요. 각자의 영역에서 고민해야 할 주제가 다른 거예요."

신입으로 일하는 시기에는, 윗선에서 명확한 업무를 정하여 알려주는 쪽을 선호할 수밖에 없다. 눈치껏 잘하라거나, 적응하면 다 알 수 있게 된다는 식의 설명은 일을 배우는 데 도움이 되지 않는다는 것을 은실은 경험을 통해 알고 있었다. 그녀 또한 신입 시절, 일을 제대로 알려주지 않는 선임 아래에서 제힘으로 일을 터득해야만 했을 때 마음고생이 꽤나 컸었다.

ㅇ ㅇ ㅇ

은실은 엘리베이터 앞에서 영업부 실장과 마주쳤다. 실장은 "정 과장 퇴근이 빠르네?"라고 말을 걸었다. 은실은 "일이 있어서요."

라는 말을 남긴 뒤 곧바로 건물을 나왔다. 사무실을 나오자 긴장과 피로에 응축되어 있던 몸이 조금은 이완되는 듯했다. 은실은 호흡을 고르며 가슴께를 눌렀다. 섬뜩하게 신경을 자극하는 아픔이 순간적으로 일어나는 일은 계속해서 이어졌다. 이렇게 또렷한 아픔의 원인을 알 수 없다니. 혹시나 초음파상에서 발견하지 못한 종양이 크기를 키워가는 건 아닐까 하는 불안을 버리기 어려웠다.

은실은 성은에게 건넨 답을 재차 떠올렸다. 나이가 든다고 해서 가르침을 건넬 수 있는 입장에 설 만큼 성숙히 저절로 여무는 건 아니다. 사수로서 업무를 가르쳐주어야 하지만 자신의 생각을 강요하고 싶은 마음은 없었기에 질문에 대답할 때는 더욱 신중해졌다. 회사 생활을 하다 보면 부서간의 업무 경계를 명확하게 나누기 애매할 때가 있다는 것, 누군가는 책임을 떠밀며, 서로간의 불편한 견제가 존재한다는 것을 성은에게 굳이 설명하고 싶지 않았다. 그런 것들은 연차가 쌓이면 자연히 알게 된다. 정이현 팀장이 어린 나이에 팀장이 될 수 있었던 점과 과장 신분인 은실이 편집부 전체의 일을 떠안게 된 상황도 분명 성은의 눈에 이상하게 느껴질 것이다.

대수롭지 않은 것처럼 반응했지만 은실은 그 모든 상황에 완벽하게 관심을 꺼둘 만큼 단련되어 있지 않았다. 신입 시절도 지금과 다르지 않았다. 사람과 상황만 바뀌었을 뿐 문제는 반복적으로 이어졌다. 회사를 벗어나는 순간, 업무와 관련한 스트레스와 고민을 의도적으로 차단하는 게 최선일 뿐이었다.

요리하기 귀찮다는 핑계로 자주 시켜 먹는 배달 음식 덕에 해가 갈수록 두둑해지는 옆구리가 신경 쓰였지만 오늘도 끼니는 치킨으로 때울 작정이었다. 은실은 집에 도착하기 전 음식을 주문해두었다. 죄책감을 덜기 위해 고른 훈제 치킨은 샤워를 끝마칠 무렵 현관 앞에 도착해 있었다. 배달된 치킨을 가져오는데, 문틈에 꽂혀 있던 전단지가 바닥으로 떨어졌다. 무심코 집은 전단지를 테이블에 올려두고 포장 용기를 열었다. 더운 김을 풍기는 치킨에 현혹되어 쉬지 않고 음식을 먹었다. 어느 정도 포만감이 들이찬 뒤에 시선은 전단지로 향했다.

'3개월에 60만 원. 파격 할인가라.'

은실은 전단지를 반으로 접어 테이블 위에 놓았다. 비교적 젊은 축에 속한다고 위안할 수 있었던 삼십 대 초반까지는 은실도 다이어트에 의욕적으로 임했다. 당시 썼던 식단 일기가 생각나 슬그머니 책장으로 다가갔다. 책꽂이 한구석에 양장본 형태의 다이어리가 있었다.

'이사하면서 버렸을 줄 알았는데, 아직 있네.'

노트를 꺼내 살펴보니 일기는 4년 전 여름에 멈춰 있었다. 거기에는 전 애인과의 일화도 적혀 있었다. '여자가 서른 넘어서 관리 못 하면 훅 간다. 너도 신경 써야지. 요즘 신입 사원들 중에 예쁜 애들 많아.' 애인의 말에 위기감을 느껴서 시작한 다이어트였다. 그에게 여성성을 거세당한 인격으로 전락하는 게 두려워서 운동을 시작했던 시절. 어째서 그런 두려움을 의식해야 하는 관계를 이어간 건지 새삼 자신의 연애가 서글퍼서 한숨이 나왔다.

마지막 식단 기록이 적힌 페이지를 넘기자 중간부터 비어 있는 면이 나왔다. 은실은 치킨 상자를 옆으로 밀어두고 펜을 쥐었다. 오랜만에 적어 내려가는 짧은 기록이었다. 어떤 의욕적 다짐이나 목표는 없었지만 고질적인 문제로 자리한 뱃살을 부여잡고 혼자 보내는 밤을 위안하기엔 괜찮은 시도였다. 튜브같이 부풀기 시작한 아래 뱃살의 위험을 경고하는 애인 따윈 이제 없었다. 다시 운동하게 된다면 그때보다는 덜 고통스럽게 시작할 수 있지 않을까. 당장 그런 의욕은 없었지만, 다시금 나를 위한 새로운 시도를 해야겠다는 의지가 이는 순간이 올지도 모를 일이었다.

아홉수에는 위기감을 느꼈는데, 막상 서른이 지나고 보니 별것 없다. 서른이 된다고 해서 갑자기 얼굴에 주름이 늘거나, 세상이 무너지는 일 따윈 없는 걸 보면 그저 이렇게 나이 들어가는 건가 싶다. 물론 늘어가는 뱃살이나 결혼한 친구들의 안정감 있는 생활을 보면 위기감이 느껴지기도 한다.

괜찮게 나이 들어가고 싶은데, 어떻게 해야 할까? 마냥 하루하루를 흘려보내고 있는 느낌이 든다. 좀 더 의욕적으로 부지런

하게 살 필요가 있지 않을까. 살이 더 찌지 않으려면 먹는 양을

줄이자. 당장 운동하기는 어렵더라도.

○ ○ ○

점심을 먹고 나오는 길에 성은이 물었다.

"사탕 하나 드실래요?"

은주는 성은이 건넨 알사탕을 입에 넣었다.

"블루베리 향이네요."

차진이 피우던 담배와 유사한 향이 입안에 맴돌자, 잊고 있던 기억의 구간이 머리를 스쳤다. 차진은 지금 무얼 하고 있을까. 자신과 연락하지 않는 지금, 숨 막히는 느낌에서 벗어나 해방감을 누리고 있으려나. 생각에 잠겨 있는 사이, 성은은 근방에 있는 카페를 가리켰다.

"선생님이 점심 사주셨으니까, 차는 제가 살게요. 커피로 사 오면 될까요?"

성은이 카페에 간 뒤에 은주는 공원 벤치에 자리를 잡았다. 계절의 변화가 느껴질 만큼 바람은 온화하고 부드러웠다. 햇살을 받으며 눈을 감고 있는데, 인기척이 느껴져서 눈을 떴다. 눈앞에 커피를

건네는 성은의 환한 얼굴이 한눈에 들어왔다. 둘은 산미가 있는 커피를 손에 쥐고 벤치에 기대어 앉았다. 수업 일정이 변경되면서 생기게 된 오후의 여유는 퍽 오랜만이었다. 차를 마시던 중, 성은은 조심스레 입을 열었다.

"선생님, 저 이번에 학원 일을 그만두게 됐어요. 선생님께는 미리 말씀드리는 게 좋을 것 같아서요."

갑작스러운 소식에 은주는 당황했지만, 이내 고개를 끄덕였다.

"지난번에 면접 본다던 회사에 합격한 건가요?"

"네, 이번에 출판사에 들어가게 됐어요."

"잘됐네요."

은주는 고개를 끄떡였다. 남자 친구와 학원 앞에 있는 모습을 보인 것이 불편해 성은과 데면데면하게 지냈던 일이 못내 미안했다. 과잉되게 예민한 심보 탓에 가까워질 수 있는 인연을 밀어낸 것만 같았다. 짧은 몇 달이지만 연배가 있는 강사진 사이에서 소외되어 있던 은주에게 성은의 존재는 제법 큰 활력을 주었기에 그녀의 공백이 내심 아쉬웠다.

"학원에선 언제까지 일하는 거예요?"

"일주일 정도 남았어요."

"같이 일할 시간이 얼마 안 남았네요. 기분은 어때요? 입사를 앞두고 떨릴 것도 같은데."

"조금 떨리긴 해요."

상기된 성은의 표정에서 긴장이 엿보였다.

"잘됐으면 좋겠어요. 바라던 대로 안정적인 삶이 시작되는 거잖아요."

"선생님도요. 저희 둘 다 원하는 방향으로 나아갈 수 있으면 좋겠네요."

성은의 말에 은주는 골똘해졌다. 지금으로선 원하는 방향 따위는 없었다. 예측 가능한 일상이란 은주의 바람이기도 했지만, 그 꿈의 형태가 교사여야만 하는 건 아닌데도 어째서 자신은 그 직업만 고집했던 건지 의문이 일었다. 딱히 아이들을 좋아하는 것도 아니며, 학창 시절 훌륭한 스승을 만난 경험이 없는데도 '난 선생님이 될 거야.'라고 다짐했던 것에 은주는 의아함을 느꼈다. 상념에 젖어 있던 그녀는 지나가는 사람들과 장기 두는 노인, 바닥에 코를 박은 비둘기 떼를 눈에 담았다. 공원에 있는 모든 것들이 이곳의 한적한 분위기와 어우러져 있었다. 그런데 만약, 이곳에 생각지도 못한 개체가 있다면 어떨까. 은주는 엉뚱한 상상을 해보았다. 가령 노인들의 내기 장기 현장에 인기 아이돌이 끼어 훈수를 두는 광경을 상상해본 것이다. 엉뚱한 생각에 입가에 웃음이 비어져 나왔다.

"뭐 재미있는 거 있으세요?"

은주의 표정 변화에 성은이 물었다.

"혼자 이상한 상상을 해봤어요. 이 공원에 전혀 어울리지 않는 것들이 놓여 있는 상상."

"이상한 상상이라면 어떤 거요?"

"가령 방탄소년단의 지민이 할아버지들 사이에 섞여 훈수를 두는 장면 같은 거요."

"선생님 의외로 재미있는 구석이 있으시네요."

성은이 대소하자 은주는 따라 웃었다.

"어이없죠? 제가 봐도 그래요. 이곳은 주변 어디를 둘러봐도 산책하는 할머니와 장기 두는 할아버지, 비둘기 떼가 전부인데 말이죠. 방금 선생님과 제가 방탄소년단 지민이 이곳에 있는 모습을 상상하며 피식 웃음을 흘렸던 건 가능성 없는 상황에서 나오는 유머잖아요. 너무도 맥락 없게 느껴지니까. 그런데 문득 그런 생각이 드는 거 있죠. 삶의 향방이란 저마다 놓인 환경 안에서 상정되어 있는 게 아닌가 하고요. 어떤 환경에 놓여 있느냐에 따라 예측 가능한 장면은 고정되어 있고, 꿈꿀 수 있는 것도 그 범위에서 정해져요. 공원을 떠올리면 연상되는 것 중에 아이돌이나 코끼리, 외제 차 따위가 없는 것처럼요. 농사짓는 어르신들과 학교 선생님 외에 다른 어른을 보는 일이 드물었던 시골 꼬마가 키운 최고의 꿈이 선생님인 것도 그와 비슷한 게 아닐까 싶네요. 그 환경에서 품을 수 있는 꿈의 최대 사이즈는 딱 그 정도였던 거예요."

어렸을 적, 은주가 봤던 어른들 중 비교적 근사했던 건 학교 선생님이었다. 그들이 교단에 서서 아이들을 가르치는 모습은, 굳은살이 박인 손을 누르며 신음하는 엄마의 어두운 얼굴이나, 물큰한 땀내가 풍기는 나시를 입고 술을 마시던 아빠의 주름진 이마보다 훨씬 나아 보였다. 소꿉놀이를 할 적에도 은주는 엄마나 아빠 역할이 아닌 선생님을 자처했다. 다른 아이들이 대통령이나 과학자 같은 꿈을 스케치북에 담아낼 때도 은주는 칠판 앞에서 무언가를 설명하는 자신의 옆얼굴을 그렸다. 그 꿈의 시작점과 크기를 의식하자 스스로가 안쓰럽게 느껴졌다. 조금 더 나은 형편에서 많은 것을 누렸다면 품을 수 있는 장면이 달라지지 않았을까 하는 안타까움이 들었던 것. 또 한편에서는 우주 비행사나 노벨문학상을 받는 작가가 되겠다는 원대한 꿈을 지녔더라면 실현 불가능하다는 것을 알고 일찌감치 포기했을지도 모르겠다. 그러나 선생님이라는 꿈은 달랐다. 임용고시에 합격하면 된다는 간단한 방법조차 실현하지 못하는 상태를 떠올리자 더욱 자신이 한심하게 느껴졌다.

은주가 깊은 자책을 이어가고 있을 때 성은은 움츠려 있던 어깨를 펴며 몸을 일으켰다.

"점심시간이 끝났나 봐요. 저희도 들어갈까요?"

노곤한 표정을 띠운 사람들이 건물로 들어가는 광경이 보였다. 은주는 성은이 저 무리 속에 섞여 들어가는 광경을 뇌리에 그렸다. 상상 속에서도 성은은 지금처럼 편안한 복장에 헤드셋을 걸치고 있었다. 그간 품고 있던 궁금증이 불현듯 일자 은주는 떠오른 질문을 건넸다.

"혹시 그런 거 있으세요? 혼자 있는 시간의 적막을 채우고 싶을 때 듣는 음악 같은 거요."

"음, 그런 날 듣는 음악이라……. 선생님은 평소에 어떤 곡을 좋아하시는데요?"

성은의 질문에 고민하던 은주는 차가운 커피로 목을 축이며 고개를 저었다.

"전 음악에 대해 아는 게 없어요. 마냥 좋아할 수 있는 취미나 취향이 없는 무색무취한 사람한테는 그런 질문이 어려워요. 그래서 전 선생님처럼 좋아하는 게 있는 분들이 부러워요."

부드럽게 휘어지는 은주의 표정에 성은의 눈이 조금 커졌다. 어떤 연유로 건네는 말인지 묻는 듯한 반응에 은주는 웃으며 답했다.

"선생님도 어느 정도 눈치채셨겠지만, 저는 표현에 서툴러요. 고마운 걸 고맙다고 하는 것도, 미안한 것을 순순히 드러내놓고 인정하는 것도 못 하거든요. 아까 밥 먹으면서 선생님한테 그런 불편한 이야기를 했던 것도 저의 미숙함이 초래한 언행이니 상처받지 않으셨으면 좋겠어요. 선생님이 그런 걸 다른 이들에게 소문낼 만한 분이 아니라는 거 모르지 않아요. 그런데도 혼자 과민해져서 그런 말을 했어요. 내뱉고 나서도 경솔했다 싶더라고요."

"괜찮아요. 학부모나 강사진 사이에서 괜한 소문이 퍼질 수 있는 부분을 염려하는 거 충분히 이해해요. 저도 상대방에 대해 함부로 궁금해하는 건 무례한 행동일 수 있다는 걸 알기에 언급하기 조심스러웠어요. 자세히 설명하지 않아도 돼요."

성은은 고개를 저으며 답했다. 잠시 둘 사이에 침묵이 이어졌다. 곧 수업이 시작된다는 다른 강사의 연락이 오자, 은주가 먼저 벤치에서 일어나며 애매하게 중단된 대화를 마무리했다.

"오늘 이랬다저랬다 괜한 이야기를 했네요. 방금 전 그런 질문을 건넸던 건 음악을 가까이 하는 사람이 고른 신중한 선곡이 궁금해서였어요. 전 음악을 알지 못하지만, 가끔은 침묵을 채울 수 있는 무언가가 간절한 날이 있거든요."

뒤따라 성은이 일어났고, 둘은 학원으로 걸음을 옮겼다. 엘리베이터에 다다랐을 때, 성은은 고민하던 답을 찾은 사람처럼 밝은 표정으로 입을 열었다.

"선생님의 취향을 잘 모르지만, 떠오르는 곡이 있긴 해요."

○ ○ ○

근무 마지막 날, 은주는 검은 봉지를 건넸다.

"선생님, 그동안 고생 많으셨어요."

은주가 건넨 봉지 안에는 채도 높은 주홍빛 귤이 가득 들어 있었다.

"분식집 코너의 트럭 아시죠? 거기에서 파는 귤인데, 모양이 예쁘지 않지만 맛은 좋아요."

"감사해요. 잘 먹을게요."

"입사하는 곳이 출판사라고 했죠? 어떤 부서로 들어가게 되신 거예요?"

"편집부에 들어가게 됐어요. 책을 좋아해서 편집자로 일해보고 싶었거든요."

"그렇군요. 제 주변에도 출판사에 다니는 사람이 한 명 있어요."

은주의 말에 성은의 눈에 호기심이 어렸다.

"주변이라면 누군지 여쭤봐도 되나요?"

"저희 친언니가 출판사에서 편집자로 일하고 있어요."

"언니분께서 편집자로 일하신 지 오래되셨나요? 원래 책을 좋아하셔서 그쪽 업계로 가게 되신 거예요?"

눈을 빛내던 성은은 마음속에 일어난 질문들을 순서 없이 던졌다. 은주는 바로 대답하기 어려운 듯 난처한 표정으로 고개를 저었다. 자신의 결락을 언급하는 것에 대한 경계와 망설임이 비춰지자 성은은 얼른 웃으며 덧붙였다.

"순간, 반가워서 여러 질문을 해버렸네요. 아무튼 선생님 언니분, 정말 멋지세요."

"저도 그렇다고 생각해요. 언니는 참 멋있어요."

은주는 고개를 끄덕이며 차분하게 말을 이어갔다.

"언니가 출판사에서 일하게 된 뒤로 생긴 습관이 하나 있어요."

"그게 뭔데요?"

"책을 볼 때 맨 뒷장부터 읽는 습관이요. 출간되기까지 보이지 않는 영역에서 원고를 다듬는 건 편집자잖아요. 그 사람의 이름을 한 번쯤 알고 싶어지더라고요. 그 자리에 저희 언니 이름이 있는 책을 보면 반갑기도 하고요. 근데 요즘은 언니에 대해 알지 못해요. 어떤 책에서 언니의 이름을 볼 수 있는지, 어떤 작업을 하는지 전혀 알 방도가 없어요."

성은이 선뜻 다른 질문을 건네지 못하자 은주는 쓰게 웃었다.

"지금은 연락을 안 하고 있어요. 시험을 준비하고부턴 그렇게 돼버렸어요."

집에 빨리
가고 싶다.

저벅

저벅

경력이 쌓여도
신입 때와 마찬가지로
퇴근을 기다린다.

앞으로의 내 인생에
반전이라 불릴 만한
일이 생길까.

하아─

그럴리가…

가령 복권 당첨이나
멋진 남자 친구가 생기는 것.

당장은 저녁으로
치킨에 맥주를
먹는 정도면
평범한 행복이려나.

식기청에
가야하는데…

○ ○ ○

주현은 회사 분위기는 어떤지, 사수는 까다롭게 굴지 않는지 성은에게 물었다. 생활 전반의 모든 것을 염려하는 엄마를 볼 때면, 성은은 더욱 자립적인 모습을 보여야 한다는 지고한 책임감을 느꼈다.

"보태준 것도 없는데, 네 힘으로 혼자 잘 해내는 걸 보면 장해. 성은이 네가 출판사에서 책을 만든다고 하면 다들 대단하다고 한다니까."

서울에 올라온 건 1년이 넘었지만, 취직해서 회사를 다닌 건 몇 달 되지 않았다. 그전까지 성은이 알바를 전전하며 생활한 것을 부모님은 알지 못했다. 여러 고비 끝에 인문과 소설 분야 책을 출간하는 회사에 채용형 인턴으로 합격한 건 바라던 꿈의 결실이었다. 성은은 취업도 되기 전에 덜컥 서울로 올라왔던 시절을 떠올렸다. 그때의 일은 우발적인 도망에 가까웠다. 한밤중 열린 문틈으로 들려왔던 부모님의 대화는 성은에게 해소되지 않는 질문을 남겼고, 이곳을 벗어나야 한다는 강한 의지를 일게 했다.

"성은이가 서울에 가고 싶어 한다고?"

"우리 형편에 월셋집 마련해주기도 어려운데, 꼭 가고 싶은가 봐요."

"하고 싶다는 거 못 하게 하면 원망 들어. 도움은 못 돼도 자식

앞길에 방해 되진 말아야지."

석원이 교통사고로 인해 거동이 불편해지고부터 가정 형편은 나쁜 쪽으로 기울었고, 그의 손이 닿지 않은 마당은 억센 풀들이 대책 없이 영역을 확장했다. 식당 일을 끝마치고 밤늦게 돌아오는 엄마는 무자비한 잡초의 성장을 저지할 여유가 없었다. 가족에게 쓸모를 다하지 못하고 있다는 생각이 석원을 괴롭히고 있다는 걸 성은은 알고 있었다. 책임감이 강했던 아버지에게 경제활동을 못 하게 된 건 중요한 목적을 빼앗긴 것과 같았다. 고향에서 성은은 내일의 희망을 발견할 수 없다는 점이 힘들었다. 집에서 보내는 시간들은 육체적으로는 편안했지만 안락하지 않았다. 성은이 바랐던 건, 책과 음악을 좋아하는 취향에 맞는 일을 찾는 것이었다. 돈을 벌기 위한 경제활동이더라도 적정선에서 보람을 느끼고 싶었다. 회사, 그중에서도 출판사에 가고 싶었던 건 그런 이유에서였다.

부모님의 대화를 엿듣고 난 뒤에 성은은 돌연 서울에 취업됐다는 거짓말을 했다. 당장 불러주는 회사와 머물 거처가 없었지만, 무리해서 움직이지 않으면 변화가 없을 것 같았다.

"엄마, 나 회사 합격했어. 서울로 독립할게."

그 뒤로 내뱉은 말을 책임지기 위해 성은은 닥치는 대로 가능한 한 모든 일을 해야 했다.

○ ○ ○

"여기서 알바를 했었다고요?"

"네, 인턴을 시작하기 전에 몇 달 정도 일했어요."

그날은 마케팅부서와 디자인팀, 편집부가 함께 점심을 먹은 날이었다. 이번에도 입사한 지 얼마 되지 않았다는 이유로 성은의 점심 값은 상사인 은실이 계산해주었다. 인턴 시기에만 누릴 수 있는 특권이라며 선배들은 괜찮다고 말했지만 얻어먹는 게 편치 않았던 성은은 식후 커피를 사겠다고 말했다.

"따뜻한 아메리카노 한 잔이랑 아이스 아메리카노 하나요."

은실이 차가운 음료를 마시지 않는다는 것을 기억하고 있던 성은이 따뜻한 것을 주문했다.

"과장님은 매번 뜨거운 걸 드시네요?"

곁에 있던 정이현 팀장은 팔짱을 낀 채 의아한 듯 말했다.

"네, 저는 따뜻한 게 속 부대끼는 것 없고 편해서요."

은실 곁에서 보폭을 맞춰 걷던 성은은 그 대답에 조용히 고개를 끄덕였다. 정이현 팀장은 은실의 답을 듣더니 혼자 입꼬리를 말아 올리며 중얼거렸다.

"역시 과장님은 독특한 구석이 있으세요. 보통 요즘은 나이의 많고 적음에 상관없이 시원한 아메리카노를 주로 먹잖아요."

은실이 무슨 의도로 그런 말을 하는 건지 문득 시선을 돌려 보았다. 이현은 그 시선의 의미를 눈치챈 듯 손을 가로로 내저었다.

"좋은 거죠, 뭐. 건강을 챙겨야 할 나이신데. 저 같은 경우는 시원한 거 먹는 게 습관이 돼서 뜨거운 걸 먹으면 입안에 개운함이 없더라고요."

입사한 지 한 달이 조금 넘자 성은은 눈치껏 회사의 분위기를 파악할 수 있었다. 출판사 내에서 책을 만드는 건 편집부였지만 이곳의 실세는 정이현 팀장이 이끄는 마케팅부서와 영업부였다. 회사 안에는 책을 좋아하는 사람보다는 팔릴 만한 것이 아니면 의미가 없다고 말하는 책 장수만 있는 것 같다는 쪽으로 점차 생각이 기울었다.

편집장 자리가 공석인 채 그 몫의 업무를 정은실 과장이 대신 맡아 관리하고 있다는 걸 알았을 땐 매우 의아했다. 은실이 편집장이 되지 못한 것에 대해 동기인 형원은 추측을 더해 확신 조로 설명했다. "연줄도 없고 힘도 없으니 그런 거죠." 다른 곳에서 인턴으로 일한 적 있다던 그녀는 회사 돌아가는 사정을 파악하는 데 능숙했으며 꽤나 자신감이 넘쳤다. 인사 평가에 관한 염려나 초조함이 조금도 보이지 않는 태도는 분명 여느 인턴들과 달랐다.

'회사라는 게 어쩐지 보이지 않는 전쟁터처럼 여겨져.'

회사에서 정은실 과장은 존재감을 드러내지 않는 사람이었다. 책에 대해 말할 기회가 있을 때 비로소 입을 여는 사람, 그 외에는 조용히 제 몫을 해내는 사람. 그런데 어째서인지 성은은 그녀의 미런스러울 만큼 묵묵한 태도가 좋았다.

성은은 따뜻한 아메리카노를 손에 말아 쥔 은실 곁에서 보폭에 맞춰 걸었다. 볕 좋은 오후는 출근길과 달리 자연히 발걸음이 느려졌다. 삭막한 사무실 공기에 잠기기 전, 쾌적한 바람을 느끼고 싶은 건 이 순간 모두 같은 마음 아닐까.

"다른 동료한테 말하는 거 들었어요. 저 카페에서 일했다고 했죠?"

"네, 과장님은 자주 오셨던 편이라 기억하고 있어요. 대부분 따뜻한 커피를 시키셨잖아요."

"직장인 손님들이 제법 많은데, 나를 기억하고 있었다는 점이 신기하네요."

손님들 사이에서도 은실이 유독 뇌리에 남았던 건 그녀의 행동 때문이었다. 은실은 무더운 날에도 검은색 텀블러에 커피를 담아 달라고 말했었다. 카페에서는 텀블러를 사용하는 고객에 대한 할인 서비스가 따로 없었으므로 성은은 알바생의 권리를 이용해 쿠폰에 도장을 두 개씩 더 찍어주었다.

"도장 두 개, 혹시 기억하세요?"

성은이 주먹 쥔 손을 치는 시늉을 하자 은실의 입에서 탄식과 닮은 입소리가 흘러나왔다.

"몰라봤어요. 그때 그 알바생이 성은 씨라니."

"전 면접 볼 때 한눈에 알아봤어요. 하긴 그때와 달리 머리가 짧아져서 몰라보셨을 거예요."

성은은 목덜미를 매만지며 웃었다.

"이렇게 인연이 이어진 게 신기하네요. 덕분에 공짜 커피도 종종 마셨는데, 고마워요."

은실은 성은의 쿠폰 인심에 대한 고마움을 표했다.

"꼬박꼬박 텀블러 챙겨 오시는 건 과장님밖에 없어서 꽤 인상 깊었어요. 유독 다른 알바에 비해 이곳에서 일했던 기간이 더 길어서 기억에 남는 것도 있었고요."

"성은 씨는 알바 경험이 다양한가 봐요."

성은은 그간 경험해본 일들을 떠올리며 손가락을 꼽았다.

"호텔, 고깃집, 학원 강사, 편의점, 패스트푸드점 등. 인턴은 처음이지만 알바 경력은 많아요."

"타지에서 알바하면서 생활하는 게 쉽지 않았겠어요."

"취직 전까지 버틸 돈이 필요해서 할 수 있는 일은 웬만하면 다 했어요. 그래도 취업 전에 많은 알바를 한 건 좋은 경험이라고 생각해요. 집에서 취직 못 하고 빈둥거릴 땐 생각만 많았거든요. 몸을 움직이면 불안함을 느낄 새가 없어요. 먹고 자고 일하고 그사이에 자소서 쓰고 입사 지원하고…… 그럼 하루가 정말 짧아요."

대화를 나누던 둘은 사무실 앞에 다다랐다. 엘리베이터 앞에서 정이현 팀장과 다시 마주쳤을 때, 그녀는 언짢은 듯 이맛살을 구겼다.

"과장님 그냥 넘기려고 했는데, 신경 좀 쓰시는 게 좋지 않겠어요?"

"그게 무슨 말이죠?"

은실은 위아래로 훑어보는 이현의 시선에 당황한 듯 물었다.

"외부에서 오는 분들과 미팅 날인데, 기본적인 성의는 좀 갖춰야 하지 않나 싶어서요. 화장이나 가방 같은 거요. 저희야 회사에서 늘 보는 사이니까 너그러이 이해할 수 있다지만, 다른 분들이 보면 불편하지 않겠어요?"

이현은 빈정거리는 투로 말했다. 곁에 있던 성은이 무안할 정도로 불쾌한 태도였다.

"미팅이나 맞선도 아닌데 외형에 과하게 신경 쓰는 게 오히려 불편하게 느껴지지 않을까요. 저랑 초면인 분들도 아니고요."

은실이 딱 잘라 선을 긋자 대꾸할 말이 곤궁해진 이현은 자리를 먼저 떠났다.

형원은 은실에 대해 연줄 없는 무능력한 사람이라 평했지만, 성은의 생각은 달랐다. 은실은 기대거나 의지할 곳 없이도 혼자 살아갈 수 있는 자생력이 있는 존재로 보였다. 더 높은 담을 넘어야 한다는 열망이나 욕심이 없으며 자신의 속도와 모양에 맞춰 살아가는 태도가 어째서인지 성은의 마음에 안정감을 주었다.

'난 과장님의 저런 면이 좋아.'

성은은 남몰래 중얼거렸다. 주변 친구들은 어렵게 취직하고 나서도 여러 가지 이유로 퇴사를 택했다. 생활의 고초나 불안은 대수롭지 않은 듯이. 그러나 성은은 힘겹게 들어온 이 조직에서 은실처럼 오래 일하고 싶었다. 처음 입사했을 땐, 방향을 몰라 막막함이 앞서기도 했지만, 곁에서 조언해주는 은실 덕에 무난히 업무에 적응해갈 수 있었다.

편집부에서 성은이 맡은 업무는 원고를 감수하는 일이었다. 성은이 감수한 내용을 최종본에 반영하기 때문에 실수가 있어선 안 됐다. 성은은 허술한 실수로 업무에 차질이 생기는 것보다는 이런저런 질문으로 상사를 귀찮게 하는 편이 낫다고 생각해서 사소한 부분까지도 자주 물어보았다.

"과장님 죄송한데, 시스템상에 등록된 거랑 이 부분이 달라요. 확인 부탁드려도 될까요?"

성은의 사과에 은실은 일을 배울 땐 같은 질문을 여러 번 하는 게 당연하다고 했다. 그 이야기 덕에 성은은 질문에 대한 부담을 한시름 내려놓을 수 있었다.

"전에 엄마한테 말한 과장님, 알수록 좋은 분 같아. 일도 잘 가르쳐주시고, 맛있는 점심도 많이 사주셔. 그러니까 내 걱정은 하지 않아도 돼. 여기에서 잘 적응하고 있으니까."

성은은 짐짓 쾌활한 목소리로 엄마를 안심시켰다.

"아빠는 잘 있지? 요즘 아빠가 보낸 꽃이나 하늘 사진 잘 보고 있어. 그 풍경은 변한 것 없이 그대로더라. 내가 거기 살 적에 봤던 풍경 그대로야. 그래서인지 요즘은 하루 한 번씩 오는 메시지를 기다리게 돼. 그 사진이 아빠가 전하는 안부의 말이라는 것을 알아서 그런가 봐."

엄마와 통화를 이어가는 성은의 목소리에 여운 짙은 웃음이 배어났다.

회사에 출근하는 일이
누군가에는 지치고,

피곤해.
가기 싫어…

힘들게 느껴질지 모르지만,

피곤해도 매일
출근할 수 있는
곳이 있어서 좋아.

걱정하는 부모님의 연락에
잘 지내고 있다고
말할 수 있어서 좋았다.

회사에서 과장님이
되게 잘해주셔.
그러니까
걱정하지 마.

그건 초라한 거짓말을 더는 하지
않아도 된다는 것에 대한 안도였다.

다행이야··

3

○ ○ ○

영업부 실장이 지나가다가 불이 밝혀진 사무실을 보고 슬쩍 안으로 들어왔다. 요전에 지나가듯 했던 말에 은실이 반성한다고 여겼는지 "쉬엄쉬엄하라고. 자네가 편집장 역할까지 하느라 힘든 걸 모르지 않아."라고 했다. 허허실실한 실장의 태도에 은실은 고개만 살짝 숙였다. 모난 지청구를 의식해서 눈치를 보고 있다고 생각하는 편이 더 큰 잔소리를 듣지 않는 방법이었기에 차라리 속이 편했다.

한상연 실장은 아랫사람을 눈치 보도록 만드는 일에 능숙했으나 겉으로는 호인 같은 얼굴로 웃곤 했다. 그는 회사 사정을 이유로 은실의 연봉을 동결하고, 과장이라는 직함에 걸맞지 않은 편집장의 책임과 역할까지 뻔뻔하게 요구했다.

"은실 씨, 우리가 회사에서 안 지 얼마나 됐는데, 금전적인 부분으로 선 긋는 건 곤란하다고. 대표님과 임원진도 연봉을 30퍼센트나 삭감했어. 자네가 편집장 자질이 충분한 건 알지만, 그에 맞는 처우를 해줄 상황이 아니니까 추후에 논의하자고."

그가 말한 논의는 한 번도 성사된 적이 없었다. 그런데도 은실이 회사에 남아 있는 건, 다른 곳으로 이직하더라도 상황이 다를 게 없을 거라는 생각 때문이었다. 받는 급여가 올라봤자 삶의 질이 나아질 가능성은 없었다. 몇 푼 더 받기 위해 새로운 회사의 까다로운 요구 조건에 맞추거나 업무 프로세스에 적응하는 일도 쉽지 않을 것이 빤했다. 은실은 관자놀이를 지그시 두 손으로 눌렀다. 요즘은 모니터를 오래 보고 있으면 글씨가 서너 겹으로 겹쳐 보여 한참 동안 들여다봐야 했다. 이번에 작업하는 원고는 마흔 살 여자의 에세이라 독자의 시선으로 몰입해서 읽을 수 있었다. 은실은 교정지를 정리하다가 문득 다음 문장을 연이어 읽고 있는 자신을 발견했다. 마흔이란, 머지않아 그녀에게도 고지될 숫자였으므로 관심이 가는 화두였다.

미혼 여성이 갖는 불안은 앞으로 자신의 삶을 책임져줄 가족이나 남편, 자식이 없다는 공백 때문일 것이다. 그러나 기혼 여성이라고 해서 불안이라는 벽에서 완벽히 해방된 건 아니다.

은실은 그 문장을 반복해서 읽었다. 자신이 느끼는 불안은, 미혼자든 기혼자든 상관없이 공통적으로 겪는 감정이라고 짚어준 문장이 마음에 들었다. 여성을 세분할 때 결혼한 여자와 결혼하지 못한 여자로 구별해서 보는 건 단편적인 시선이다. 나이 든 여성이 연애 시장에서 불리한 위치에 놓여 있다는 건 어느 정도 인정하지만, 서글픈 현실과 노화만으로 여성을 설명할 수 있는 건 아니다. 은실은 그런 면에서 이 책의 저자가 하는 말에 공감이 갔다.

원고를 보고 있는데 휴대폰이 울렸다. 영지의 연락이었다. 잔업 하느라 퇴근이 늦어질 것 같다고 답신을 보냈지만, 영지는 끝나는 시간에 맞춰 갈 테니 얼굴을 보자고 말했다. 늦은 저녁, 둘은 일본 가정식을 파는 가게에서 만났다. 평소 이런 종류의 음식을 즐겨 먹는 편은 아니지만 영지의 추천으로 오게 된 곳이었다.

"너, 가리는 거 없지?"

영지가 물었다.

은실은 애매하게 고개를 끄덕였다. 내가 가리는 게 없던가. 잠시 그 물음을 곱씹었다. 가리는 것 없이 두루 좋아하는 건 아니지만 나서서 의견을 내는 일은 망설여졌다. 누군가에게 취향 까다롭네, 라거나 그냥 다 먹는 걸로 통일하지, 라는 이야기를 대놓고 들어본 일이 없는데도 많은 이의 선택에 꼽사리 끼는 일에 익숙해진 건 왜 일까. 이건 일상 도처에서 나타나는 관성적인 패턴이었다. 자신의 의견을 개진하는 것보다 누군가의 제안을 승낙하고 수용하는 편이 피로감이 덜했다. 사소하게는 식사 메뉴를 고를 때도 마찬가지. 다른 이의 취향에 맞춰 비슷한 것을 선택하는 게 합리적이라 여겨졌다.

얼마 뒤 잘 차려진 한 상이 테이블 위에 올려졌다. 은실은 곧바로 밥을 한술 떴다. 기름진 첫 맛의 탄력 있는 생선 튀김은 현혹될 만치 맛있었지만 몇 입 먹자 물리기 시작했다. 점차 은실의 숟가락질이 느려졌지만, 영지는 그 사실을 눈치채지 못한 채 근황을 터놓았다.

"요즘은 정신없어. 신입 사원 교육을 내가 맡고 있거든."

영지는 여느 때와 달리 몸매가 드러나는 원피스 대신 블라우스에 슬랙스 차림이었다. 비교적 편한 차림의 영지를 응시하던 시선은 그녀의 목선에서 멈춰졌다. 영지는 네 잎 클로버 펜던트 목걸이를 하고 있었다.

"아침마다 20분씩 늦는 신입한테 얼마 전에 한마디했거든. '아침마다 풀 메이크업 하고 오느라 바쁜가 봐요.' 그랬더니 글쎄, 팀장님도 며칠 전에 15분 늦으셨던데요, 라고 받아치는 거야."

영지의 말을 듣던 은실은 떠오른 생각을 나직하게 중얼거렸다.

"난감했겠네. 근데 그 목걸이, 예쁘다. 잘 어울려."

영지는 은실의 시선에 체인이 끊어지기라도 할까 봐 두려운 것처럼 펜던트를 꾹 쥐며 "선물 받았어."라고 답했다.

"이 목걸이, 뭔지 알아?"

"알지. 선아가 남편한테 프러포즈 기념으로 사달라고 했다던 그 제품이잖아."

펜던트 사이즈에 따라 가격이 다른 그 목걸이는 은실이 애인에게 선물 받은 것과 비교할 수 없을 만치 높은 금액대의 제품이었다.

'영지에게 목걸이를 선물해준 상대란 애인이겠지.'

만나는 사람을 언급한 적은 없지만 누군가와 교제한다는 건 어렴풋이 눈치채고 있었다. 영지가 회사에 들어간 뒤 들고 다니는 가방이나 옷이 고가 브랜드의 제품으로 바뀌는 건 친구들도 알고 있었다. 무리 중 누군가가 임원 중 괜찮은 사람과 연이 닿은 거냐고 물어도 영지는 웃을 뿐, 구체적인 이야기를 털어놓지 않았다.

"너한테만 말하는 건데, 사과 선물로 받았어."

"사과 선물?"

"응, 그 사람, 밤새도록 연락 안 되다가 뒤늦게 왔거든. 네가 나한테 전화한 그날 밤 일이야."

색이 짙은 불안함이 창백하고 긴 영지의 목선을 따라 주위를 아우르고 있었다.

"원래는 그날도 만나지 못할 뻔했어. 직속 상사라 회사에서 보긴 하지만 이른 퇴근을 할 때도 꽤 많거든. 매번 외근이나 출장 핑계로 나랑 시간 보내는 것도 한계가 있겠지. 근데 마침 그날은 그 사람 아내가 친정에 가게 될 일이 생겨서 시간을 낼 수 있었나 봐."

영지의 표정은 차분했다. 불시에 터놓은 고백에 대한 불안이나 상대의 반응에 대한 경직된 긴장은 보이지 않았다.

"좋아하고 보니 그렇게 됐어. 그래서 말하지 않았던 거야. 우리 빼고는 애들이 다 기혼자니까 이런 내 상황 이해 못 받을 거 알았고."

"어째서 나한테 그런 이야기를 하는 거야? 쉽게 꺼낼 말은 아닌 것 같은데."

"넌 한 번도 묻지 않았으니까. 내가 늦은 저녁에 왜 갑자기 연락을 하는지, 만나는 사람을 친구들에게 보여주지 않는 이유가 뭔지, 매번 바뀌는 가방과 옷이 무얼 뜻하는지, 넌 궁금해하지 않았어. 내가 이렇게 말한대도 넌 비난하지 않을 거라는 생각이 들었거든."

짙은 밤갈색 머리에 희고 깨끗한 피부를 가진 영지에게는 서른 후반이라는 나이가 지닌 잔잔하고 고운 무늿결이 감돌았다. 안정적인 생활 위에서 자신의 매력을 가꾸는 데 능숙한 여인으로 보여졌다. 한데, 어째서 아름다움을 희석시킬 선택을 했을까. 은실은 영지의 말에 어떻게 반응해야 할지 몰라 잠시 멍해졌다.

영지는 한쪽 입꼬리를 비틀어 올린 채 자조적으로 중얼거렸다.

"나도 이렇게 될 줄은 몰랐어. 그냥 같이 있다 보니 좋아졌고, 그 사람이 나를 위해주는 모습과 배려에 마음이 열렸어. 좋아하고 보니 유부남이었던 거지, 불행하게도."

"친구들이랑 이상형에 대해 말할 때 네가 뭐라고 했는지 기억해?"

은실의 질문에 영지는 가볍게 웃었다.

"그런 얘기를 한 적 있었나? 하긴 우린 만나면 늘 연애와 남자 얘기가 1순위였지."

은실은 영지의 급작스러운 고백이 자신을 놀릴 목적으로 건넨 농담에 불과하기를 바랐다. 설령 남자와의 관계가 순고한 애정으로 시작됐다 해도 끝내는 사랑이어선 안 됐다. 대개 가정 있는 사람과의 관계는 결국 상대가 본래 자리로 돌아가는 수순으로 끝나는 게 대부분이었다. 과거 은실의 아버지도 그랬다. 바람을 피운 과거를 멋대로 회개하며 노쇠한 나이에 병든 몸으로 돌아온 남자. 그런 작자를 받아준 엄마를 은실은 이해할 수 없었다. 알코올의존증으로 정신의 일부가 훼손될 거였다면 차라리 가족에 대한 기억도 완전히 잃어버렸으면 좋았을 것 같다는 저주스러운 상상을 은실은 자주 했다. 그럴 때 은실은 방치되어 녹슨 철근같이 오래된 분노를 가슴속에서 삭여야 했다. 그것도 이젠 십수 년이 지난 지겨운 옛일이 되어버렸다.

○ ○ ○

성은이 일을 그만둔 뒤에 은주는 학원에서 혼자 끼니를 때우는 일이 많아졌다. 다른 동료 강사들과 어울려 식사를 하는 게 내키지 않아 도시락을 사서 탕비실에서 해결하거나 학원 앞에서 산 귤을 까먹었다.

"선생님, 주말까지 수업 추가로 맡았던데 괜찮아요? 공부하면서 일하는 게 쉽지 않을 텐데, 우리 중 유일하게 이십 대라 체력이 팔팔한 건가."

강사 중 한 사람이 알은척하며 물어도 은주는 반응하지 않았다. 더는 시험에 관해 생각할 기력조차 없었다. 은주가 원하는 건 주어진 시간을 채운 뒤 고요한 어둠에 휩싸여 잠드는 것이었다.

집에 돌아온 은주는 성은이 추천한 음악을 틀었다. 쿵쿵, 얇은 가벽을 치는 소음이 들리자 재생 버튼을 끄고 숨을 죽였다. 허술한 벽으로 이루어진 방에선 음악을 듣는 일도 녹록하지 않았다. 은주는 꼬여 있는 이어폰의 매듭을 푼 뒤, 귀에 꽂아 넣었다. 피아노 선율 위에 드럼 소리가 어우러졌다. 제리 멀리건의 〈morning of the carnival〉은 성은이 소개해준 곡이었다.

"혼자 있고 싶은데 막상 홀로 있는 게 외로울 때, 무섭도록 고요한 건 싫은데 시끄럽고 복잡한 것도 내키지 않을 땐 가사 없는 음악을 틀어둬요. 선율에 집중하면 다른 곳에 있는 기분이 들거든요."

성은은 그렇게 말했었다. 차원 이동도 아니고, 겨우 음악을 재생시켜둔다고 해서 전혀 다른 세계로 이동하는 느낌이 들 수 있다니. 그 말을 들었을 땐 바로 와닿지 않았지만 막상 음악에 열중하자 적막하고 청승맞은 시간이 조금은 다르게 느껴지는 것 같았다.

"음악은 낡고 초라한 것도 다르게 보이게 해요. 책이 순간적인 몰입도를 높여서 다른 세상으로 향하게 한다면, 음악은 그 순간을 새롭게 기록하는 도구인 셈이에요. 그래서 전 어떤 시기와 계절을 음악으로 기억해요. 들었던 선율이 떠오르면 차원을 이동해서 그리운 시간 속으로 돌아갈 수 있거든요. 그럼 아무리 비참하고 낡은 시간이더라도 한 편의 영화처럼 느껴져요."

성은의 나직한 말소리가 부드러운 선율 사이로 들리는 듯했다.

○ ○ ○

다시 차진을 만난 건 그로부터 몇 주 후였다. 말없이 학원 앞에 찾아온 그는 어색한 내색 없이 "오늘은 퇴근이 늦었네."라고 말을 걸었다. 그는 중고로 차를 샀다고 말하며 조수석 문을 열어주었다. 은주는 별다른 대꾸 없이 차를 탔다.

"뒷좌석 봐봐."

뒤를 돌자 좌석에 검은 봉지가 있었다.

"기다리다 학원 앞 트럭에서 팔기에 샀어."

은주는 봉지 안에 든 귤을 꺼내 손에 쥐었다. 차진은 고개 숙인 은주의 옆얼굴을 힐긋 보았다.

"전보다 수척해진 것 같다. 잘 좀 챙겨 먹지."

"너야말로 연락 없이 왜 왔어? 용건 있으면 말해."

은주는 한 손에 들어오는 작은 귤을 엄지와 검지의 압력으로 조금씩 눌렀다 떼며 평이하게 말했다.

그는 한창 학교에 적응하던 시기라 예민했던 것 같다며 지난번 일은 마음에 담아두지 말라고 이야기했다.

"근데 넌 한 번을 연락 안 하더라."

차진이 웃음을 띠고 말했지만, 은주는 아무 대답도 하지 않았다. 그간 연락할 수 없었던 건 자신의 존재가 그에게 더는 가치가 없다는 것을 알아버렸기 때문이었다. 설령 차진이 다른 여자를 만나더라도 자신에게는 화를 내거나 따질 권한이 없다는 것을 자각한 뒤로는 그 어떤 행동도 할 수 없었다.

"아무튼 이렇게 다시 봤으면 됐지. 학원 일은 요새 어때?"

"비슷해. 수업 시간을 늘려서 요즘은 일이 많아."

"설마, 후회하는 건 아니지?"

"무엇을?"

"시험 중단하고 일 시작한 거 말이야."

그간 차진은 은주를 설득하는 일에 힘써왔다. 우리 관계가 제대로 결실 맺기 위해서는 애매한 고시생 신분으로 학원 알바나 해선 안 된다는 게 차진이 늘어놓는 근거였다. 결국 그가 원하던 대로 은주는 시험을 포기하고 돈을 버는 일에 열중했다. 몇 주간 연락하지 않았던 시기에는 이대로 차진과 끝이 난 건지도 모른다고 생각했다. 그런 염려에 휩싸이면 공부를 다시 시작해야 하나 싶었지만,

생활에 찌들어 있는 사이에 고민하는 일 자체를 포기해버렸다. 어쩌면 자신도 시험이라는 중압감에서 도망치고 싶어서 차진의 설득에 못 이기는 척 마음을 돌이킨 걸 수도 있다. 시험에 관한 미련이 사라진 건 아니었지만 의지와 열의는 바닥을 친 상태였다.

성은의 바람과 마찬가지로 은주가 원하는 건 안정감 있는 생활이었다. 지금이라도 취업 준비에 열중하여 직장 생활을 시작해보는 것도 나쁘지 않을 수 있다. 그렇지만 그간 쌓아온 이력은 강사 일이 전부였고, 책상에 앉아 지루한 시간과 씨름하며 공부한 경험 외에는 모든 게 미숙한 상태였다. 경력이 전무할 뿐더러 사회성이 결여된 내향형 인간을 받아줄 조직이 있을까 하는 게 은주의 의문이었다.

○ ○ ○

입사한 지 두 달이 되었을 무렵, 성은은 은주의 메시지를 받았다.
  ∟ 선생님 잘 지내세요?

그 연락을 계기로 둘은 오랜만에 만났다. 주말 수업을 맡게 된 은주의 얼굴은 몰라보게 수척했다. 성은이 걱정스러운 빛으로 물었다.

"정신없이 바쁘겠어요. 컨디션은 괜찮으세요?"

"적응해서 괜찮아요. 선생님은 회사 생활, 어떠세요?"

"같이 일하는 과장님께서 잘 가르쳐주셔서 그럭저럭 적응해가고 있어요."

"잘된 일이네요."

"그렇죠."

이야기를 나누던 중, 성은은 무언가 떠오른 듯 쾌활한 표정으로 입을 열었다.

"선생님 말 듣고 난 뒤로 저도 책 읽을 때 맨 뒷장부터 보게 됐어요. 그 한 권을 만들기 위해 애쓴 이들 사이에 언젠가 제 이름도 들어가게 될 거라고 생각하니 유심히 보게 되네요."

"선생님이 편집자로서 만든 책, 저도 보고 싶네요."

학원에서 일하던 시기에도 대화를 종종 나눴지만 어쩐지 그때보다 오늘의 담화가 더욱 원만히 흘러가는 기분이 들었다. 일로 엮인 사이에 존재하던 거리감이 사라지자 은주의 얼굴에도 부담이나 불편한 기운이 보이지 않았다.

"그러려면 꽤 오랜 경력이 필요하겠죠. 아직은 고군분투 중이지만요. 선생님은 어떠세요? 학원 수업 하면서 개인 공부까지 하는 건 체력적으로 버거운 점이 많을 것 같은데, 괜찮으세요?"

"사실 지금은 공부 안 하고 있어요."

"그랬군요."

성은은 조용히 고개를 끄덕였다.

공부에 대한 열의가 깊어 보였던 은주의 결정에는 부득이한 사정이 있는 것으로 보였다. 제 몸을 혹사할 정도로 여러 수업을 도맡은 이유에 대해 조심스레 물었을 때, 돌아온 답은 이러했다.

"말하자면 길긴 한데, 남자 친구의 요구로 그만두게 됐어요."

"남자 친구라면……."

성은은 학원 앞에서 은주와 이야기 나누던 남자를 떠올렸다.

"맞아요. 선생님도 몇 번 봤던 그 사람이에요."

은주는 고개를 끄덕이며 속내를 터놓았다.

"임용고시를 같이 준비했었는데 그 친구가 시험에 먼저 합격했어요. 그쪽 집안에서는 안정적으로 일하게 됐으니 하루 빨리 짝을 만들라고 성화인데, 시험 준비를 하고 있는 저는 결혼 상대로 적절하지 않나 봐요. 결국 주어진 선택지는 두 가지였어요. 올해 시험에 무조건 합격하든가, 어떤 직장이든 들어가서 결혼 자금을 버는 거요."

"후자를 선택하신 건가요?"

"그런 셈이죠. 근데 모르겠네요, 이게 맞는 건지."

은주는 몇 번이나 모르겠다고 중얼거렸다.

"제가 휴일 없이 매일 일하더라도 그쪽 집안에서 원하는 조건에 부합하는 신붓감이 될 순 없을 거예요. 고작 1년 남짓한 시간으로 벌 수 있는 돈은 한정되어 있는데, 그전에는 뭘 했느냐고 어른들이 물으면 뭐라 말할 수 있을까요?"

은주의 반문에 성은은 아무 말도 하지 못했다.

"그간 전 가족들에게 이기적인 딸이자 동생이었어요. 제가 하고 싶은 공부를 위해 모든 생활을 그들에게 의존했으니까요. 공부하는 데 뒷받침되어준 건, 저의 무리한 욕심에 저당 잡힌 언니의 눈물과 엄마의 땀이었어요. 당시에도 가족들에게 그 시간을 이해받지 못했는데, 완전 남남인 이들에게 공부하느라 허비한 시절을 이해받을 수 없는 건 당연한 일이겠죠."

집으로 돌아가는 길, 성은은 사탕을 하나 건넸다.

"성은 선생님은 원래 사탕을 좋아하세요?"

사탕의 비닐을 벗기며 은주가 물었다.

"네, 과자나 초콜릿은 입안에서 쉽게 사라지고, 껌은 금방 단물이 빠지는데, 사탕은 진한 단맛을 오래도록 입속에 머금을 수 있잖아요. 그 지속성이 좋아요."

성은은 왼편에 있던 사탕을 반대편 볼로 굴리며 말했다.

"생각해보니 전 어렸을 때부터 사탕을 즐겨 먹었어요. 아빠의 퇴근이 늦어지는 어슴푸레한 밤에도, 엄마가 일을 끝마치고 돌아오기를 기다리던 정류장 앞에서도, 면접을 보러 가기 전 긴장감에 잔뜩 얼어 있던 날에도 어떤 말이나 한숨 대신 사탕을 입에 물었죠. 그 달콤함이 이어지는 시간 동안 미각이 단맛에 지배되면서 머릿속이 명료해지도록 단련했어요."

은주는 고개를 가벼이 숙이며 "그렇구나."라고 중얼거렸다.

"저도 그런 단순함이 필요한 것 같아요. 요즘 생각이 많아지네요."

손에 쥐고 있던 사탕의 껍질을 벗기며 은주는 그렇게 말했다. 웃고 있었지만 쓸쓸함이 감도는 미소였다.

○ ○ ○

집으로 가던 성은은 파란 트럭 앞에서 걸음을 멈췄다.

'그때 그 귤, 잘 먹었다고 말할걸.'

성은은 근무 마지막 날 은주가 선물로 건네줬던 귤을 떠올렸다. 호두알을 쥐듯 한 손에 들어오는 귤은 모양도 크기도 제각각이었다. 어떤 귤은 새콤함이 짙었고, 또 어떤 것은 과즙과 단맛이 풍부했다. 성은은 트럭으로 다가섰다.

"오천 원어치만 주시겠어요?"

건네받은 봉지는 은주가 줬던 것만큼이나 묵직했다. 다음 날 성은은 넉넉하게 사둔 귤을 은실에게 나누어주었다.

"맛있어 보여서 샀는데 양이 많아서요. 과장님도 좀 드세요."

"알이 작고 껍질이 얇은 게 맛있는데, 이건 그런 귤이네요."

은실은 손에 쥔 귤을 보며 꽤나 진지한 투로 면밀하게 진단했다.

"과장님도 귤 좋아하시나 봐요."

"저보다는 동생이 더 좋아해요. 알이 굵은 것보다 이렇게 작고 껍질이 얇은 게 맛있다고 말하곤 했어요."

은실은 떠오른 기억의 껍질을 벗겨낸 뒤 잘 여문 알맹이만 골라 맛보듯 신중하게 답했다.

"동생분은 좋을 것 같아요. 과장님 같은 언니가 있어서. 자매 사이는 친구 같은 면이 있는 게 좋아 보이더라고요. 전 외동이라 언니 있는 친구들이 부러워요."

성은의 말에 은실의 얼굴에 곤란한 변화가 스쳤다.

"글쎄요. 전 좋은 언니가 되어주지 못해서요. 요즘은 연락도 거의 못 하고 있는걸요."

은주가 했던 말과 유사한 대답에 성은은 은실을 바라봤다. "지금은 언니랑 연락을 거의 안 해요. 시험을 오래 준비하고부턴 그렇게 돼버렸어요." 은주가 쓰게 웃으며 했던 말이 성은의 뇌리를 스쳤다.

4

○ ○ ○

그날 밤, 영지로부터 전화가 왔다. 그녀는 "네가 물었던 답, 생각
났어."라며 입을 열었다.

"난 가진 게 없는 시시한 사람이지만, 사랑받기에 마땅한 존재
일 수도 있다는 확신을 주는 사람. 그런 남자를 만나고 싶다고 말
했었지."

영지가 그 답을 기억하는 건 본연히 자신의 바람을 알면서도 다
른 길로 들어섰다는 의미였다. 바라던 기준에 어긋났음을 알면서
도 건몸으로 은밀히 유지해야 하는 관계를 이어가는 영지의 선택
에 은실은 마음이 좋지 않았다.

"그 사람은 이런 상황을 미안하게 생각해. 진짜 사랑하는 건 난데, 아이들 문제가 엮여 있다 보니 정리하기까지는 시간이 필요하대. 모질게 몰아세우거나 재촉하고 싶진 않아서 기다리려고. 내가 압박하면 그 사람을 숨 막히게 했던 아내랑 다를 바 없으니까."

상대의 고통을 미안하다는 말로 방치하는 건 사랑일 수 없다. 불안과 괴로움을 목도할 뿐 제 편에 선 적 없는 전 애인이 그러했듯 남자가 영지에게 건네는 애정에는 신의와 지속성이 없었다.

"다른 사람들에게 드러내놓지 못할 존재와 관계를 유지해도 상관없다는 뜻이야?"

"적어도 확신을 주려고 애쓰는 사람이야. 나한테 했던 말 믿고 기다려주고 싶어."

"들키면 어쩌려고. 그땐 회사 생활도 힘들어질 수 있어."

"걱정하지 마. 조심하고 있으니까. 근데 너야말로 연애 시작해야 하지 않아?"

영지는 그럴 일 없다는 듯 여유롭게 화제를 은실 쪽으로 돌렸다.

"연애는 무슨. 난 됐어."

"외롭지 않아? 결혼 안 한 건 우리 둘뿐이야."

"그렇다고 기혼자들의 삶이 외롭지 않은 것도 아닌 것 같은데. 너를 만난 그 남자만 봐도."

은실의 입에서 본심이 흘러나오자 둘 사이에 정적이 흘렀다.

"질문을 바라고 털어놓은 건 아니겠지만 물어도 될까? 그 남자는 네가 원인 모를 통증에 아파할 때 병원에 함께 가줘? 긴장해서 잔뜩 땀이 밴 네 손을 먼저 잡아주는 그런 사람이야?"

불현듯 물었던 건 병원에서 만난 여인이 떠오른 탓이었다. 그녀 주위에 애정의 시럽이 뿌려진 듯 윤택하게 빛나던 모습을, 평온하고 완만히 부푼 결실을 감싸 안던 손을, 그 손가락에 끼워져 있던 얇은 반지를 은실은 이따금 되새겼다.

"요즘에는 일이 바빠서 전 같지 않지만, 그래도 미안한 마음을 갖고 나에게 더 잘하려고 노력해."

영지는 띄엄띄엄 답했다. 그 말이 충분한 대답이 되지 못한다고 판단했는지 덧붙였다.

"중요한 건 이 사람은 내 기분이 어떤지 안다는 거야. 내가 우울해하면 꽃을 건네고, 유심히 봐둔 목걸이나 가방을 선물해. 분위기 좋은 레스토랑에 데려가서 고백하기도 해. 나에겐 이런 예쁘고 근사한 것이 어울린다고 말하면서. 네 말대로 특수한 관계성 때문에 힘든 날도 있지. 그럴 땐 그이가 불안을 완화시켜줄 또 다른 향과 색을 지닌 새로운 꽃을 내밀어. 그 꽃과 내가 닮았다고 말하면서. 그럼 난 그 향을 맡으며 생각해. 난 이 사람을 통해 누리는 안정감이 필요하다고."

영지는 "그 사람은 내가 많은 걸 요구하지 않아서 좋대. 곤란할 만한 질문으로 몰아세우지 않고 얌전히 기다려주는 것도 사랑스럽대."라고 중얼거렸다.

어째서 이런 이야기를 자신에게 털어놓은 걸까. 남자와 영지의 관계는 철저하게 성이라는 매개로 시작되었을 거고, 두 사람이 몰입한 시간은 기존 관계의 신의를 깨뜨리는 것을 담보로 하고 있었다. 당장은 진심을 호소하며 잘해주더라도, 만남의 고지가 다다랐을 때 그의 선택은 가족이 있는 집으로 돌아가는 것이었다. "난 엄마를 실망시키고 싶지 않아. 그런 방식으로 너와 결혼한다면 행복할 수 없을 거야." 불현듯 애인의 말이 뇌리를 스쳤다. 부모의 반대에 부딪히자 그는 은실이 아닌 가족을 택했다. 그는 만나는 동안에도 불안을 안겨주었고, 고민에 대한 해답을 준 적 없어 마음을 애태웠다. 은실은 많이 울었던 연애 시절이 영지의 모습과 겹쳐 보여 마음이 좋지 않았다.

"그런 고통을 감수하면서까지 그 남자를 만나기에는 지금 네가 너무 예쁘다."

은실의 말에 영지는 가벼이 수긍했다.

"그렇지 않았으면 그 남자가 나를 만나지 않았겠지."

비릿한 웃음 끝에 영지는 말을 이어갔다.

"몰랐는데 그 전 연애에서 난 충족된 기분을 느낀 적이 없었어. 외로운 건 둘째 치고 어딘가 석연치 않은 불편과 만족스럽지 않은 조건이 거슬렸지. 어떤 연애로도 안정감을 느끼지 못했어. 근데 그 사람은 날 많이 사랑해줘. 적어도 같이 있을 때만큼은 좋아."

"떨어져 있을 때는?"

"두 집 살림하는 게 어디 쉽겠어? 주말이나 저녁에 연락 안 되는 게 쓸쓸하긴 하지만, 그 정도는 이해해야지. 한 침대에서 시간을 보내다가도 그이는 돌아가야 할 곳을 매번 떠올려. 그럼 빈 집에 혼자 있어야 하는 건 내 몫이야. 난 거기서 기다려, 연락이 오기를. 그 사람이 미안해하며 나에게 안겨줄 꽃다발이나 반지를."

영지는 남자를 통해 누리고 있는 것들을 놓을 준비가 되어 있지 않은 듯했다. 자신이 받고 있는 것들이 사랑의 증거라는 믿음이 깨어지지 않는 한, 관계를 유지하려 하겠지. 은실은 영지에게 해줄 이야기가 떠오르지 않았고, 위로해주고 싶은 의욕도 없었다. 배터리가 없다는 핑계로 이내 통화를 끝맺었다.

영지와 대화를 이어갈수록 지난 연애에 대한 기억만 되살아나서 기분이 좋지 않았다. "엄마가 반대하는데 어떡하라고. 세상 모든 사람이 너처럼 아버지랑 연락까지 끊고 멋대로 살 수 있는 게 아니야." 당시 애인에게 들었던 말은 은실을 여전히 아프게 했다. 통증이 이는 가슴을 쥐던 은실은 셔츠를 벗고 속옷 차림으로 거울 앞에 섰다.

"몸을 훑고 간 기억은 지워지지 않고 남나 봐."

고개를 숙여 내려다보자, 붉은 자국들이 가슴 중심부에 띠 형태로 둘러져 있었다. 서늘한 냉기에 상체에 투명한 돌기 같은 닭살이 돋았다. 팔다리는 말랐지만 허리둘레는 이십 대 때와 비교하면 제법 늘어 있었다. 비쩍 마른 팔다리와 어울리지 않는 몸을 내려다보며 은실은 자신이 회색 유기체같이 여겨졌다. 연애가 끝나갈 무렵,

그녀에게 거의 관심이 없던 애인의 시선도 그 같은 무채색이었다.

은실의 주변은 온통 회색빛이었다. 자신을 둘러싼 사무실의 벽면도, 블루 스크린 차단을 위해 덧씌워둔 모니터도, 이따금 은실을 보며 "은주냐?"라고 묻던 아버지의 초점 없는 눈동자도 모두 같은 빛깔이었다. 이처럼 어두운색으로 얼룩진 인생은 꼭 자신의 엄마와 닮아 있었다. 인숙은 무채색의 어두운 일상을 어떻게 이어갈 수 있었을까. 그 의연함은 인고의 노력으로 얻은 것인지, 체념한 뒤로 갖게 된 것인지 모르지만 연애의 영역에서 제 처지는 엄마보다 나을 게 없었다. 아빠와 다른 남자를 만나 여봐란 듯이 살겠다고 다짐했지만, 결혼은 커녕 책임감 없이 떠난 애인을 떠올리는 현실은 비참했다.

요양병원을 드나드는 인숙에게 "아빠보다 엄마가 더 가엾고 불쌍해."라고 책망했던 일도 되살아났다. 그런 모진 말로 은실이 비난했을 적에 인숙은 말했다. "내가 네 아빠에게 가졌던 원망과 미움을 너희까지 힘써 실천할 이유는 없어. 아빠라는 사람을 원망하는 마음을 너무 오래 품지 마라. 누군가를 오래 미워하는 분노는 네 마음도 상하게 해." 은실은 그 말에 도리어 낡은 회백색 분노가 심화되는 것을 느꼈다. 사업에 실패한 후 잠적한 아빠의 빈자리에는 붉은 딱지가 붙었고, 젊은 여자와의 낭랑한 만남을 일삼던 방탕한 젊음이 이어졌다. 은실은 부부 사이의 갈등과 미움을 자식에게 물려주고 싶지 않다는 인숙의 바람을 거역하고 아버지라는 존재를 증오했다. 그를 원망하는 열기만큼이나 애인에 대한 미움도 여전했다. 그 안에는 그리움도 뒤섞여 있었다. 가슴이 불에 덴 듯 뜨거운 건 감정적 격노에 의한 것인지 또는 원인 모를 어떤 통증에 의한 증상인지 알 수 없었다. 의사는 암이 아니라고 했지만 그에 상응하는 어떤 불길하고 유해한 것이 몸속에 퍼지고 있는 건지도 모른다.

은실은 벗어둔 옷을 다시 입었다. 일전에 읽었던 원고의 내용대로 마흔이라는 나이에 우아하게 혼자 사는 일이 가능할까. 어두운 집의 불을 밝히는 일 따위를 울적하게 여기지 않고, 과거의 상처에 의연한 엄마의 태도를 닮는 일이 가능하긴 한 건가. 은실은 두서없이 이어지는 불안을 노트에 써 내려갔다.

'우리 이대로 괜찮을까?'

이 질문은 자신과 영지에게 되묻고 싶은 말이었다.

혼자 사는 삶은 신경 쓸 것 없다는 면에서 속 편하지만 미래를 책임져주거나 함께할 사람이 없다는 건 불안하다. 외로움을 무마할 연애 상대를 가볍게 찾는 것으로 쉬이 채워질 수 있는 문제가 아니라는 것도 안다. 그래서 외로움은 관리하기가 까다롭다. 내가 은주라는 여자를 떠올리면서 느낀 부러움과 시샘이 뒤섞인 마음은 분명 어떤 관계와 안정감에 대한 목마름이 맞다. 그 여자는 갖고 있고 나는 갖지 못한 그 무엇.

○ ○ ○

"전 마음에 드는데, 과장님은 어떠세요?"

규림은 인쇄본을 훑어보며 은실에게 물었다.

"저도 기대보다 훨씬 좋아요."

규림은 만족스러운 미소를 지으며 성은에게 인쇄본을 건네주었다. 감리가 진행되는 과정을 처음 본 성은은 호기심이 뒤섞인 눈을 빛내며 원고를 넘겨보았다.

"화면 교정 볼 때와 인쇄된 실물을 보는 건 느낌이 다르네요. 제목도 좋은데요. 마흔, 마음을 치유할 때."

"거봐요, 과장님. 정이현 팀장님 말은 괘념치 마세요. 마케팅 쪽 의견이 모두 맞진 않아요."

"저도 그랬으면 좋겠네요."

은실은 규림의 말에 고개를 끄덕였다. 한 달여간 제목 선정을 두고 마케팅부서와 대립하며 날을 세웠던 일을 생각하면 지금도 진이 빠질 지경이다. 결국, 저자가 고집하던 제목으로 최종 확정한 건 결론을 내지 못한 채 시간만 허비할 수 없었기에 내린 결단이었다.

"마흔과 마음의 어감이 비슷하기도 하고 책의 주제가 잘 드러나는데요."

성은이 의견을 거들었다. 올 상반기부터 준비한 작품이 인쇄를 앞두고 있는 상황. 저자만큼은 아니더라도 책을 사랑하는 사람으로서 원고를 다듬는 일은 늘 새로웠다. 글쓴이의 삶을 정제해 종이에 담는 건, 책의 수익을 떠나 의미 있는 일이었다. '수익을 떠나서' 같은 말은 마케팅부서의 입장에서 본다면, 허무맹랑한 생각이나 예술에 젖은 이의 무능력한 고백으로 들릴 테지만.

"마케팅부서는 어째서 이 제목을 반대한 걸까요? 저희가 제시하는 가제를 마음에 들어 하지 않으면서도 구체적 의견을 제시해주지 않아서 회의 때마다 애먹었잖아요. 그쪽에서 어떤 것을 원했던 건지 솔직히 모르겠어요."

성은의 물음에 규림이 답했다.

"그쪽에서는 제목을 짓는 게 본인들 업무가 아니라는 거겠죠. 그렇더라도 책을 홍보하는 입장이니 작품의 첫인상을 좌우할 제목 선정에 개입할 권리가 있다는 생각도 갖고 있을 거예요. 마케팅부서 마음에 드는 제목 만들려고 몇 주간 시간을 들였던 게 바로 그런 이유 때문이었어요."

말을 잇던 규림은 어깨를 추어올리며 "여긴 대표가 영업팀 출신이라 그런지 영업부와 마케팅 쪽 권한이 강해요. 직접 책을 다루고 만드는 건 우린데……."라며 투덜거렸다. 같은 편이라는 믿음이 없다면 털어놓지 못할 불평을 서슴없이 드러내는 규림이 귀엽게 느껴져 은실은 웃었다.

인쇄소를 나올 때, 규림은 달뜬 얼굴로 제안했다.

"과장님, 떡볶이 먹고 갈까요? 성은 씨도 같이 먹어요."

성은은 "좋아요, 저 고등학교 때 분식 왕이었어요."라고 말하며 웃었다. 세 사람은 맵싸한 떡볶이를 먹으러 분식집으로 향했다. 작은 가게 앞에 선 채로 더운 김을 풍기는 떡볶이를 먹었다. 성은은 떡볶이를 먹으며 근방의 골목 풍경을 찬찬히 둘러보았다.

"서울에 이런 데가 있었다니, 다른 곳 같아요."

인쇄소 근방에는 개발되지 않은 상가와 작은 시장, 나지막한 건물들이 모여 있었다. 높이 치솟은 건물이 없기에 탁 트인 하늘을 볼 수 있는 점이 좋았다.

"한적하고 좋죠? 전 이 분위기 덕분에 이 집 떡볶이가 유독 맛있게 느껴지는 것 같아요. 성은 씨도 어묵 국물 줄까요?"

규림은 성은의 빈 컵을 채워주며 뜨거운 국물을 후루룩 마셨다. 감탄 섞인 신음을 토해내는 그녀의 안경에 불투명한 김이 서렸다.

"어제 너무 많이 마셨나 봐요."

"당분간 금주하겠다고 선언하지 않았어요?"

은실이 묻자 규림은 겸연쩍게 웃었다.

"오랜만에 친구들 만났다가 결국 두 병 반을 먹었네요."

"속 다 버리겠어요. 거기다 자극적인 떡볶이까지 먹으면 위장 상해요."

규림은 웃으며 얼룩진 안경알을 카디건 가장자리로 닦으려 했다. 그 모습을 보던 은실이 말없이 손수건을 건넸다.

"역시 과장님은 준비성이 철저하세요."

은실의 어깨를 톡 치는 규림의 손길을 지켜보던 성은의 입가에 미소가 떠올랐다. 비슷한 색과 속도로 이뤄진 대화란 귀한 것이라 시선이 머물 수밖에 없다. 건조한 회사 생활과 누적된 피로, 물성이 다른 이들이 격렬하게 부딪히는 것과는 다른 색으로 물든 장면이었다. 필사적인 대신 여유가 넘치며, 성급하게 타오르는 대신 적절한 온기가 오갔다. 규림은 어묵 국물을 한 국자 더 뜨며 말했다.

"저도 반성했어요. 그렇지만 과장님과 간만에 나온 외근인데 이 코스를 건너뛰면 아쉽잖아요. 물론 술만큼은 자제하려고요. 식도염 때문에 병원에서 커피, 술 금지령이 떨어졌거든요. 더군다나 스튜디오 촬영이 추가로 남아서 몸매 관리도 해야 해요."

"올해 병원 검진 받을 때 나온 결과라고 했던가요?"

"네, 추가로 부인과 검진도 받았는데, 가슴에 혹이 있다고 해서 얼마나 놀랐는지 몰라요. 이곳저곳 말썽인 거 보니 이젠 관리해야 하나 싶어요."

"혹에 대해선 뭐라고 나왔어요? 혹시 가슴에 찌르는 것 같은 통증은 없었어요?"

부인과 검진에 관한 이야기에 은실은 걱정스러운 표정으로 물었다.

"통증 같은 건 없었는데, 왜요? 혹시 과장님도 불편한 증상 있으세요?"

"실은 저도 가슴에 통증이 좀 있어요."

"병원 가서 검사는 해보셨어요?"

"검사했을 땐 별다른 건 안 보인다는 게 의사 소견이었는데, 증상은 여전해요."

"과장님, 혹시 요즘 스트레스 받아서 그러신 거 아니에요?"

"글쎄요. 스트레스라고 여길 만한 건 없었던 것 같은데……."

"그냥 넘겼을 뿐이지 스트레스가 쌓였을 수도 있어요."

"그럴지도 모르겠네요."

은실이 나직이 중얼거리자 규림은 크고 둥근 눈을 부러 반쯤 구겨 흘겼다.

"일적으로는 철두철미하시면서 자신에게는 무심하신 거 아니에요? 그러다 덜컥 일 쉬어야겠다면서 회사 떠나시면 곤란해요."

규림의 말에 은실은 대답 대신 웃었다. 회사를 불쑥 그만둘 수 있을 만한 여력이 앞으로도 생길 리 없으리라 생각하며 흘린 자조적 웃음이었다.

"전 그간 과장님 덕에 회사를 계속 다닐 수 있었어요. 우주 선배가 퇴사하고 난 뒤 디자인팀에 저 혼자 남았던 시기, 기억하세요? 그때 절 붙든 건, 과장님이 인쇄소를 나오면서 '혼자 일하는 거 힘들죠. 괜찮으면 떡볶이 먹을래요?'라고 건넸던 말이었어요."

규림은 은실과 친해진 계기가 함께 먹은 떡볶이라는 이야기를 터놓으며 나른한 회상에 잠겼다. 은실의 뇌리에 오래된 필름이 맴돌듯 과거의 장면들이 스쳤다. 단조롭고 시시한 시간이라 여겼지만, 들여다보면 크고 작은 소용돌이는 매번 있어왔다. 그 진동과 흔들림이 겉으로 드러나 보이지 않았을 뿐, 내면에선 어려움과 부딪혀 매끈했던 마음 여기저기 흠이 나고 살이 파였다. 그만두고 싶었던 직장을 7년을 버티며 다닌 일은 은실 나름대로는 열띤 노력의 결과였다. 실은 그간의 시간들을 꽤나 치열하게 살았던 게 아닐까 하고 은실은 생각했다.

"큰 병이 생기지 않도록 몸 돌보셔야 해요. 과장님의 존재가 저한테는 꽤나 크다고요."

규림은 은실의 종이컵에 어묵 국물을 채우며 장난스럽게 덧붙였다.

"성은 씨, 가끔 과장님과 가까워지는 게 어렵다 싶으면 떡볶이 먹고 싶다고 말하면 돼요."

"네, 그럴게요. 근데, 대리님도 과장님만큼이나 이곳에서 일한 지 오래되었나 봐요?"

"전 올해로 4년 차예요. 딱 성은 씨 나이에 여기 들어왔으니까."

성은은 경이로운 듯 감탄했다.

"대단한데요."

"한 회사에서의 장기근속이 요즘은 흔치 않긴 하죠. 그런 면에서 조직에 좋은 동료가 있는 게 중요해요. 대개 회사에서 괴로운 건 일보다는 사람 탓이 크거든요. 일은 적응하고 배우면 되는데, 관계에서 겪는 어려움은 노력으로 해결되는 영역이 아니에요. 감정과 감정이 부딪혀서 골이 생기는 건 메워지지 않는 법이라…… 꼭 흉터 같아요. 생각해봐요. 거울을 볼 때마다 얼굴 한가운데 보기 싫은 흉터가 있다고. 매일 회사에서 누군가를 보는 게 흉터를 보는 일처럼 괴로우면 그때부터 직장 생활은 지옥이에요."

은실은 규림의 말에 공감했다. 소통이 원만히 이루어지는 동료 관계란 귀한 것이었다. 회사에서 은실에게 그런 존재는 규림이 유일했으므로 동료로서 각별한 애정을 갖고 있었다. 규림은 윗선의 말에 마냥 의견을 굽히는 타입이 아니었다. 자신의 마음을 새들하게 여기지 않는 건강한 자존심을 지닌 동료. 그런 규림과의 관계도 이제 곧 끝날지 모른다. 규림은 교제하던 이와 결혼 준비에 한창이었고, 이후 회사를 떠날 가능성도 있다고 말한 적 있었다.

"코너 돌면 바로 있는 국밥집도 맛있는데. 과장님 다음번에는 다 같이 저녁 먹는 거 어때요?"

"성은 씨만 좋다면 전 좋죠."

"저도 좋아요."

성은이 웃으면서 바로 고개를 끄떡였다.

○ ○ ○

은실과 성은은 지하철을 같이 탔다. 나란히 선 두 사람의 실루엣이 어두운 차창에 어슴푸레하게 비쳤다. 자신보다 한 뼘 정도 높은 위치에 있는 성은을 보며 은실은 동생을 떠올렸다. 얼마 전 보낸 메시지에는 답 대신 읽음 표시만 남아 있었다. 철부지 같은 응석으로 용돈이라도 달라고 연락해 온다면 좀 좋을까. 은주의 침묵은 그 자체로 의도적 단절을 원한다는 것을 드러내는 행동이라 야속하게 느껴졌다. 그런 상념이 내면에서 깜빡일 적에 성은이 말을 걸어왔다.

"과장님, 오늘 새삼 그런 생각이 드는 거 있죠."

은실은 고개를 돌려 성은을 바라봤다.

"저도 과장님처럼 꾸준히 회사 생활을 할 수 있을까 하는 걱정이요. 두 분처럼 한 조직에 자리를 잡는다는 게 말처럼 쉬운 일은 아니잖아요. 그래서 과장님이나 대리님이 더 대단하게 여겨져요."

"와, 대단한데요."라는 다른 사원의 말에는 감탄보다 업신여기는 조소가 어려 있었다. 그러나 성은의 말에는 악의나 비꼬는 기색이 없었다. 진심 어린 감탄이 깃든 눈빛에 은실은 멍해졌다. 회사를 오래 다닌 것에 대한 칭찬은 극성스러운 면이 있다고 생각되어 부끄러운 저항도 일었지만 긍정적인 평가가 싫지 않았다.

"한 분야에서 꾸준히 일한 경험은 쉽게 얻을 수 있는 게 아니잖아요. 그런 성실함과 공들인 시간이 멋지다고 생각해요. 전 고작 두 달 정도 일했는데도 잘해낼 수 있을지 걱정되거든요. 겨우 인턴 때부터 이런 마음을 갖는 게 나약하다 싶기도 하지만요."

"저도 이 일을 계속 하게 될 줄은 몰랐어요. 그땐 그저 이런 다짐의 연속이었어요. 오늘 버텼으니 내일도 버텨보자. 그럼 조금씩 나아지겠지 생각하면서 다녔던 거예요. 저도 성은 씨 말마따나 자신 없어서 그만두고 싶었던 순간이 많았어요."

얼마 뒤 지하철은 정차역에서 멈추었고, 한 차례 인파가 쏟아져 나간 뒤 또 다른 사람들이 빈자리를 채웠다.

"방금 역에서 내린 사람들, 한 명이라도 기억할 수 있어요?"

은실의 물음에 성은은 고개를 저었다.

"아뇨, 제대로 보지 못했어요."

은실은 표정 없는 얼굴로 휴대폰을 보거나 피로에 지쳐 눈을 감은 이들을 둘러보며 말했다.

"지하철에 있는 사람들의 얼굴이 기억에 남지 않는 건 누가 내리더라도 또 다른 이들이 빈자리를 채우기 때문일 거예요. 그사이에 지하철은 멈추지 않고 일정한 속도로 목적지를 향하고요. 회사도 마찬가지예요. 내가 없더라도 일은 돌아가거든요. 못 견뎌서 그만두더라도 대체할 인원은 있어요. 내가 아니더라도 이 일을 할 사람은 얼마든지 있다는 것을 의식하면 조직에서 나의 역할은 언제든 폐기 가능한 것으로 느껴지기도 해요. 산적해 있는 많은 일들을 처리하는 부품으로 사는 것 같은 기분이 들 때, 힘들고 불안하죠."

성은은 말없이 은실을 바라봤다. 겁을 먹은 듯한 얼굴, 그 투명한 표정에 은실은 부드럽게 말을 이어갔다.

"모든 게 어설프고 위축됐던 내 신입 때와 비교하면 성은 씨는 잘 해내고 있어요. 그러니 심각하게 고민하지 말아요."

그저 하루하루 견뎠고, 연차가 쌓였다. 정글짐같이 유기적으로 연결되어 있는 회사의 규율과 동료 관계에 지칠 때도 많았다. 버틸 힘이 없어 무너진 날도 있지만, 그럼에도 다시 오르고 또 올랐다. 업무 사이에 연결된 긴밀한 파이프를 오르내리며 점차 사회인으로서 적응해갔다. 하고 싶은 말을 마음껏 내뱉는 배짱은 기질상 갖지 못했지만, 부당한 일들이 오물같이 쏟아질 때, 자신을 보호할 방수 커버 같은 마음의 두께도 조금은 생겼다.

"과장님, 궁금한 게 있는데요. 경력을 오래 쌓으면 어떠세요? 일과 사람 관계 같은 것에 능숙해지나요?"

"지금도 고민하고 머뭇거려요. 어떤 영역의 고민은 시간이 흐름에 따라 해결되는 게 아니라 조금 더 큰 둘레로 넓어지거나 근본적인 물음표를 던지거든요. 반드시 통과하거나 거쳐야 할 관문처럼."

성은의 표정에 은실이 던진 말의 뜻을 바로 이해하기 어려워하는 기색이 비쳤다. 은실은 희미하게 웃으며 설명을 이어갔다.

"입사했던 때만큼 심각하게 생각하지 않는 건 좋아요. 직책에 따른 책임의 무게는 있지만, 나 한 사람으로 인해 회사가 휘청이지 않는다는 걸 기억하면 부담을 비울 수 있어요. 혼자가 아니라 여러 사람들이 함께해 나가는 일이기에 주어진 몫에 최선을 다하면 되고요. 그 안에서 때론 내가 부품처럼 느껴질 수도 있겠지만, 자신의 역할이 다른 사람으로 대체될 수 있다고 해서 무가치한 건 아니에요. 그 안에서 배운 경험은 오롯한 나의 것이고, 시간이 흐르더라도 결국 내 안에 남아요. 어떤 형태로든."

"그렇군요. 의미 없는 게 정말 아니네요."

은실의 말에 경직되어 있던 성은의 표정이 느슨히 풀어졌다.

"혼자 해 나가는 일이 아니니까 너무 염려하지 말아요. 우린 한 부서 안에서 합을 맞춰 일하는 동료니까요. 지금처럼 같이 일하다 보면 조금씩 능숙해질 거예요."

동료 사이에 일정한 거리를 두는 건 은실에게 자연스러운 일이었다. 친한 동료일지라도 적절한 경계를 두며 사적인 용무로 연락한 일이 한 번도 없었다. 그러나 같이 일하는 시간만큼은 서로에게 "고생했어요."라거나 "잘하고 있어요."라는 격려를 건네면 좋지 않을까. 그 정도 거리일지라도 우리라는 맥락으로 묶일 수 있다는 생각이 은실은 문득 들었다. 그건 성은이 건넨 말 덕분이었다.

"회사에 들어오면서 얻은 안정감이 되게 큰 것 같아요. 우리라는 소속이 있다는 게 얼마나 안심되는지 몰라요. 그런 틀 없이 취업을 준비하던 시간은 불안의 연속이었어요."

"입사한 뒤에는 마음이 어떻게 변했어요?"

"훨씬 좋아졌어요. 특히 엄마가 제일 기뻐하세요. 뭣도 모르던 녀석이 회사라는 곳에 들어가서 밥벌이한다는 게 좋으셨나 봐요. 잘 버텨라. 잘 배워라. 그렇게 말씀하세요."

성은은 사원증을 손에서 놓지 않으려는 듯 꼭 쥐었다. 그 시선에서 한 명의 사회인으로서 갖고 있는 책임감과 떳떳한 자녀로 남기를 바라는 진심이 온존되어 있는 것이 느껴졌다.

○ ○ ○

은주는 성은과 오랜만에 만났다. 그 만남은 성은이 추천해주었던 음악을 듣던 어느 밤, 안부를 물었던 일이 계기가 됐다. 혼자 있는 시간을 견디는 것은 괴로운 일이었지만, 막상 은주에게는 고민을 털어놓을 상대가 없었다. 어릴 때부터 봐온 친구들은 서로를 잘 안다는 믿음으로 인해 넘겨짚는 발언을 서슴지 않았고, 몇 차례 부재중 연락으로 애매한 걱정만 끼쳐둔 은실에게는 차마 연락하지 못했다. 그렇다고 엄마에게 하소연을 할 수도 없었다. 은주에게 있어 엄마는, 의지하기보다는 떳떳하게 인정받고 싶은 존재였다. 연신하여 건네는 말에 푸념이나 하소연을 뒤섞어 걱정을 끼치고 싶지 않다는 고집은 어려운 현실 앞에서도 결코 양보할 수 없었다.

몸은 피로에 휩싸여 있지만 쉬이 잠들지 못하는 밤, 은주는 성은을 떠올렸다. 사탕을 건네며 "당 떨어지실 것 같아서요."라고 말하던 해사한 얼굴이 그리웠다. 중립 없는 사탕의 저속한 달콤함이 쉬이 변하지 않는 순정처럼 느껴지기도 했다. 언젠가 차진과 카페에 있을 때, 은주는 받았던 사탕을 그에게 건넸었다. 차진은 고개를 저으며 "너 학원 강사 다 된 것 같다. 애들 먹는 사탕을 다 먹고."라고 말하며 휴대폰에서 시선을 떼지 않았다. 그는 얼마 뒤 담배를 피우고 오겠다며 자리에서 일어났다. 은주는 차진이 일어난 자리에 놓여 있는 사탕을 까서 천천히 녹여 먹었다. 엄지손가락만한 크기의 사탕이 반절로 작아졌을 무렵, 차진이 돌아왔다.

"나 이만 가봐야겠다. 일이 좀 생겼어."

차진은 바쁘다며 일어났다. 뒤따라 나간 은주는 학원에 데려다 줄 수 있느냐고 물었다. 그는 마지못해 고개를 끄덕였다. 출발한 차가 신호 대기에 걸렸을 때, 휴대폰이 울렸다. 그는 휴대폰의 진동을 끄며 연락을 받지 않았다.

"왜 안 받아?"

"너랑 같이 있는데, 뭘. 이따 연락하면 돼."

"어머니 아니야? 급한 연락일 수도 있잖아."

"별일 아니야."

차진은 고개를 저었다. 운전대를 쥔 그를 보며 은주는 물었다.

"소개받는다는 건 어떻게 됐어?"

"무슨 소개?"

모르는 척 되묻는 태도에 그가 이 주제로 대화를 이어가고 싶어 하지 않는다는 것을 느낄 수 있었다. 결혼하라는 부모의 성화에 만나는 사람이 있다고 말하지 않은 것 자체가 관계에 대한 책임 의식이 없다는 뜻이었다. "난 자식으로서 엄마의 요구에 부응하려는 시늉이라도 해야 돼."라는 해명대로, 의무적 만남일 뿐이라고 말한다면 이토록 불안하거나 화가 나지 않을 것이다. 은주는 납득할 만한 설명을 바랐지만, 돌아온 답은 바빠서 소개받는 일이 무산됐다는 이야기였다. 그 설명 뒤에 다른 말이 더해지지 않자, 은주는 그가 거짓말하고 있다는 것을 예감했다. 학원 앞에 차가 정차하자, 은주는 말없이 내렸고, 차진은 가볍게 손을 흔들었다. 눈앞에서 그의 차가 멀어지는 것을 보는 은주의 표정은 어두웠다.

○ ○ ○

차진으로부터 메시지가 왔다.

ㄴ 오늘 동료 선생님들이랑 회식이 갑자기 잡혀서 못 만나겠어.

메시지를 보자 온몸에 힘이 빠졌다. 집으로 돌아온 은주는 침대에 힘없이 누워 눈을 감았다. 차진과 생활하던 시절에는 7평대 원룸이 비좁게 느껴졌는데, 혼자 지내고부터는 쓸데없이 넓다는 생각이 들었다. 함께하던 존재가 사라진 뒤의 적막은 구멍 난 양말같이 커져갔다. 그 여백을 메꾸고 복구하는 일이 오로지 제 몫으로 남은 점이 은주는 억울했다. 차진은 학교 근방 오피스텔에서 생활하기 시작했다고 말했을 뿐, 이사한 집에 은주를 초대하지 않았다. 전처럼 같이 살자는 이야기를 먼저 하지 않는 점도 내심 걸렸다. 어째서 그런 제안을 하지 않느냐고 앞질러 물을 수는 없었다. 더구나 요즘은 얼굴 붉히며 감정적 대화를 하는 일이 잦았던 터라 은주 쪽에서 살림을 합치자고 제안하거나 결혼에 대한 이야기를 꺼내기가 더욱 어려웠다. 은주는 차 안에서 차진이 했던 말을 떠올리며 앞질러 무언가를 요구해선 안 된다는 말을 되뇌었다. 그가 무언가를 감추고 있는 것 같다는 뾰족한 의심이 일었지만, 지나치게 예민한 탓이라고 다독이며 감정을 다스렸다.

어쩌면 오늘 밤, 연락이 오지 않을지도 모른다. 회식이 길어진다는 이유로 전화가 오지 않는 날은 이전에도 몇 번이나 있었다. 책장을 훑어보던 은주는 한동안 들춰보지 않았던 문제집을 훑어보았다.

'엄마나 언니는 내가 공부하는 줄 알고 있겠지.'

그들을 속이고 있다는 죄책감보다 더욱 큰 건 실망시키고 싶지 않다는 완강한 고집이었다. 무인도에 표류한 로빈슨같이 소식 없던 녀석이 고작 전한다는 말이 결혼 자금을 모으기 위해 학원에서 일한다는 결말이어서는 안 될 것 같았다. 은주는 특히 언니 앞에서 만큼은 제힘으로 원하는 결과를 만들어낼 수 있다는 것을 증명하고 싶었다.

주지해온 결과가 뒤집히는 상황을 보여주고 싶었지만, 현실은 계획한 것과 다르게 흘러갔다. "난 네가 흘려보낸 시간에 대한 아쉬움 같은 건 없었으면 해. 우리 약속했잖아. 엄마처럼 살지 않기로." 은실은 가정에 충실하지 못한 남자로 인하여 평생을 고생해온 인숙과는 다른 선택을 해야 한다고 말하곤 했다. 그 말에 비춰봤을 때, 갑작스럽게 공부를 그만둔 것도, 차진과의 불완전한 관계를 유지하는 것도 은주는 떳떳하게 여겨지지 않았다. 간혹 이런 생각도 들었다. 아무도 없는 골목을 걸을 때의 움츠러든 어깨를 은실에게 무방비한 상태로 들키고 싶다고. 초라한 민낯을 발각당하면 부끄러운 일이 더는 악착같이 숨겨야 할 수치가 아니게 될지도 모르니까.

이따금 오는 연락에 건성으로 답하게 된 건 꽤나 오래된 일이었다. 안부를 묻는 은실에게 건네는 답은 늘 비슷했다.

　ㄴ 그럭저럭 나쁘지 않아.

　ㄴ 늘 비슷해.

그럭저럭 괜찮다는 말은 처한 상황을 사사로이 터놓고 싶지 않다는 뜻이었으며, 비슷하다는 답은 하소연을 늘어놓지 않겠다는 의지를 선회하여 표현한 것이었다. 은실은 침묵이 오래 이어지면 자신의 일상에 대해 조곤조곤한 투로 부언했다. 요즘 들어 자주 언급하는 주제에는 새로 입사한 인턴 후배에 관해 이야기가 많았다.

　ㄴ 은주야, 내가 말했던가? 회사에 새로 들어온 후배가 있어. 그 아이를

보면 사회 초년생 시절이 생각나. 네 또래라서 그런지 동생 같기도 하고.

은주는 딱 잘라 대화를 끊어내는 대신 은실의 말에 귀 기울였다. 엉긴 매듭의 끈을 풀어가듯 이런 대화가 쌓이면 서로 다른 생각과 고민을 헤아려 알게 되는 계기가 만들어질까. 은실에게 마음을 터놓던 시절에 대한 그리움을 창연한 듯 고백하는 게 가능할까. 천장의 어둠을 응시하며 "언니 자."라고 묻던 시절로 돌아가 "괜찮아, 괜찮아."라고 말해주던 나직한 음성이 주는 침착함에 안심하며 잠들 수 있을까. 지금으로선 그런 다감함을 기대해서는 안 된다는 것을 알면서도 실체적으로 가장 가까웠던 존재에 대한 향수는 여전했다. 미끄러운 길에서 넘어졌을 때 고개를 들어 올리면, 그곳에 언니가 서 있었으면 좋겠다고 은주는 바랐다. 차진과의 관계에서 불확실한 의문이 들 적에는 은실에게 터놓고 싶었던 순간이 여러 번 있었다. 그런 충동이 일어나면 은주는 고개를 저었다. 공연히 제 마음 편하자고 언니에게 부담을 주어서는 안 된다. 개선될 기미가 보이지 않는 관계, 낙관할 수 없는 불투명한 시간에 매인 나날들, 그 안에서 은주는 복잡한 감정을 터놓는 대신 은실과 표면적인 근황만 나누었다.

언니는 나에게 엄마였고,

오늘 유치원은 어땠어?

쓱쓱

어린 은주

헤헤

어린 은실

하나밖에 없는 친구였다.

은주야, 언니가 귤 까줄게.

그 존재가 나에게 너무 커서 계속해서 의지해왔다.

언니는 나를 이해해줘야 하는 거 아니야?!

울컥~

언니의 버거운 짐은 알지 못한 채로.

언니와 관계가 벌어진 지금, 관계를 회복할 수 있을까.

너무 멀리 와버린 것 같아.

5

○ ○ ○

미아사거리역에 도착했다는 안내 방송이 흘렀다. 성은은 넙죽 고개 숙여 인사한 뒤 열린 문으로 빠져나갔다. 닫히는 문 사이로 손을 흔드는 성은의 얼굴이 보였다. 빠르게 닫히는 문틈으로 외친 말이 또렷한 문장이 되어 은실의 마음에 와닿았다.

"과장님, 조심히 들어가세요! 다음에 그 국밥집 저도 꼭 데려가 주셔야 해요!"

은실은 닫힌 문에 가려진 성은을 향해 뒤늦게 손을 흔들었다. 성은의 요령 없는 성실함, 수줍더라도 다가서기 위해 애쓰는 태도는 경계의 벽을 녹이는 힘이 있었다. 그녀와 대화를 나누다 보면, 은실은 비슷한 어려움을 먼저 겪은 입장에서 공감되는 게 많았다. 그 시절의 감정은 미니어처같이 축소되어 은실의 머릿속에 시기와 때에 맞춰 정렬되어 있었다. 그중 이십 대 후반을 관통하는 감정은 '고통과 인고'였다. 사회생활을 시작한 뒤 첫 1년은 젖 먹던 힘마저 소진하며 버티기 위해 열과 성을 다했다. 한쪽 팔로는 회사를, 반대편 팔로는 애인을 붙들고 있던 시절. 매달린 기둥의 뿌리가 깊지 않다는 걸 뒤늦게 깨달았다. 한쪽 기둥이었던 애인이 사라진 뒤로는 회사 일을 꾹 쥐려 애썼다. 어쩌면 지금도 은실은 회사라는 틀을 벗어나는 일이 두려워 지레 체념하고 있는 걸 수도 있다. 마케팅 팀장과 영업부 실장과의 껄끄러운 관계만 모른 척 감당한다면, 익숙한 곳에서 손에 익은 일을 해 나가는 게 내면의 속 시끄러운 소음을 차단하기엔 괜찮다고 믿어왔다.

은실은 차창에 머리를 기대고 투명한 창의 바뀌는 풍경을 응시했다. 다음 역에서 지하철이 정차하자 누군가 탔으며, 또 어떤 이들이 내렸다. 그다음 역에서는 많은 인파가 내렸고, 그보다 더 많은 인원이 역내를 채웠지만 내린 이들과 탄 사람을 구별하기 어려웠다. 마스크로 코와 입을 가리고 있는 얼굴에는 녹녹한 피로가 배어 있었다. 어딘가 지쳐 보이고 퉁명스러운 얼굴들. 이들을 관찰하며 묵직한 피로가 도괴하여 만들어낸 분위기에 잠수하듯 빠져들었다. 그들의 생기 없음은 은실과 닮아 있었고, 혼미한 피곤은 서로에게 전이되고 있었다. 사람들은 저마다의 고민을 떠안고 있겠지. 그들 또한 이따금 외로울 것이며, 불확실한 미래에 눈물 짓겠지만, 다시 또 무거운 몸을 일으켜 어떻게든 살아가게 될 것이다. 또 어떤 날에는 베개를 눈물로 적실 것이고, 자리에 눕자마자 기절하는 밤과 이불 속에서 뒤척이다 부옇게 밝아진 새벽이 두서없이 이어지게 될 것임을 은실은 알고 있었다.

은실은 피로가 누적된 눈을 감았다. 머릿속이 복잡할 때면, 어떤 기억의 말들이 고무적인 위로를 건넸다. 함께 나눠 먹은 떡볶이나 "멋지다고 생각해요."라며 낭랑한 목소리로 건넨 성은의 말을 곱씹으며 번지는 미소, '우리'라는 말로 묶어 표현하는 데 이질감 없는 동료가 있다는 것에 대한 안도, 함께 먹기로 약속한 순대국밥 같은 것을 통해 그럭저럭 어떤 계절을 버텨낼 수 있는 것이리라. 은실은 날이 화창한 날, 성은, 규림과 외근을 가는 장면을 상상했다. "저희 국밥 먹기로 한 거 잊지 않았죠."라는 말에 웃으며 "아무렴 잊을 리가요. 오늘은 떡볶이 말고 국밥 먹어요."라고 답할 날이 오기를 바랐다.

바람 한 줄기 불지 않는 무더운 여름도, 매서운 칼바람에 손발이 움츠러드는 것만 같은 겨울도 영원 없이 지나고, 흐른다.

○ ○ ○

《마흔, 마음을 치유할 때》는 출간 이후 다른 작품에 비해 주목도가 낮았고, 매출도 저조했다. 소극적인 마케팅에 저자는 불만을 표했지만, 은실의 입장에서 특별한 대안이 있는 건 아니었다. "저희 쪽에서도 애쓰고 있으니 조금 더 지켜보시죠."라는 말로 작가를 다독인 뒤에 통화를 마무리했다. 저자와의 통화를 마치고 반쯤 넋이 나가 있자 규림이 무심히 차 한 잔을 건네며 입을 뗐다.

"고생 많으셨어요. 마케팅 쪽도 참 너무하네요. 마음에 들지 않는 작품이 있을 수 있다지만, 같은 출판사에서 만든 신간에 대한 최소한의 성의와 구색도 보이지 않다니."

마케팅부서는 높은 매출을 유지하는 스테디셀러와 한두 달 전에 나온 신간 홍보에 집중하고 있었다. 얼마간 콘텐츠 에디터인 상준에게 작품 홍보를 부탁했지만 정이현 팀장에 의해 은실의 요청은 묵살되었다. 참다못한 은실이 "신간은 출간 직후의 마케팅이 중요한데 바쁘더라도 이번만큼은 힘을 실어주실 수 없나요?"라고 묻자, 이현은 의아한 표정으로 되물었다.

"공식 계정에 신간 출간 소식 올렸어요. 못 보셨어요?"

"공식 계정보다는 부계정으로 운영하는 다른 곳을 활용하는 게 파급력이 높다는 건 팀장님도 아시잖아요. 더구나 저자 사인회 주최에 대한 요청도 받아들여지지 않아서 말씀드리는 거예요."

"팔릴 만한 책에 집중하기 바쁜데, 그런 요청 주시는 건 곤란하다는 걸 아셨으면 좋겠는데요. 저희 부서의 업무 프로세스에 대한 이해 없이 막무가내로 요구하는 거 불편하네요. 이따 팀 회의 가봐야 하는데 혹시 할 말 더 남으셨어요?"

은실은 이내 입을 닫고 돌아섰다. 등 뒤로 이현의 혼잣말 소리가 또렷하게 들려왔다.

"그러기에 처음부터 이쪽 의견을 잘 반영했으면 좋았잖아요."

은실은 빠른 걸음으로 자리를 빠져나왔다. 불현듯 목덜미가 벌레 물린 것처럼 가려워서 미칠 것만 같았다. 한달음에 달려가 화장실 거울에 얼굴을 비춰보았다. 목 주위에 열꽃 같은 염증이 일어나 있었고, 목과 어깨를 중심으로 뻑적지근하게 아픈 강도는 전보다 세게 다가왔다. 안쪽 칸에 들어가 상의를 벗자 튼 자국처럼 붉은 점들이 깊게 스며 있었다.

대놓고 자신을 껄끄럽게 대하는 이에게는 어떻게 대하는 게 지혜로운 걸까. 일적으로 협력해주지 않는 정이현 팀장의 태도는 못마땅했지만 드러내놓고 불쾌함을 표하면, 나이 많다는 이유로 견제하는 꼰대로 낙인찍힐지도 모를 일이다. 그런 뒷말에 오르내리고 싶지 않은 마음. 몸이 지쳐서인지 은실에게는 유독 힘든 하루였다.

그사이 인기척이 들렸다. 화장실에 들어온 누군가가 대화를 이어갔다. 쑥덕이는 대화에 은실의 이름이 언급되었다.

"정 과장님은 원래 좀 그런 분이잖아요. 아시면서."

"근데, 정이현 팀장님은 왜 정은실 과장을 대놓고 싫어하는 거예요?"

"나이가 많아서 부담스러운데, 직급은 자기보다 낮으니까요. 정이현 팀장 입장에선 눈치껏 나가길 바라겠죠. 그럼 편집부에 자기 라인을 앉힐 수도 있고, 더 편하지 않겠어요?"

"그러고 보니 정이현 팀장은 영업부 실장 쪽에서 데려왔다고 했죠?"

"표면상으로는 그렇긴 한데, 애초에 출판사 대표와도 친분이 있었나 봐요. 한인출판사에서도 팀장이었는데, 굳이 여기로 온 건 그만큼 높은 보상을 약속 받았다는 것 같아요."

"작은 회사가 대개 그렇긴 하지만 여긴 인맥이 중요하네요."

"가족 회사잖아요. 작년에 과장 이상부턴 회사 재정을 이유로 연봉 협상 동결한 거 알죠? 그때 그만둔 사람도 꽤 많았는데, 정은실 과장님만 남았다던데요?"

은실은 화장실 안쪽 칸에 기대서서 숨 죽인 채로 대화를 들었다.

"버티는 게 용하네요, 그분도."

"이 회사는 적당히 경력 쌓다 손절하는 게 답이에요. 결혼해서 도망치거나. 안 그러면 우리도 정 과장님 꼴 난다고요."

은실은 초점 잃은 눈으로 모니터를 바라봤다. 회사에서 오가는 평판과 쑥덕이는 말에 무감각해지려 애썼지만 의연해지는 건 쉽지 않았다.

"과장님, 괜찮으세요? 목 부분이 불그스름해요."

성은의 물음에 은실은 목덜미를 손으로 쓸며 답했다.

"성은 씨, 미안하지만 몸이 안 좋아서 급하게 반차를 써야겠어요."

"전 괜찮아요. 얼른 가보세요."

은실은 긁어서 생채기가 난 목을 한 손으로 지탱한 채 사무실을 빠져나갔다. 누군가 수군대는 말소리에 제 이름이 뒤섞여 있더라도 들리지 않을 만한 먼 곳으로 도망치고만 싶었다.

그 뒤에 은실은 병원으로 향했다. 발진에서 병명을 찾을 수 있을지도 모른다는 생각에 피부과로 향했다. 뜻밖에도 그곳에서 진단받은 병명은 대상포진이었다.

"요즘은 스트레스나 면역력 저하로 인해 젊은 층도 걸리는 경우가 있습니다."

본격적인 치료를 위해 면역력 증진 주사와 항바이러스제를 처방 받은 뒤 병원을 나왔다.

은실은 천천히 거리를 걸었다. 느린 걸음은 이내 다른 이들에게 따라잡히기를 반복했다. 통증의 원인을 알게 된 것에 대한 안도감 대신 내면을 채운 건 화장실에서 쑥덕이던 직원들의 말이었다. 동료들로부터 날것의 평판을 들은 건 불쾌할 정도로 부아가 치미는 일은 아니었다. 단지 감추고 싶은 본모습을 들킨 것만 같은 부끄러움이 엄습했을 뿐이다. "버티는 게 용하네요, 그분도." 불쾌한 비난은 아니지만 대단하다는 감탄은 더더욱 아니었다. 그들이 내뱉은 말 속에는 관조적 동정과 안타까움이 묻어 있었다. 성은이 진심으로 감탄할 적에는 자신이 들인 시간이 무의미한 건 아닐지도 모른다는 생각에 위안을 얻었다. 미숙한 경험을 거름 삼아 쌓아온 세월이 퇴보나 안주가 아닐 수도 있다는 실낱같은 희망을 품으면서. 그러나 이건 합리화일 뿐이지 않나. 은실의 입에서 짙은 한숨이 흘러나왔다. 성은에게는 사수로서 그럴듯한 조언을 건넸지만, 자신의 부족함을 모르지 않았다. 회사에서 사람에게 상처 입는 상황은 계속해서 이어졌고, 경력자다운 능숙한 대처 따윈 여전히 알지 못했다. 단지 불편한 관계와 상황 앞에서 둔감해지려 애쓸 뿐이었다.

○ ○ ○

이런저런 생각을 하며 걷다 보니 고등학교 동창인 선아의 회사 근방까지 오게 됐다. 연락을 취하자, 그녀는 반색하며 퇴근 후 저녁이라도 먹자고 답했다. 오랜만에 본 선아의 얼굴은 제법 밝았다. 이직한 회사의 업무 프로세스를 숙지하는 일에 대한 피로도가 엿보였지만, 일정 정도 여유가 있었다.

"새로 들어간 회사는 어때?"

은실의 물음에 선아는 눈두덩이를 손가락 끝으로 매만지며 고개를 저었다.

"아직 정신없어. 결혼식 준비할 때만큼이나 바빠."

"좀 더 여유를 두고 시작할 줄 알았는데, 생각보다 금방 시작해서 놀랐어."

"자가 마련하려면 같이 벌어야지. 둘이 바짝 모으면 2, 3년 뒤에는 집도 마련할 것 같아."

얼마간 안부만 주고받던 선아를 만난 건 넉 달 만이었다. 그녀는 결혼의 장점과 정서적 안정감에 대해 터놓았다. 경험해본 적 없는 세계에 관한 설명에 은실은 고개만 끄덕였다. 오래 알고 지낸 친구였지만 미혼 시절에는 어떤 주제로 대화를 나눴는지 기억나지 않았다. 선아는 연애에 관심 없는 은실의 미래에 대해 걱정의 말을 건넸다.

"너도 이제 연애해야지. 우리 중에는 너랑 영지만 남았어."

은실이 고개를 가로젓자 선아는 눈을 흘겼다.

"그러다 혼자 살려고? 남편한테 물어볼 테니까 소개 받아볼래?"

"됐어. 요즘은 연애하고 싶은 마음도 딱히 없어. 혼자인 게 오히려 편해."

"내 편이 있다는 게 얼마나 중요한데."

"인연이 있으면 만나겠지."

"남 일처럼 말한다. 연애도 노력해야 할 수 있는 거야."

말을 이어가던 선아는 울긋불긋한 은실의 목덜미를 발견한 뒤 놀라서 물었다.

"근데 너 목덜미에 뭐야? 피부염?"

은실은 얼굴을 붉히며 목 부근을 손으로 쓸어내렸다.

"대상포진이래. 마침 너희 회사 근방에 있던 병원에 갔다가 연락한 거야."

"우리 나이에 벌써 대상포진? 그러고 보니 얼굴도 수척해진 것 같고, 안색도 창백한데……."

"야근 좀 했다고 고새 몸이 놀랐나 봐."

"너도 참, 둔감한 건지 의연한 건지 모르겠다. 아프면 아픈 티도 내고, 연차도 팍팍 쓰고 그래야지. 몸 상하면서까지 일한다고 회사가 그만한 보상을 해주는 것도 아니야. 너 거기서 7년 차지? 이직해서 처우 괜찮은 곳으로 가라니까 말 안 듣고 버티더니."

선아의 성화에 은실은 "다른 곳도 비슷하겠지. 직장 생활이 어디라고 다를까."라고 답했다.

"그럼 남자라도 만나. 몸 상할 정도로 일하지 않더라도 생활에 도움되고 의지할 수 있는 존재가 있으면 일상이 훨씬 여유롭고 좋아진다니까. 영지는 걱정할 게 없는데, 네가 문제야."

은실은 영지의 이름이 언급되자 멈칫 굳어졌다.

"걔는 우리한테 말을 안 해서 그렇지 백 프로 남자 있어. 그러니까 너만 분발하면 돼."

"영지한테 무슨 얘기 들은 거 있어?"

"비서 월급으로 가당치 않은 가방이나 옷, 그거 다 어디서 났겠어? 네가 몰라서 그렇지 나 감 좋아. 회사에서도 불륜 커플 바로 눈치챘다니까. 촉이 묘하게 구리고 석연치 않았거든. 황선아 촉은 절대 못 속여."

은실은 대화 주제에 영지가 오르내리는 것이 무지근히 여겨졌다. 거북한 화두가 이어지는 것이 버거웠던 터라 몸이 좋지 않다고 말한 뒤 선아와 금세 헤어졌다. 나누었던 대화가 머릿속을 배회하듯 맴돌았다. 남편, 안정감, 결혼. 그 모든 건 지금의 현실과 동떨어져 와닿지 않는 단어들이었다. 결혼에 대한 간절함이 한도를 넘을 만큼 강하게 일었던 적도 있지만, 지금은 그런 꿈마저 흐려졌다.

'그렇다고 이상한 건 아니지 않나. 결혼하지 않고 혼자 사는 것뿐이야.'

은실은 자신과 같은 선상에 영지를 놓아두고 생각했다. 영지는 친구들과 다른 특수한 형태의 연애 관계를 유지하고 있었다. 그 모든 상황을 감수해야 할 당사자의 심중에는 더욱 복잡한 감정들이 산재하겠지만 지켜보는 것만으로도 버거운 연애인 건 분명했다.

'우리 모습이 누군가의 눈에는 불완전하게 비춰지겠지.'

여러 상념에 젖어 있던 은실은 지하철 손잡이에 기대서서 눈을 감았다. 비비대기치는 흔들림에 의해 몸은 축 없이 흔들렸다.

'버티는 건 요령 없는 노력이었나. 내가 희생하고 양보하면 원만히 이어질 거라고 믿었던 관계도, 묵묵히 버텨온 회사 생활도 실은 잠자코 견디는 것만이 답이 아니었을지도 몰라.'

혼자만의 생활이 변치 않고 이어진다면 어떻게 살아가야 할까. 최소한의 벌이를 위해 몸 건강을 유지해야 할 것이며, 늙어가는 어머니와 회피하고 싶은 아버지의 존재도 결국 장녀인 자신 몫으로 배급될 막중한 의무 중 하나가 될 것이다. 이 모든 것들을 혼자 해결해 나갈 수 있을지 은실은 자문해보았다. 참고 버티는 게 미덕이라 여겼던 방식을 마흔이 되고 쉰이 된 뒤에도 유지할 수 있는가에 대하여. 그런 이유로 인해 다들 결혼하는 걸까?

덜컥 퇴사하더라도 남편의 벌이로 일정 기간 유지할 수 있는 삶, 힘들다는 투정에 도닥이는 손길이 있는 삶, 집으로 돌아가 "여보, 나 왔어."라고 말하며 갓 끓인 찌개를 나눠 먹는 삶에 대해 체념하면서도 내심 부러움이 있었다. 그러나 영지에게도 안정적인 반석은 없는 듯했다. 명랑한 고백과 달리 확신 없던 말들과 화려한 장신구는 누군가에게 사랑받고 싶었던 간절함이 어긋난 방향으로 발현한 것으로 보였다. 침대에 누운 뒤에도 몸을 뒤척이던 은실은 새벽녘 일기장을 꺼내어 펼쳤다.

선아의 말과 달리 나와 영지는 크게 다르지 않다. 외로워 잠들
지 못하는 밤, 혼자 책을 들척이거나 맥주 한 캔을 따는 나와
같이 영지도 누군가 필요할 때 혼자일 수밖에 없다. 그런 어슴
푸레한 밤에는 휴대폰 진동이 울렸다. 우린 서로 다른 상황에
처해 있지만 똑같이 외롭고, 비슷하게 불안했다. 우리, 이대로
괜찮을까? 네가 그 관계를 버티고, 난 이곳에서 늘 고수하던 방
식으로 견디는 게 우리에겐 정말 최선인 거냐고 묻고 싶다.

남자의 애정을 돈과 시간으로
확인하고 싶어 했던 적이 있었다.

시무룩..

.....

나에게 들이는 돈과 시간이
곧 애정과 비례한다고 믿었을 때,

상대의 관심이 나에게 향해 있지 않으면
그 무관심에 대해 보상받고 싶어 했다.

나도 남들처럼
꽃 선물
받고 싶어.

꽃은 무슨.
그 돈으로
맛있는 거나
먹자.

그땐 애정의
증거를 겉으로
보이는 것에서
찾고 싶어 했지.

곰곰..

그렇게라도 애정을 확인하려 했던 건
관계에서 행복과 만족을 얻지
못했기 때문이라는 것을 이제는 안다.

○ ○ ○

좀처럼 감정의 변화를 드러내지 않던 은실의 안색이 창백하고 핏기가 없었다. 그에 반해 목덜미는 울긋불긋하게 열꽃이 피었다. 스트레스로 인해 알레르기라도 생기신 걸까. 아니면 분식집에서 언급했던 가슴 통증 때문에 그러시는 건가. 어쩌면 아침부터 무례할 정도로 제 주장만 늘어놓는 정이현 팀장이 스트레스의 주 요인이 됐을지도 모른다. 성은은 은실에게 《마흔, 마음을 치유할 때》의 홍보는 어떻게 진행되는지 조심스레 물었다.

"너무 걱정하지 않아도 괜찮아요. 편집부와 마케팅부서는 보는 시선이 다를 수밖에 없어요. 그쪽에서는 팔릴 만하다고 판단되는 작품 위주로 골라서 비용이나 시간을 들이는 게 합리적이라고 생각하지만, 우리 쪽에선 모든 책을 공들여 만들었으니 골고루 홍보해주기를 바라죠. 그게 실제적으로는 어렵지만, 이런 지점에서 조율하려는 노력과 소통은 필요해요. 저도 다시 이야기해볼게요."

인턴으로 근무한 지 2개월이 넘어간 시점부터 회사 돌아가는 사정을 훤히 알 수 있었다. 동기들에게 전해 들은 바, 이곳은 대표의 형제와 지인이 임원직을 도맡고 있으며 마케팅부서의 정이현 팀장은 영업부 실장의 추천으로 스카우트되었다는 말도 듣게 됐다. 그와 달리 은실은 회사에서 든든하게 지탱해줄 뒷배가 없다는 것이 직원들 사이의 평판과 소문에서 여실히 보였다.

은실이 이른 퇴근을 한 뒤로 성은은 혼자 남아 업무를 마무리했다. 퇴근 전 탕비실에 들렀을 때, 형원을 포함해 영업부의 다른 두 사람과 마주쳤다. 이들은 근방에 있는 카페에 갈 예정인데 함께 가는 게 어떠냐고 물었다. 제안을 거절하는 것이 애매했던 터라 성은은 동료들을 따라 카페에 갔다. 회사에 관한 이런저런 이야기가 오갔지만 성은은 잠자코 차를 마셨다. 그때, 한 동료가 성은을 대화의 중심으로 끌어들였다.

"그러고 보니 성은 씨는 좀 어때요?"

"네?"

"일하면서 어려운 거 없어요? 정은실 과장님, 되게 조용하시잖아요. 말이 원체 없으셔서 일을 제대로 알려주긴 하시는지 걱정돼서요."

"하기야 정 과장님이 그렇긴 하죠. 성은 씨 숨 막히겠어요."

당황한 성은은 뜨거운 음료에 입천장을 델 뻔했다. 어색하게 웃어 넘겼지만 유쾌하지 않았다. 대화를 듣고 있던 형원은 궁금한 건 참을 수 없다는 듯 호기심 가득한 눈을 굴리며 어째서 은실이 편집장 자리를 맡지 못하는 건지 콕 집어 다른 이들에게 물었다.

"괜히 그 나이까지 남아 있겠어요? 나이 들면 연봉 때문에 이직이 더욱 어렵잖아요."

"버티는 게 대단해요. 저 같으면 못 다니고 그만둬버렸을 거예요."

카페에서 나온 뒤, 같은 방향으로 향하던 인사팀 동료가 은근슬쩍 입을 열었다.

"아까는 형원 씨가 있어서 말을 가려서 할 수밖에 없었어요. 성은 씨 이해하죠?"

성은이 무슨 뜻이냐고 되묻자 동료는 목소리를 낮추고선 말했다.

"설마 몰랐어요? 형원 씨, 영업부 실장님 조카예요. 시간이 지나면 가족 회사의 실상을 훤히 알게 될 테지만 미리 언질해주는 거예요. 어차피 여기는 가족이나 지인 아닌 사람이 버텨봤자 정 과장님 꼴 나기 십상이거든요. 성은 씨도 여긴 오래 있을 생각 안 하는 게 좋을 거예요."

성은은 쓰게 웃으며 겨우 "네."라고 답할 뿐이었다. 들었던 말을 반추할수록 내면에선 좋지 못한 감정이 일렁였다.

'정 과장님 성격상 이런 문제에 신경 쓰실 것 같지 않지만 그렇더라도 불편한걸.'

정 팀장의 무례한 태도에 은실은 그간 동요하는 모습을 보이지 않았었다. 그러나 성은은 얼마 전 목격한 은실의 표정이 못내 마음에 걸렸다. 오후 내내 안색이 좋지 않았던 점을 오늘의 불편한 티타임과 연결시켜 떠올리자 거북한 이야기를 듣고만 있었던 일이 못내 부끄러웠다. 나서서 사수를 두둔할 수도, 맞장구를 칠 수도 없는 상황에서 어떤 언행을 취하는 게 지혜로운 처사였을까. 불편한 감정을 해소하기 위한 합리화를 거치려 해도 죄책감은 해소되지 않았다.

지하철을 기다리고 있을 때, 성은은 석원이 보낸 사진을 보았다. 그가 보낸 건 흰색 민들레였다. 전송된 사진을 보던 성은은 통화 버튼을 눌렀다.

"그래, 성은아."

전화가 올 때를 준비하고 있었던 듯 즉각적인 반응이 반가우면서도 마음이 찡했다. 혼자 있는 아빠는 오늘도 마루에 앉아 하염없이 마당을 보았을 것이다. 담벼락 너머의 도로와 그 너머의 녹음진 수풀을 보며 어떤 생각을 했을까. 여울진 속내를 풀어놓은 경험이 많지 않다 보니 성은은 아빠의 내면이 또렷이 그려지지 않았다. 그저 보낸 사진 속 들꽃과 나무의 변화를 보며 어렴풋이 헤아려보는 것이었다. 아빠는 오늘 꽃을 봤구나, 허허벌판의 생기 없는 겨울보다는 움트는 새싹과 식물의 변화를 감상할 수 있는 계절이 조금은 위안이 되지 않을까 하고.

"아빠, 내가 전에 말한 과장님 말이야."

성은은 은실을 떠올리며 느리게 입을 열었다.

"그분이 회사에서 좋은 평판을 받지 못하는 걸 알게 됐어. 직장에 인맥도 없고, 동료들 사이의 관계를 원활하게 만들려고 노력하는 타입도 아니다 보니 그런 말을 듣는 것 같아."

"다른 사람을 의식하지 않는 사람일수록 오해받을 일이 생기기마련이지. 그렇지만 알면 알수록 좋은 분인 것 같다고 말하지 않았어?"

"맞아. 과장님은 그런 평판에 신경 쓰지 않아. 그런데 이상하지. 사람들의 말을 듣는데 내 마음이 거북하고 불편했어."

성은이 나직하게 말을 이어가고 있을 때, 맞은편 노선에서 지하철이 들어왔다. 거대한 몸체가 철로로 들어서며 일으키는 기계음이 말소리를 덮쳐 성은의 음성은 희미하게 울렸다. 문이 열리고 사람들이 쏟아져 내렸다. 성은은 천천히 말을 이어가며 지하철에 몸을 실었다.

"난 정말 멋지다고 생각해. 한 분야에서 꾸준히 일한 시간과 노력 속에는 여러 시행착오가 있었을 텐데, 그런 과정을 견딘 게 대단하게 여겨졌거든. 근데 동료들이 나눴던 이야기는 그런 과장님의 모습을 부정하는 말이었어."

성은은 그림자로 어두워진 창을 응시했다. 투명하고 검은 창에 금방이라도 울 것만 같은 제 얼굴이 어른거렸다.

"내가 꿈꾸는 누군가의 미래가 하찮게 평가당하는 게 서글펐어. 열심히 노력하는 인생이 어떤 사람의 말 한마디로 매도되는 건 옳지 못한 거잖아."

가라앉은 목소리로 고백한 점이 신경 쓰였던 성은은, "근데 걱정할 정도는 아니야. 회사 사람들 하는 얘기에 불편한 마음이 들어서 잠시 기분이 가라앉았던 것뿐이야."라고 부언했다.

"가끔은 하소연도 해야 마음이 고이지 않지. 잘했어. 잘 말했어."

눈물이 나올 것만 같았던 성은은 애써 쾌활하게 답했다.

"요즘 아빠가 보내준 사진 보는 게 낙이야. 여기서는 그 흔한 개망초도 거리에서 보기 어려워."

"마당에 꽃들이 제법 예쁘게 피었어."

"응, 참 예쁘더라."

"근데 네 엄마는, 흰민들레가 암에 좋다면서 뜯으려기에 내가 아서라, 하며 말렸단다."

"엄마는 아빠한테 주려는 거였을걸."

성은이 작게 웃었다. 점차 웃음이 희미해지자, 석원은 천천히 입을 열었다.

"성은아, 네가 말한 그 상사분은 말이다. 그냥 자기 방식대로 잘 피어 있는 것 같다."

문득 성은은 울음으로 목구멍이 꽉 막히는 기분이 들었다. "여기 말고 다른 곳으로 가는 게 좋을 거예요.", "이 회사에서 인맥도 없이 버티면 정 과장님 꼴 나요."라는 동료의 말이 숨을 옥죄는 듯했다. 성은은 휩싸인 울음을, 어쩌면 이곳에서 정규직 사원이 될지 모른다는 이야기를 아빠 앞에서 겨우 삼켰다.

"소박한 꽃이라 해서 피어나는 노력이 덜한 건 아니야. 오히려 척박한 조건에서 평범하게 피어나기 위해선 부단한 노력이 있어야 할지도 몰라. 특히 흰민들레는 온도에 민감하게 영향을 받는 데다, 무자비하게 채취하는 손길로 인해 보기 어렵거든. 그러니 더 귀할 수밖에. 열악한 조건에서도 자리를 지켜낸 건 제 몫에 맞게 잘 피어난 꽃 같은 일이야."

성은은 아빠의 말에 공감하듯 고개를 주억였다. 움직이는 지하철 안, 차창으로 붉은색, 푸른색, 흰색의 번진 빛이 밀집되어 있는 검은 도심이 눈에 담겼다. 성은은 불안으로 달아오른 내면을 무채색 어둠으로 칠해 나갔다. 어둠 속에서 눈을 깜빡이자, 사진에서 봤던 흰민들레가 작은 몸을 흔들고 있는 자태가 희미하게 보이는 것만 같았다.

아빠의 말대로 과장님은
자신의 방식대로 피어나 있었다.

누군가 요구하는 모습이 아닌
자기 모습대로.

그런 사람의 이전 시간을
헤아려보게 된다.

과장님도 쉽지
않으셨겠지.

나도 그렇게 피어나고
싶다고 생각했다.

누가 뭐라 해도
나답게.

6

○ ○ ○

은실은 영지의 연락을 부러 받지 않았다. 부유하는 시간의 공허를 나눌 대상을 필요로 하는 마음을 모르는 건 아니지만, 당분간은 모든 이들과 거리를 두고 싶었다. 이런 상황에서 은실은 애인이 있다면 어떨까 하고 상상했다. 과거 애인이었던 남자는 현재로선 기억에만 존재했다. 다시 만나더라도 전에 일던 그가 아닐 것이 분명했지만, 어쩐지 그 사람이 표면적인 애인의 역할을 해주었던 시절에 느꼈던 미약한 안정감 따위가 그리워지는 것이었다. 자신에게는 해로운 연애였다는 점, 신의를 저버린 비정한 남자라는 것을 알면서도 발붙일 수 있는 누군가가 없으니 지나간 기억을 헤집는 나약함이 발현했다.

　약을 복용한 뒤로 통증의 강도는 줄었지만, 가슴 부근의 흉터는 신경 쓰였다. 회복 후에도 흔적이 남아 있을 수 있다고 의사는 말했다. 타인에게 헐벗은 몸을 보여줄 일은 없겠지만 의연하게 넘기기에는 속이 상했다. 날이 갈수록 몸은 찔 텐데, 이런 흉까지 있으면 더 보기 싫겠지. 연애 시절, 애인은 은실의 몸을 애정의 시선으로 바라봐줬던 적이 없었는데, 그 점을 떠올리면 사랑이라 믿었던 시간에 대한 온축된 회의감이 들었다. 이런 몸을 사랑해줄 남자를 만날 수 있다는 희망이 없다는 사실을 자각하면, 제 몸이 여성이 아닌 그 외 카테고리로 분류해야 할 특수한 유기체처럼 여겨졌다. 현재의 몸은 애인이 농담 조로 지껄였던 "여자가 50kg 넘으면 이성으로 안 보인다."는 기준을 넘은 지 오래였다. 그 말을 넘어서는 안 될 마지노선 삼아 체중 조절을 했던 시기는 곱씹을수록 한심하고 가엾었다.

○ ○ ○

　주간 회의가 끝난 뒤 실장은 다짜고짜 은실을 불러 세웠다.

　"정은실 과장, 혹시 마케팅 쪽이랑 사이 안 좋아요? 불만 있으면 나한테 말해요. 엄한 사람한테 시비 걸면서 팀 분위기 흐리지 말고."

회의실을 빠져나가던 직원들은 두 사람의 대화를 의식한 듯 시선을 흘깃거렸다. 무슨 뜻이냐고 묻자 그는 미간에 깊은 주름을 그으며 "마케팅 쪽에서는 모든 작품에 동일하게 힘을 줄 수 없는데 그 점에 대해 정 과장이 불만이 있는 것 같던데."라고 설명했다.

"그런 적은 없습니다만, 정이현 팀장님 쪽에서 그런 피드백을 주시던가요?"

은실은 가뜩이나 마케팅부서와의 협업이 원만히 이루어지지 않는 것이 불편했지만, 굳이 영업부 실장까지 나서서 둘 사이의 갈등을 부풀리는 점이 거슬렸다.

"그걸 말해야 아나. 내부 돌아가는 상황은 고개만 돌려봐도 아는 건데. 사람이 말이야, 사회생활 그 정도 했으면 알 만하지 않나. 나이 운운하면서 기강 잡으려 하면 안 되지. 엄연히 직급으로만 보면 정이현 팀장이 더 높은데."

실장은 제 할 말만 한 뒤 회의실을 나갔다. "정이현 팀장 입장에선 눈치껏 나가길 바라는 거겠죠." 라고 말하던 직원들의 이야기는 기정사실인지도 모른다. 더 이상 이곳에 남아 있을 명분이 없다는 무언의 압박에 은실은 숨통이 조였다.

입사하기 전까진 순진하게도 이런 생각을 했었다. 사회란 경험을 통해 성숙한 어른들로 구성된 세계이며, 이해와 상식이 통하는 게 당연하다고. 사람들의 감정적인 대응이 오가거나, 복구하지 못할 미움으로 헐뜯는 일은 없을 거라 여긴 건 얼마나 순진한 착각이었나. 은실은 회사 생활을 시작하면서부터 개인주의적 성향에 대한 지적을 두루 받아왔다. 그들은 드러내놓고 비난하진 않았지만, "누구는 뭐 한가해서 회식에 가는 건가요. 다 같이 협력하자는 뜻에서 모이는 건데 너무 비싸게 구는 거 아니에요?"라는 식으로 비꼬아 말했다. 어렸을 때 아이들은 따돌림이나 짓궂은 장난으로 미움을 과시하고 즐긴다면, 어른들의 세계에서는 날카로운 가시를 교묘히 감춘 상태로 겨누거나, 비아냥 조로 은근히 비난하는 경우가 많았다. 정색하고 따지는 쪽을 과민한 것으로 몰고 가는 분위기. 스트레스를 받지 않는 게 좋다는 의사의 말과 달리 신경이 곤두서는 일들이 이어지자 은실은 지쳐갔다.

똑똑. 회의실 문을 두드리는 소리에 고개를 돌리자 성은이 다가왔다.

"과장님, 점심 드셔야죠."

"속이 좋지 않아서 오늘 저는 안 먹을게요."

"괜찮으세요? 얼굴색이 좋지 않으신데."

"잠깐 쉬면 괜찮아질 거예요. 성은 씨 먼저 먹고 와요."

자리로 돌아온 은실은 손바닥에 얼굴을 묻었다. 남은 오후 업무를 어떻게든 견뎌야 한다는 막막함에 젖어 있던 끝에 힘없이 휴대폰을 손에 쥐었다. 회의 내내 보지 못했던 메시지를 확인하자 은주의 부재중 전화가 남아 있었다.

'은주가 어쩐 일이지? 혹시 무슨 일이 있는 건가?'

감정을 추스른 뒤에 곧바로 전화를 걸었지만, 수신음만 이어지다 끊어졌다. 좀처럼 연락이 없던 동생의 연락에 은실은 마음이 불안했다. 다시 연락 달라는 메시지를 남겨둔 뒤 곧바로 인숙에게 전화를 걸었다.

"엄마 잘 지내죠? 가게는 괜찮아?"

"겨울이 가까워야 패딩 같은 걸 한두 개 팔아도 값이 괜찮게 나가지. 지금은 안 될 시기야."

구제 옷가게를 하는 인숙은 봄, 여름옷은 가격이 저렴해 한나절 정도 가게에서 버텨도 마수하기가 힘들다고 했다.

"몸도 안 좋은데, 무리하지 말아요. 그나저나 은주는 잘 지내?"

"은주야 공부하느라 바쁘겠지. 왜 갑자기?"

"그냥, 난 도통 연락을 못 하니까 엄마한테는 연락 왔나 해서."

은실은 이유를 덧대지 않고 자연스레 대화를 이어갔다.

"얼마 전에 반찬 보내줄까, 물었더니 괜찮다더라고. 끼니는 챙기면서 공부하는 건지."

"목소리는 어땠어? 별다른 얘기는 없었고?"

"공부하느라 바쁜지 연락도 부담스러워하는 것 같아. 요즘도 넌 은주랑 연락은 안 하고?"

"내가 연락해도 불편한지 피하는데, 뭐. 혹시 연락 오면 나한테도 말해줘요."

"그래. 넌 별다른 일 없어? 요즘 회사 일 때문에 바쁘지?"

인숙의 물음에 은실은 애써 웃음을 지었다.

"일이 좀 힘드네."

"몸 상태 봐가면서 해야지. 끼니 제때 챙기고 배달 음식 같은 거 먹는 것도 자제해."

은실의 생활을 꿰뚫고 있는 인숙은 염려가 섞인 잔소리를 했다. 병원까지 다녀온 일을 이야기해 걱정을 끼치고 싶지 않았으므로 은실은 고개를 내저었다.

"아직 그 정도는 아니야."

"미리미리 건강 챙겨. 반찬 해둘 테니까 언제 시간 괜찮거든 집에 들르고. 너 좋아하는 고추 부각도 해뒀어."

"손 많이 가는데 뭘 또 그런 걸 했어."

고맙다는 말을 에둘러 무뚝뚝한 말로 표현하자 인숙은 웃으며 답했다.

"해두면 다 먹을 거면서 뭘. 넉넉하게 해뒀으니까 조만간 오렴."

전화를 끊기 전에 인숙은 "물건 갔다가 너 입을 만한 옷 있기에 세탁해뒀으니까 갖고 가고."라고 말했다. 은실은 눈물이 터질 것만 같아 알겠다는 답을 하고 서둘러 전화를 끊었다.

지칠 때 잘 지내느냐는
엄마의 목소리를 들으면,
왈칵 눈물이 터져버릴 것만 같다.

난 잘 지내죠.
엄마는 건강 괜찮아요?
아픈 곳은 없고?

쓸쓸..

무탈한 하루에 안도하게 됐어

○ ○ ○

　회사 주변 골목을 거닐던 은실의 시선에 낯선 간판이 눈에 띄었다. '우연한 책'이라는 상호를 향해 가까이 다가가자 가게 안에서 잔잔한 음악이 흘러나왔다. 보이지 않는 끈에 이끌리듯 은실은 안으로 걸음을 옮겼다. 책장에 빼곡하게 정리된 책들이 밀집된 곳. 그곳은 음악이 흐르는 중고 서점이었다. 은실은 주제별로 나뉘어 있는 책을 훑어보았다. 베스트셀러 코너에는 재테크에 관한 주제와 1인 가구에 대한 내용을 다룬 책들이 많았다. 개중에는 은실이 다니는 출판사의 작품도 있었고, 그녀가 편집자로 작업에 참여한 것도 있었다. 은실은 눈에 띄는 몇 권의 책을 넘겨보았다. 어떤 한 시절에는 책 속에 길이 있다는 말에 기대어 열띤 집중력으로 글을 읽은 적도 있다. 그러나 읽는 것에 그쳤을 뿐, 읽기가 삶의 변화를 가져온 바는 없었다. 연애와 결혼으로 고민할 적에는 에리히 프롬의 《사랑의 기술》이나 존 그레이의 《금성에서 온 남자, 화성에서 온 여자》로 남자를 해석하려는 시도를 한 적도 있다. 애인은 책을 읽는 은실에게 "책을 읽지 말고 내 말을 좀 들어. 네 책 읽기는 현실을 직시하는 게 아니라 가리고 있어."라고 비난했었다.

　'그 자식이 했던 말 중에 유일하게 맞는 말일지도.'

　은실이 그간 책을 읽었던 건 유사한 처지에 놓인 저자의 고백을 통해 위안 받고 싶은 욕구가 컸던 걸 수도 있다. 당장 바꾸기 어려운 상황을 수용하고 넘기기 위해 '다른 이들도 나와 다르지 않아.'라는 한마디가 절실히 필요한 시기가 누구에게나 있는 법이다.

은실은 끌리는 제목의 책들을 아무거나 골라잡았다. 《지지 않는 기술》, 《회사 밖 미래 설계하기》, 《도망칠 곳이 필요한데, 그게 집은 아니고》라는 제목은 본심을 담아낸 주제였다. 은실의 마음 한쪽에서는 정이현 팀장의 발언이 거슬렸고, 견제에 부아가 치밀었다. 교묘하게 상대를 무시하는 언행이 불편했으며, 장기 근속한 직원에 대한 예우조차 없는 상사의 무례함을 떠올리면 따지고 싶었다. 자신의 불안을 책 읽기를 통해 해결할 수 있으리라는 기대는 없었지만, 누군가에게 구조 요청을 하듯 손을 뻗고 싶었다.

대개 이런 무기력이 만연하면 포만감이 넘치는 음식을 먹거나 실용적이지 않지만 예쁜 소품을 사들였다. 가령 무늬가 화려해서 입을 일 없는 휴양지 원피스나 체인을 길게 늘어뜨린 싸구려 귀걸이 같은 것. 어떤 날 충동적으로 사버린 다이어트 식품이 찬장이나 서랍 안쪽에 남아 있기도 했다. 오늘 은실은, 반짝이는 물건 대신 낡은 책을 집었다. 이것들을 사더라도 책장 깊숙한 곳에 조용히 꽂힐지 모르지만 허전한 빈손으로 집에 가고 싶지 않았다.

"이 책, 저도 좋아해요."

계산대에 책을 올려두자, 무테안경을 쓴 남자가 웃으며 《도망칠 곳이 필요한데, 그게 집은 아니고》라는 책을 가리켰다. 은실은 고개를 까딱이며 "제목이 마음에 들어서요."라고 답했다. 남자는 책의 날개를 꼼꼼히 훑어보더니 포장하던 손동작을 잠시 멈췄다.

"표면에 흠집이 있네요. 상태가 괜찮은 상품으로 드릴게요. 잠시 기다려주시겠어요?"

책에 얼룩이 있더라도 상관없다고 말하려고 했지만, 입을 열기도 전에 남자가 커튼이 쳐진 칸 안쪽으로 들어갔다. 서점 주인을 기다리는 사이 은실은 알림이 온 휴대폰을 보았다. 은주에게 답문이 온 것을 확인한 뒤에 곧바로 전화를 걸었다.

"은주야, 괜찮은 거야?"

"전에 실수로 잘못 전화했더라고. 버튼이 잘못 눌린 걸 지금 봤어."

은실은 동생이 거추없이 연락했을 리 없다고 믿었지만, 은주는 아무 일도 아니라고 답했다.

"정말 괜찮은 거야? 무슨 일 있는 거 아니지?"

"응, 아무 일도 아니야. 언니 나 이만 수업 들으러 가봐야 해."

통화는 금세 끊어졌다. 허탈한 표정으로 은주의 마지막 답문을 응시하던 은실에게 남자는 새 책을 건넸다.

"이 책으로 가져가세요."

"고맙습니다."

은실은 그가 건넨 깨끗한 책을 받아들었다. 남자는 팸플릿 한 장을 추가로 건네주며 말했다.

"시간 괜찮으시면 놀러 오세요. 서점에서 준비한 행사가 있어서요."

그가 건네준 팸플릿에는 북토크에 대한 안내가 담겨 있었다. 강연 외에도 작품과 어울리는 연주 공연도 함께 진행될 예정이라고 기재되어 있었다. 여러 저자들의 강연 중 한 인물이 눈에 띄었다. 그는 동생이 좋아하는 소설가였다.

'은주가 오면 좋아할 텐데.'

"재즈 좋아하시나요?"

남자는 팸플릿을 유심히 눈으로 훑는 은실에게 물었다.

"그 분야에 대해서는 알지 못해요. 그렇지만 서점에서 흘러나오는 곡이 유독 좋았어요. 선율에 이끌려서 들어오게 됐거든요."

"저도 잘 아는 건 아니지만, 즐기고 좋아하는 데 큰 문제는 없더라고요. 실제 연주를 듣는 건 스피커로 듣는 것과는 다른 묘미가 있어요. 소리가 만들어지는 현장에서 들으면 선율에 압도당하게 되거든요. 음악은 책과 다른 의미에서 몰입력이 높죠. 그래서 북토크와 밴드가 콜라보하는 행사가 종종 있는데, 재즈에 관심이 생기셨다면 와보셔도 좋을 것 같네요."

"모르는 분야지만 재미있을 것 같네요. 추천해줘서 고맙습니다."

서점 문을 나설 때에 남자의 음성이 귓가에 머물렀다.

"다음에 또 봬요."

그는 은실이 다시 이곳에 방문할 것을 알고 있는 듯한 뉘앙스의 인사를 건넸다.

'그 강연에 꼭 오라는 뜻인가.'

남자의 말은 올 풀린 니트처럼 결이 고르지 못한 은실의 마음에 깊이 고였다.

"회사 다닐 때 퇴근하면 곧바로 집에 가는 게 싫은 거예요. 이대로 하루를 끝마치는 게 허무해서 근방에 위치한 서점에 자주 갔어요. 책을 보며 지친 마음에 위안을 얻었죠. 손님도 쉼이나 위안이 필요한 날 놀러오세요. 서점에서 일하면서 알게 된 게 있는데요, 책을 통한 위로가 꼭 읽어야만 얻는 건 아니더라고요. 책이 안 읽힐 때도 이 공간에 몸담고 있는 건 마음을 편안하게 해줘요. 들려오는 음악에 귀 기울이는 것도 위안이 되죠. 그런 매력에 빠져서 회사를 관두고 책방을 열게 됐어요."

남자는 이대로 집에 가고 싶지 않았던 은실의 마음을 훤히 꿰뚫고 있는 것만 같았다. 책과 팸플릿을 건네던 그는 잠시 무언가에 귀 기울이는 듯하더니, "비가 온다고 했는데, 지금 오는 것 같네요."라고 했다. 음악 소리만 들릴 뿐, 달리 빗소리가 들리지 않았는데 남자는 확신에 찬 투로 고개를 끄덕였다.

"음악 때문에 잘 안 들릴 수도 있는데 연주되는 음악 사이로 미묘하게 새로운 소리가 덧대어졌어요. 우산 없으시면 여기서 빌려가시겠어요? 쉽게 그칠 비는 아닌 것 같은데…….”

그는 내부 작업 공간에서 우산이 여러 개 꽂혀 있는 통을 들고 나왔다.

"그냥 써도 되는 건가요?"

"물론이죠. 사용하고 나중에 갖다 놓으시면 돼요. 마음에 드는 걸로 빌려 가세요."

은실은 잠시 고심하다 제일 낡아 보이는 투명 우산을 집었다.

"그건 장대비에는 약한 편이라 이게 나을 거예요. 옷이나 책이 비에 젖지 않도록 널찍한 것으로 가져가세요."

부러 사람들이 별로 사용하지 않을 듯하며 고장 나기 쉬워 보이는 우산을 집은 은실에게 남자는 청록색 우산을 건넸다.

그의 말대로 바깥에는 비가 쏟아지고 있었다. 매우 거센 빗줄기가 달음박질치듯 쏟아지는 광경을 보며 은실은 우산을 쥐었다. 머지않아 빌린 우산을 돌려주기 위해 다시 이곳에 와야겠다고 생각하며 빗속으로 걸어 들어갔다.

남자의 말처럼 은실이 원한 건, 평온한 공간이었다. 적막함이 흐르는 곳이 아니라 잔잔한 곳, 불편한 소음을 대신할 따뜻한 소리가 머무는 공간. 무인도같이 홀로 동떨어져 있긴 싫지만 조용한 곳이 절실한 날, 숱한 목소리가 잠겨 있는 책의 바다에 잠수하는 쪽을 택하는 것도 괜찮은 방식 같았다. 불쑥 눈에 띈 문장이 마음을 옮겨놓은 것만 같을 때 고개를 끄떡이고, 잘못 끼워져 있는 책을 제자리에 꽂아두는 사소한 선행으로 혼자 뿌듯해하는 일도 좋았다. 은실은 편집자가 아닌 한 명의 독자로 서점에 오면 색다른 기분을 느끼곤 했다. 가벼운 마음으로 책들 앞에 서면 사소한 끌림만으로도 낯선 표지를 들춰볼 수 있었다. 분석해서 읽지 않아도 되며, 한 문장 앞에서 오래 고민하지 않아도 된다.

서점의 남자는, 어떤 책에서 위로를 받고, 어떤 날 이곳을 찾았을까. 또 어쩌다 잘 다니던 회사를 관두고 서점에서 일하게 된 걸까. 문득 이름도 모르는 주인의 사연에 대해 이런저런 상상을 부풀려보는 은실이었다. 어떤 이의 말은 하루를 고통의 벽으로 내몰지만 흘리듯 건넨 한 마디에 힘을 얻는 날도 있었다. 오늘 서점에서 만난 남자와의 짧은 대화와 그곳의 분위기는 은실에게 꼭 그런 위안을 건넸다. 은주도 분명 좋아할 텐데. 그런 생각으로 은실은 팸플릿의 소개 글을 찍어 동생에게 전송했다.

○ ○ ○

은실은 빌린 우산을 혹여나 잃어버릴까 봐 손에 꾹 쥔 채 집으로 향했다. 밤이 어두워지자 바람이 거세졌다. 우산을 깊숙이 눌러 잡는데 강한 바람에 의해 홀라당 뒤집어졌다. 당황한 은실은 힘껏 앞으로 밀어 뒤집어진 우산의 방향을 본래 모양으로 돌려놓으려 했지만, 연결하는 지지대가 비바람에 망가져 형태를 복원하는 일이 쉽지 않았다. 결국 은실은 살이 망가져서 한쪽 면이 어그러진 우산에 의지한 채 집으로 향했다. 우산이 정상적으로 접히지 않아 애매하게 펼친 채 베란다에 놓아두었다. 남자가 튼튼한 것으로 가져가라며 건넨 우산이었지만 거센 바람 앞에서는 맥을 못 추었다.

망가진 우산을 대체할 다른 제품을 갖다주는 수밖에는 도리가 없었다.

'그 사람의 말대로 결국 다시 가게 되겠네.'

은실은 다이어리 사이에 팸플릿을 끼워두고 잠을 청했다. 몸을 뒤척이자 거슬리는 통증이 일었다. 약을 먹었는데도 증상은 좀처럼 호전되지 않았다. 또 다시 병원에 가봐야 하는 걸까. 마음과 몸이 온전치 않다는 느낌에 은실은 심란하기만 했다.

다음 날, 은실은 서점에 연락하여 상황을 설명했다.

"저, 우산이 그만 망가지게 돼서요. 빌려주신 우산 대신 새 우산을 사다 드려도 될까요?"

남자는 괜찮다며 이렇게 말했다.

"일부러 새 우산을 가져다 두실 필요는 없어요. 다른 손님들도 어쩌다 우산을 잃어버리거나 망가졌을 경우 본인이 사용하시던 걸 가져다 두기도 하시고, 여력이 안 되면 그냥 편하게 오시는 경우도 있어요. 그러니 부담 가지실 필요 없어요."

'새 우산이 아니라 사용하던 걸 갖다 둔다면 어떤 게 좋으려나.'

고심하던 은실은 집에 있던 것들 중 제일 견고해 보이는 우산을 집었다. 검은 우산의 손잡이에 이니셜이 있었지만 눈에 띌 만큼 크지 않아 문제될 건 없을 듯했다.

집으로 가던 길, 은주는 은실의 연락을 받았다.

"은주야, 내가 어제 메시지로 보내줬던 강연, 같이 갈 수 있어?"

"글쎄, 아직 모르겠어."

"같이 가면 좋긴 한데, 어려우면 무리하지 않아도 돼. 내가 사인 받아 와도 괜찮으니까. 혹시 사인 옆에 받고 싶은 문구 있으면 미리 말해줘도 좋고."

"문구라면 어떤?"

"좌우명이나 좋아하는 글귀 같은 거. 좋아하는 구절을 저자의 손글씨로 받는 건 의미 있을 테니까."

"그런 거 없어."

은주는 건조하게 답했다.

"따로 적어둔 거 없어? 너 어렸을 땐 책 좋아했잖아. 책에서 본 문장도 좋은데."

"책은 언니가 좋아했지." 은주는 고개를 저으며 "내가 좋아했던 건, 책이 아니었어."라고 답했다. 은주는 어릴 적 기억을 훑듯이 떠올리며 입을 열었다.

"언니가 하교한 뒤에도 도서관에 남아 있으니까 난 그냥 따라갔던 것뿐이야. 실은 그때 내가 좋아한 건 언니가 책을 읽어주는 시간 그 자체였어."

은주는 움츠려 있던 어깨를 펴며 고백했다. 한동안 잊고 있던 친숙하고 말랑한 기억이 떠오르자 같이 있는 시간이 그토록 무해하고 자연스러운 충만으로 가득 찼던 일이 한낮의 꿈처럼 여겨졌다. 그런 시절이 우리에게도 있었다는 걸 은주는 꽤 오래 잊고 있었다. 햇살이 쏟아지는 도서관에서 책을 보며 나눠 먹은 모서리가 살짝 녹은 초콜릿, 빌려 온 책을 읽으며 집에서 까먹었던 귤들, 손톱 아래가 누렇고 향긋하게 변한 손으로 책장을 넘길 때의 사각거리는 소리 같은 것을. 둘 사이에 잠시 침묵이 흘렀다.

"방금 떠오른 문장이 하나 있긴 해."

정적을 깨고 은주가 입을 열었다.

"뭔데?"

"무탈히 흘러가는 하루."

머금은 말을 내뱉을 적에 은주의 얼굴은 기도하는 사람처럼 간절했다.

○ ○ ○

은주는 차진과의 관계가 전 같지 않다는 걸 계속해서 의식해왔다. 미래를 도모하기 어렵다는 예감이 이어지던 끝에 그의 거짓말을 알게 된 건 얼마 뒤의 일이었다. 오랜만에 만난 차진은 대화 중에도 흐름을 놓쳤고, 반복적으로 대답을 요구하자 시큰둥한 음성으로 대꾸했다.

"미안. 방금 뭐라고 했어?"

"너, 내 말 안 듣고 있었지?"

"그런 거 아니야. 얼른 주문하고 올게. 너 평소에 먹던 걸로 할 거지?"

은주의 언짢은 시선을 의식한 차진은 뒷주머니에서 지갑을 꺼내며 일어났다. 서둘러 계산대로 향하는 그의 뒤로 종이 한 장이 떨어졌다. 은주는 떨어진 종이를 주워 보았다. 영수증을 쥔 은주의 손이 미세하게 떨렸다. 차진은 테이블에 음료를 올려두며 태연한 표정으로 말했다.

"마시고 있어. 전화 좀 하고 올게."

"지난주 금요일 말이야. 회식 있다던 그날, 누구랑 있었어?"

"그날 3차까지 가는 바람에 필름 끊겼다고 말했잖아. 또 뭐가 문제인데."

피곤하다는 기색이 역력한 차진을 보며 은주는 영수증 내역을 내밀었다.

"학교 회식을 호텔에서 했다는 말을 나한테 믿으라고?"

"그건, 내가 그날 간 게 아니라……."

"전에 없이 당당하던 네가 거짓말을 한다는 건 숨길 만한 상대가 생겼다는 뜻이겠지."

은주는 배신감으로 치가 떨렸지만 더는 아무 말도 하지 않았다. 붙드는 차진의 손을 뿌리치고 가게 밖으로 나왔을 땐, 진회색 하늘이 무겁게 가라앉아 있었다. 은주는 입술을 지그시 물며 눈물을 참았다. 뒤따라온 차진은 은주의 손을 붙들며 호소했다.

　　"내가 다 설명할게. 솔직하게 말할 테니까 얘기 좀 들어봐."

　　"더 들을 이야기 없고, 할 말도 없어."

　　"어쩔 수 없었어. 내가 전에 말했듯이 엄마 부탁으로 몇 번 만난 게 다야."

　　"아무리 내가 멍청해도 호텔에서 첫 만남을 가졌다는 네 핑계는 눈감아주지 못하겠다."

　　"솔직히 내 탓만 할 건 아니지. 너도 좀 생각해봐. 내가 오죽하면 그랬겠냐고."

　　차진은 미간을 찡그리며 한숨을 내쉬었다. 돌변한 표정에서 짜증이 배어 나왔다.

　　"애초에 네가 결혼 준비가 됐더라면 이런 일 없었어. 네가 시험에 합격했든, 결혼 자금을 마련해뒀든 뭐 하나라도 준비해뒀으면 이 지경까지 오진 않았다고."

　　"지금 이게 다 내 탓이라는 거야?"

　　"네가 계속 날 쓰레기로 만드니까 하는 말이야."

　　"그래, 네 말대로 시험에 합격하지 못한 건 내 잘못이라고 치자. 그렇더라도 이건 도의적으로 만나는 사람에 대한 예의가 아니야."

"내가 얼마나 힘들면 그랬겠어. 솔직히 너 보고 있으면 숨통이 조여 와. 미래가 보이지 않는 관계나 무기력한 네 모습 보면 막막해. 우리한테 희망 같은 게 있긴 한 거야?"

은주는 차진 앞에서 눈물만큼은 보이고 싶지 않았지만, 질책하듯 내모는 원망에 쥐고 있던 이성의 끈을 놓을 수밖에 없었다.

"그래, 답 나왔네. 네 말대로 희망이나 미래 같은 건 없어."

"나도 마음이 좋진 않아. 처음에는 네가 신경 쓰는 거 아니까 말 못 했어. 부모님의 압박에 적당히 노력하는 시늉을 해야 하니까 잠깐 만난 거고. 근데, 막상 보니까 나쁘지 않더라. 화목한 가정에서 굴곡 없이 자란 여자. 너랑 다르게 그림자가 없더라고. 결혼할 때 금전적으로 지원해줄 부모님도 있는 데다가 갖춘 조건도 좋았어. 그래서 잠깐 흔들렸어. 넌 내가 힘들 때 도와줄 여력도 없고, 부모님한테 허락받을 만큼 준비되어 있지도 않으니까. 난 그런 게 솔직히 버거워. 그래서 딱 한 번 실수했어. 그게 다야."

그래, 한 번의 실수. 은주는 그의 말을 곱씹으며 고개를 주억거렸다. 그의 변명이 길어질수록 은주는 스스로가 하찮은 존재로 여겨졌다. 쌓아온 추억마저 퇴색되는 느낌이 들었다.

"실수가 아니라 네 선택이야."

은주는 그간 자신을 비껴간 차진의 시선과 무응답이 이 관계에 대한 그의 결론이라는 것, 그 자체가 우리의 끝을 예견할 수 있었던 증거라는 것을 시인할 수밖에 없었다. 이윽고 은주는 빠른 걸음으로 그의 곁을 지나쳤다. 차진의 음성이 옭아매지 않는 골목에 다다르자, 참았던 눈물이 터져 나왔다.

○ ○ ○

차진과 함께 다니던 도서관이나 자주 들렀던 단골 분식집을 거닐 때, 그리운 얼굴이 종종 떠올랐다. 그에 대한 애정은 변함없었지만 망가진 관계를 유지하며 맹목적인 애정을 이어가는 것보다 중요한 건 자신이라는 걸 은주는 알고 있었다. 독립적으로 삶을 꾸리는 일이 두려웠던 시절, 연인에게 의지한 건 불행을 희석하기 위한 도피였지만, 그리 좋은 선택이 아니었다는 걸 이제 와 깨달았다. 그가 늘어놓는 변명을 모르는 척 믿고 넘기면 관계의 역학과 의의, 끊임없이 진심을 확인하고 싶은 욕구에 시달릴 수밖에 없으리라.

얼마간 은주는 무언가를 그리워하며 자주 울었다. 잠이 오지 않는 밤, 성은이 추천해준 음악을 틀어두고 침대에서 뒤척였고 아침이 되면 기계적으로 일을 하러 갔다. 그와 같이하기로 약속한 미래의 비망은 낡은 유품이 되어 남아 있었다. 이 기억을 분소하여 지우고 싶었지만 의지대로 되지 않았다. 소거되기까지는 충분한 시간이 필요했다.

은주는 계속 일을 하는 게 좋을지, 본격적으로 공부를 다시 할지 고민했지만, 그 무엇도 정하지 못했다. 아무런 계획 없이 일을 그만두면, 밤과 낮을 구별할 수 없는 방에 갇혀 지낼 것만 같았다. 힘들더라도 결론을 내리기 전까지는 지금의 생활을 유지해야 한다고 생각했다.

연인이나 가족은 든든한
내 편이 되어주지만

잘될 거야.
불안해하지 마.

끄억

중심을 잡지 못하고,
한쪽으로 지나치게 기울면

와르르

그때부터 둘의 관계가
망가진다는 걸 알게 됐다.

예전에는
이러지 않았는데,
변했어.
연락도 없고.

잠잠~

결국 나를 일으켜
세울 수 있는 건
나 자신밖에
없구나.

이별 후 알게 된 한 가지.

무탈한 하루에 안도하게 됐어

○ ○ ○

성은은 헤드셋을 깊숙이 착용했다. 흘러나온 노래는 프랭키 밸리의 〈Can't take my eyes off you〉. 영화 〈컨스피러시〉의 삽입곡으로 줄리아 로버츠가 운동하며 흥얼거리던 장면을 〈명화극장〉에서 본 적 있었다. 주현은 밴드부 베이스였던 석원이 연애 시절 기타를 치며 이 곡을 불러줬다고 말했었다.

'아빠가 엄마에게 기타를 연주해주는 모습은 상상이 가지 않아.'

사고 이후 석원은 기타에 대한 관심을 접은 듯했다. 성은은 기타를 중고매장에 팔아버린 아빠를 보며 안타까움과 의아함을 느꼈다. 울적한 기분에 젖어 있기보다 좋아하던 연주를 지속하는 편이 마음 건강에 좋을 거라 생각했지만, 엄마는 말했다. "너무 사랑했던 일이라 그래. 기타를 수리하러 가는 길에 사고가 났으니 음악에 대한 증오와 애정이 일었겠지. 그래도 요즘에는 가끔 다시 음악을 들어. 아예 마음에서 지우기에는 애정이 깊었던 걸 거야."

너무 사랑해서 오히려 가까이하지 않는 마음이란 무엇일까. 성은은 취업 준비를 하던 날들을 되돌아보았다. 취직해서 자리를 잡은 친구들과 연락하는 게 불편해 거리를 두고 지내던 때, 자신이 바라던 모습대로 일찌감치 자리 잡은 이들에 대한 시기로 마음이 다치는 게 괴로워 악착같이 피하려 애썼었다.

'아빠도 그때의 나와 비슷할까. 간절한 꿈에 도달할 수 없는 게

답답해서 그냥 눈앞에서 모든 것을 치우고 싶은 그런 심정 같은.'

석원 또한 과거 빛나던 시절의 그리움으로부터 일정 정도 거리를 두고 있는 걸 수도 있다. 음악을 사랑하고 즐겼던 시절을 떠올리며 축축하게 젖는 마음이 싫어서, 돌이킬 수 없는 날을 그리워하는 청승맞은 그림자를 비치고 싶지 않아서. 아빠도 반짝이던 그 시절에는 별사탕 같은 꿈을 품었겠지. 성은은 알지 못하는 젊은 아빠의 모습은 눈에 띄게 멋있었을 거라고 생각했다. 정차하는 역이 아닌 곳은 빠르게 지나치는 지하철같이, 스쳐가버린 시간은 아득했다. 계속해서 시간이 흐른 뒤 나의 미래는 어떤 모양일까. 성은은 흘러나오는 노래 가사를 되새기며 현재의 시간도 아름다운 시절의 일부일 거라는 사실을 헤아렸다. 애상에 잠겨 있던 아빠의 얼굴과 그 너머, 겹쳐 있는 구붓한 시간선을 응시하며 가슴 한편이 일렁였다. 하고 싶은 일을 열정만으로 시작할 수 있는 시기. 계절로 빗대면 지금 지나치고 있는 건 꽃봉오리가 피어오르는 봄일 수도 있겠다. 그렇다면 조금 더 기운차게 이 시간을 보내야 하는 게 아닐까. 다른 동료와 출발선상이 다르다는 것을 의식하며 패배감에 젖어 있기보다 할 수 있는 만큼 최선을 다해야 한다.

○ ○ ○

이른 아침, 성은은 목에 걸치고 있던 헤드셋을 가방에 넣으며 물었다.

"과장님, 병원은 잘 다녀오셨어요?"

"네, 괜찮아요."

따뜻한 히비스커스 차를 건네자 은실은 희미하게 웃었다.

"성은 씨는 음악 듣는 걸 좋아하는 것 같은데, 자주 듣는 건 어떤 곡이에요? 전부터 헤드셋을 목에 걸고 다니는 모습을 자주 봐서 궁금했어요."

먼저 질문을 건네는 일이 많지 않은 은실이 문득 물어왔다. 좋아하는 주제에 관한 질문을 받자 성은은 한껏 들뜬 음성으로 재잘거렸다.

"팝송이나 재즈를 주로 들어요. 어렸을 때 아빠가 자주 들려주셔서 좋아하게 됐어요. 혹시 과장님도 음악 좋아하세요?"

"전 음악은 잘 몰라요. 그렇지만 헤드셋으로 음악을 들으면 혼자 집중하고 싶은 날, 좋을 것 같아요."

"맞아요. 시끌벅적한 곳에서도 음악을 들으면 쉼이 있어요. 불안하거나 긴장된 마음에 일시적으로 거리를 두고 선율에 몸을 맡기면 금세 긴장이 풀리거든요."

성은은 입가에 미소를 머금고선 대답했다.

"그렇군요. 성은 씨는 음악을 정말 좋아하는 게 느껴지네요."

"아빠가 음악을 좋아하셨어요. 그 영향이 큰 것 같아요."

"그럼 혹시 추천해줄 만한 곡 있어요? 기분 전환이 될 만한 그런 곡이요. 너무 시끄럽지 않은데, 들었을 때 마음 편안해지고, 휴식하는 듯한 기분이 드는."

어렸을 때부터 난 아빠의
영향으로 음악을 즐겨 들었다.

이 곡도 좋지?
아빠가 다음에
연주해줄게.

그랬던 아빠가 사고 후 좋아하던
음악을 멀리하기 시작했다!

더는 기타
연주는 하고
싶지 않아.
가장의 역할도
못하는 주제에
음악은 무슨.

마치 모든 게 멈춘 것처럼
아빠의 시간은 정지했다.

쓸쓸..

그땐 아빠의 우울한
모습이 싫었지만,
이젠 얼마나 힘든
마음이었을지
알 것 같아.

곰곰..

아빠가
알려준 음악..

○ ○ ○

　회의실을 먼저 나가는 성은의 귓가에 "은실 씨가 나이가 많아도 직급은 정 팀장이 높다는 건 알고 있을 거다."라는 말이 들렸다. 이 순간 과장님에게 필요한 건 볼륨을 최대치로 올린 헤드셋이 아닐까. 찌르는 말을 먼저 한 사람은 정이현 팀장 쪽인데, 은실만 비난받는 상황이 성은은 이해되지 않았다.

　회의가 끝난 직후 이어진 점심시간, 성은은 동기들과 밥을 먹었다.

　"과장님은요? 식사 안 하신대요?"

　"네, 오늘은 먼저 먹고 오라고 하셨어요."

　"하긴 보는 눈도 많은 곳에서 대놓고 무안을 당했으니……. 성은 씨도 쉽지 않겠어요."

　성은은 형원이 무슨 의도로 그런 말을 했는지 의아해서 돌아봤다. 어깨를 추어올리던 형원은 아직도 모르겠냐는 식으로 턱을 당기고선 되물었다.

　"회사에 자기편이 없으면 어떤 꼴이 되는지 아직도 모르겠어요? 우리도 회사 돌아가는 사정 보면서 이렇게 배워가는 거예요. 근데 그것과는 별개로 정 과장님은 볼 때마다 짠내 나네요."

　혀를 차던 형원은 잠자코 있는 동기들에게 높다란 음성으로 물었다.

　"다 같이 모인 김에 인턴들끼리 퇴근하고 술 한 잔 어때요?"

성은은 형원의 얼굴에서 엿보이는 속 편한 여유가 거북하게 여겨졌다. 평가에 대한 부담이나 불안 따위는 보이지 않는 만만한 평온이 감도는 얼굴. 그 얼굴을 보면서 성은의 머릿속에서는 "연줄로 맺어진 회사에 온 건 좋지 못한 선택이야.", "난 정규직 전환이 안될 거야." 같은 말들이 맴돌았다.

"죄송해요. 전 오늘 못 가겠어요. 들러야 할 곳이 있어서요."

성은은 형원의 제안을 거절하고, 무리에서 떨어져 걸어갔다. 불편한 회동에 참여하고 싶은 마음은 조금도 없었다. 은실은 이곳에서 어떻게 마음을 지켜왔을까. 성은은 골목 안쪽 카페에서 샌드위치를 하나 사서 나왔다. 회사로 돌아가는 걸음이 마냥 무거웠다.

○ ○ ○

잔잔한 휴식의 기분을 느낄 수 있는 곡을 떠올리던 성은은 말했다.

"과장님께 추천드리고 싶은 곡이 생각났어요."

"어떤 곡이에요?"

"존 피자렐리의 〈mam'selle〉요. 〈after hours〉라는 앨범의 수록곡이에요. 일과가 끝난 뒤의 시간을 주제로 담은 앨범인데, 한번 들어보실래요?"

성은은 가방에 있던 헤드셋을 꺼내 건넸다.

"복잡한 상념 없이 시간을 흘려보내고 싶은 날 듣기 좋아요."

은실은 건넨 헤드셋을 가져가 귀에 걸었다. 피아노 음 위로 기타와 베이스, 드럼 소리가 어우러진 음악이 흘러나왔다. 감상자의 입장에서 과하게 몰입하지 않아도 귓가에 스며 부담스럽지 않은 여운을 남기는 분위기의 곡이었다.

"전에 아빠한테 들었던 적이 있는데요, 재즈를 연주하는 음악가들은 생계를 위해서 관객이나 공연하는 장소에서 요구하는 음악을 연주해야 하는 경우가 많았대요. 내가 원하는 음악과 다른 것을 연주해야 하는 게 일상이었던 거죠."

은실은 성은을 가만히 바라봤다.

"그런 뒤에는 좋아하는 음악을 연주하는 개별적인 시간을 꼭 가졌다고 해요. 경제활동을 위해 좋아하는 것을 희생해야 하지만, 그럼에도 독자적 시간을 포기하지 않았던 점이 마음에 들어요. 뭐랄까. 좋아하는 일을 좋아하는 상태로 두기 위해 기꺼이 부지런해지려는 의지가 느껴져서요. 그 시간에서 비롯되어 비밥이 생겨났다고 하더라고요."

은실은 연주가 끝난 뒤에 헤드셋을 빼서 건네며 물었다.

"이 음악을 추천한 또 다른 이유가 있나요?"

"일과를 마친 뒤 집으로 돌아갈 때의 마음이 이 곡의 분위기를 닮았으면 좋겠다는 생각도 들었어요. 집으로 돌아가는 길이 쓸쓸하다는 건 그 하루에 자신을 불편하게 만든 지점이 있다는 뜻이니까요. 그런 감정은 흐려져도 사라지진 않으니까 음악으로 내면을 보듬었으면 해서요."

"추천해준 곡, 좋네요."

미소 짓던 은실은 무언가 떠오른 듯 말했다.

"얼마 전에 알게 된 서점이 있어요. 회사 근처에 있는데, 성은 씨도 그곳을 좋아할 것 같다는 생각이 드네요. 시간 될 때 가봐도 좋을 듯해요."

가방을 뒤적이던 은실은 곱게 접혀 있는 팸플릿 한 장을 성은에게 건넸다.

7

○ ○ ○

　은실은 대상포진이 발병한 후 극심한 근육통을 겪었다. 설상가
상으로 몸살감기까지 앓자 인숙의 잔소리가 그렇게 되기에 마땅한
예언으로 여겨졌다. 엄마의 말마따나 혼자 산다는 핑계로 몸 관리
에 소홀했던 결과에 대한 뒤늦은 반성이 이어졌다. 이렇게 지독한
감기를 앓을 때면 은실은 엄마가 끓여주던 황태 콩나물국이 그리
웠다. 빈속을 데워주는 국물을 떠올리자 당장이라도 고향에 가고
싶었다. 은실은 진하게 우러난 국물 대신 빈속에 약을 털어 넣은
뒤 출근을 서둘렀다. 회사로 가는 길, 읽지 않은 메시지 사이로 영
지가 보낸 연락이 눈에 띄었다.

└ 통화가 어렵네. 많이 바빠? 메시지 보면 연락 좀 줘.

은실은 모른 척 메시지를 읽지 않음 상태로 놓아두었다.

빈속에 약을 먹어서인지 속이 좋지 않았다. 그럴수록 그리운 국물 맛이 입안에서 맴도는 듯했다. 마른 황태를 기름에 볶아야 구수한 국물 맛을 낼 수 있다는 엄마의 말을 어깨너머로 들었던 기억이 있지만, 그 솜씨를 흉내 낼 자신은 없었다. "너도 이제 끼니 잘 챙겨야 해. 건강하게 먹는 것만큼 보약도 없어." 통화할 적마다 건강한 식사를 강조하던 인숙의 음성이 되살아났다. 엄마가 말한 대로 한 끼 정도는 요리해서 챙겨 먹는 건 어떨까. 은실은 황태 콩나물국 레시피를 검색했다. 찾아본 글 중에는 식비 절약이나 다이어트를 목표로 점심 도시락을 싸 들고 다니는 직장인들의 기록도 있었다.

'나도 식비 아낄 겸 도시락을 싸볼까.'

생각에 잠긴 은실의 최근 검색어 기록에는 '퇴사 후 이직', '회사 동료 사이 갈등', '퇴사 고민'이라는 단어도 눈에 띄었다.

○ ○ ○

은실의 회사는 식대가 지원되지 않는 곳이라 밥값으로 나가는 지출이 컸다. 자신의 식비만 책임지고 계산하는 식이었지만, 신입 사원이 조직에 들어오면 일정 기간 동안 연차 높은 선배들이 후배의 점심을 사주는 문화가 사내에 자리 잡고 있었다. 팀원들이 돌아가면서 산다 해도 2인분의 식사값으로 나가는 지출은 은근한 부담이었다. 기간이나 횟수에 대한 기준도 없다 보니 밥을 먹으러 갈 때마다 후배의 밥값까지 계산하느냐 마느냐로 고심하게 되는 것도 피로했다.

밥 한 끼 사주는 일에 너그러운 마음을 발휘하지 못하며 계산하는 면이 옹졸하게 느껴졌지만, 선뜻 다른 동료가 나서서 "내가 ○○ 씨 먹은 거까지 계산할게."라고 말해주면 안도했다. 때론 다른 부서의 팀장이나 실장이 앞질러 식사값을 지불할 사람으로 은실을 지목했다. 미혼인 은실은 상대적으로 지출이 적을 테니 후배의 밥값을 계산하는 일 정도는 부담이 되지 않을 거라고 확언할 때면 정색하며 따지고 싶었다. 거절하기 어렵도록 코너로 밀어 넣은 뒤 "넌 책임질 게 없으니 자유롭잖아."라는 꼬리표를 붙이는 건 불합리한 일이었다. 월급이 통장에서 사라진다며 투덜대는 부장보다 은실의 급여가 적었고, 월세와 학자금 대출 이자로 나가는 지출을 합치면 사정은 여유롭지 않았다. 은실은 규림, 성은과 순대국밥을 먹기로 한 약속을 지키지 못할지도 모른다는 생각이 은연중에 들었다. 아직까지는 제 입으로 퇴사를 언급하지 않았지만, 동료들의 견제가 심해지면 이곳 생활을 더는 버티지 못할 수도 있다. 그전까지는 가까운 후배나 동료의 밥값을 계산할 기회가 생길 때에 인색한 마음을 갖지 말아야겠다고 은실은 다짐했다. 식사를 마치고 사무실로 가는 길, 규림은 내일 점심 메뉴에 대한 의견을 물었다.

"과장님은 드시고 싶은 거 없으세요? 내일은 정이현 팀장님도 같이 드신다고 하시네요."

"전 따로 먹을게요."

이현의 이름이 언급되자 은실은 반사적으로 도시락을 싸 올 예정이라고 이야기했다. 황태 콩나물국에 대한 그리움이 끼니에 대한 옅은 고민으로 이어졌을 뿐, 구체적으로 정한 바가 없었는데도 즉흥적으로 나온 답이 그러했다. 그만큼 정이현 팀장과 불편한 점심을 같이하고 싶지 않은 마음이 앞섰다.

"혹시 저도 같이 먹어도 될까요? 각자 싸 온 거 나눠 먹어도 재미있겠어요."

"도시락 싸 오는 거 괜찮겠네요. 과장님, 저도 껴주세요."

참여 의사를 내비치는 동료를 모두 합하면 5명이나 모이게 되어 사내 도시락 모임이 형성됐다. 은실은 혼자서도 충분하다고 말하고 싶었지만 기꺼이 동참하겠다는 동료, 특히 아래 연차 후배들의 달뜬 표정에 애매하게 고개를 끄덕일 수밖에 없었다.

은실은 비슷한 시각에 퇴근하게 된 성은과 역까지 걸어갔다.

"과장님은 내일 뭐 싸 오실 계획이세요?"

"글쎄요. 아직 고민 중이에요."

개찰구를 지나치며 성은은 머뭇거리던 입술을 달싹였다.

"사실, 점심시간마다 과장님께 죄송스러웠어요. 대리님이나 과장님은 괜찮다고 말씀하시지만 언제까지고 얻어먹을 수는 없으니까요. 몇 번 사비로 먹을 때 식비로 나가는 지출이 만만치 않다는 걸 느끼고 부담됐는데, 도시락 아이디어 좋은 것 같아요. 같이 나눠 먹을 수 있도록 넉넉하게 싸 올게요."

성은은 넙죽 고개 숙여 인사하고 멀어졌다. "내일 메뉴 기대해주세요."라는 말소리가 은실의 귓가를 간질였다.

○ ○ ○

은실은 신선 코너를 찬찬히 둘러보았다. 부채같이 넓게 펼쳐진 황태를 들어 올리며 '이건 어디에 쓰이는 물건인고.' 하는 막막한 표정으로 바라봤다. 아픈 뒤로 머릿속에서 맴도는 황태 콩나물국에 대한 그리움은 진심이었다. 은실은 이런저런 식자재를 손에 들었다 내려두는 것을 반복하다가 인숙에게 전화를 걸었지만 통화 연결음만 이어졌다. 할 수 없이 기억 속의 맛을 면밀하게 떠올리며 식자재를 장바구니에 담았다. 도시락 메뉴로는 서투른 요리 솜씨가 들통 나지 않을 만한 샐러드를 택했다. 토마토와 치즈, 드레싱 등을 담은 바구니를 들고 있다 보니 손목이 뻐근하게 아파 왔다. 묵직한 짐을 잠시 바닥에 내려두었다. 몸 전체를 감싼 통증이 무지

개 같은 띠를 형성하고 예민한 관절과 근육을 중심으로 이어졌다.

은실의 감각에 침투하여 짓누르는 건 통증뿐만이 아니었다. 동료의 날 선 평가의 말도 진득하게 눌어붙어 떨어지지 않았다. 그 작은 말의 씨앗은 마음의 빈틈을 비집고 들어와 영역을 확장해갔다. 인간의 몸과 마음 밭에 심겨진 건, 아무리 작고 사소하더라도 약한 내면과 만나면 뿌리를 흔들 만큼 강한 힘을 발휘했다. 그 과정에서 은실은 나름대로 견디기 위해 애쓰고 있었다. 아직까지는 해고 조치를 할 만한 사유가 없으니 얼마간은 괜찮을 것이다. 지금 당장은 황태 콩나물국을 끓이는 것, 내일의 점심을 위한 도시락을 준비하는 게 은실이 집중해야 할 사안이었다.

그리운 맛이 이따금 떠오를 때가 있다.

엄마가 만들어줬을 때
참 맛있었는데.

우물-

우물

그 맛이 그리운 건 그 사람이 그립다는 뜻과 같다.

오랜만에 고향집에
다녀올까.

중얼··

무탈한 하루에 안도하게 됐어

○ ○ ○

찬거리를 사 들고 집으로 향하던 은실은 건물 앞에서 인기척을 느끼고 멈춰 섰다.

"은실아."

영지는 은실을 보자마자 발작하듯 눈물을 터뜨렸다. 몇 번이나 무슨 일이냐고 물었지만 울음 섞인 호흡은 잦아들 기미가 보이지 않았다. 은실은 영지의 팔을 부축하여 집으로 들어왔다.

"무슨 일인데? 어떻게 여기까지 찾아온 거야."

영지는 억울하고 분한 모독을 당한 듯 입을 열기만 하면 눈가에 눈물이 고였다.

"헤어지재. 그 사람 아내가 카드 사용 내역서를 보게 됐나 봐. 비서실에 연락해서 나한테 불륜 관계 폭로하겠다고 협박하는 거 있지? 그런데도 그 사람은 아이들과 가족을 포기할 순 없대. 내가 이렇게 힘든데 헤어지자는 게 말이 돼?"

"감수하고 시작한 관계 아니었어? 그래서 내내 불안하고 힘들었던 거잖아."

"그렇지만 이렇게 끝내는 건 아니지. 이건 연인에 대한 도리가 아니라고."

"남편으로서의 도리조차 지키지 못한 남자한테 넌 뭘 기대했던 거야?"

반감 어린 은실의 말에 영지의 표정이 대번에 굳어졌다.

은실은 바닥에 쓰러져 잠든 영지를 침대에 뉘었다. 이따금 흐느끼는 울음이 들렸다. 침대를 등지고 누워 있다가 눈을 감았지만 잠은 오지 않았다. 새벽까지 뒤척이다 일찍이 몸을 일으켰다. 황태 콩나물국을 끓인 뒤 대접에 담아 테이블 위에 올려두었다. 잠에서 깨면 영지가 먹을 몫을 따로 챙겨둔 것이다. 조용히 현관문을 나서는 은실의 뒤로 잠긴 음성이 들렸다.

"너까지 그럴 줄은 몰랐어."

뒤를 돌아보자, 영지가 이쪽을 보고 있었다. 하루 사이에 그녀의 얼굴은 상해 있었다.

"내 모습을 있는 그대로 받아들여줄 순 없었어? 넌 내 친구고 내 편이어야 하잖아."

영지의 얼굴이 눈물로 얼룩질수록 은실의 마음은 차분하게 가라앉았다.

"난 그간 네가 사랑에 대한 기준이 높은 줄로 알았어. 너라면 충만한 애정을 줄 사람을 만날 수 있을 거라 생각했고. 물론 네 시선에서 봤을 땐 내 신세가 처량하게 느껴질 테지만, 난 네가 스스로를 다시 돌아봤으면 좋겠다 싶네. 네가 간절히 바랐던 게 값비싼 가방이나 명품이었을까? 그걸로 만족할 수 있었다면, 네가 약속이 취소되는 밤마다 나한테 연락하진 않았을 것 같은데."

"가르치려 들지 마. 재수 없으니까. 넌 아무것도 몰라."

"아니, 난 네 애인이 앞으로 어떻게 행동할지 알고 있어. 아내와 별개로 애인을 둔 남자의 본성은 변하지 않거든. 내 아버지라는 작자도 그랬기 때문에 잘 알아."

은실은 그녀가 알기를 바랐다. 본인의 처연한 연애가 누군가에게는 기억하고 싶지 않은 과거를 끌어내는 가혹한 행동일 수도 있다는 것을.

참아왔던 속내를 터놓은 뒤 은실은 결론을 내렸다. 더는 영지의 고민을 떠안고 싶지 않았다. 필요할 적에만 울리는 늦은 밤의 하소연 섞인 연락도 받아줄 이유가 없었다.

"아침은 먹고 가. 술 많이 먹어서 속 부대낄 거야."

출입문을 열고 나가는 은실의 등 뒤로 영지의 희미한 울음이 들렸다.

○ ○ ○

성은은 퇴근 후 은실이 건넨 팸플릿의 주소지를 찾아갔다. 좁은 골목 사이에 있는 서점 앞에 '우연한 책'이라는 입간판이 놓여 있었다. 서점 초입에서부터 성은이 좋아하는 곡이 흘러나왔다. 걸음을 옮겨 들어가자 단출한 내부 공간이 한눈에 들어왔다. 서점은 그리 크지 않았지만 단정한 인상을 풍기는 곳이었다. 성은은 이곳에서 자신이 책을 고르는 게 아니라 책들의 시선에 관찰당하는 기분이 들었다. 그들이 뿜어내는 은밀한 시그널이 마음을 동하게 만들어 몇 가지 주제의 책들을 저절로 펼치게 만드는 건 아닐까.

은실의 추천으로 오게 된 공간은 취향에 꼭 맞는 편안한 분위기를 풍겼다.

"내일 도시락 메뉴는 뭘 만들까?"

성은은 흥얼거리며 요리책이 있는 코너를 둘러보았다. 은실의 제안으로 도시락 모임은 내일부터 시작될 예정이었다. 고작 점심 메뉴 따위로 피곤하게, 라고 말할 수도 있지만 동료들과 같이 먹는 음식이니 신경 써서 요리를 하고 싶었다.

그나마 이런 면에서 돋보이면 그런대로 괜찮은 인상을 남길 수 있을지도 모른다. 누구도 알지 못하는 침묵 속 아우성 같은 노력이기에 이런 애씀은 인정받을 수 없다는 것쯤은 알고 있지만 말이다.

성은이 회사에서 예의 의식하고 있는 건 인사평가에 관한 것이었다. 이곳에서 적응하지 못하거나 어울리지 않는 상이한 색을 드러내는 게 감점 요소로 다가올까 봐 잠자코 움츠리는 쪽을 택해왔다. 일찍이 주현이 강조했던 것도 두루 잘 어울리되 눈에 띄지 않는 것이었다.

"조직에서 일을 잘하는 것보다 중요한 건 특정한 색으로 보이지 않는 거야. 네가 지닌 색이 예쁘든 어떻든 중요하지 않아. 원만히 섞여 녹아들 수 있는 색을 원할 뿐이거든. 그러니 널 너무 드러내진 마라."

성은은 비교적 손이 덜 가는 음식 위주로 설명된 책을 집었다.

"요리, 좋아하시나 보네요."

서점 주인은 온화한 미소로 성은을 맞아주었다.

"시도해보려고요. 내일부터 회사에 도시락을 싸 가야 해서요."

남자는 웃으며 "그 책은 요리를 좋아하던 분이 주인이었던 듯해요. 중간 페이지에 직접 음식을 만들어본 뒤에 얻은 또 다른 레시피를 작은 글씨로 써뒀어요."라고 말했다.

남자의 말대로 책 한 귀퉁이를 들여다보자 깨알만한 글씨로 적어둔 메모가 눈에 띄었다.

"메모는 못 봤는데, 유용한 정보가 많은 책을 고른 것 같네요."

"좋은 책을 만나는 건 작지만 확실한 행운이기도 하고, 귀한 우연이기도 해요."

남자의 말에 성은은 잊고 있던 것이 떠오른 듯 감탄을 내뱉었다.

"그러고 보니 서점 이름이 우연한 책이죠? 말씀하신 대로 이 책을 발견한 건 멋진 우연이네요. 여기도 직장 상사분의 추천으로 어쩌다 알게 된 거거든요."

"우연이란 게 삶을 나쁘지 않은 방향으로 이끌어주는 경우가 종종 있죠."

"그렇네요. 우연히 이런 책도 만나고, 이곳에서 좋아하는 음악도 듣고. 잘 온 것 같아요."

남자는 양피지 봉투에 책을 포장하여 건넸다. 받아 든 봉투를 갖고 나설 때, "손님." 하고 남자가 불렀다. 돌아보자 주인은 은실이 건네준 것과 동일한 팸플릿을 건네주었다.

"시간 괜찮으시면 오세요. 북토크와 연주가 같이 진행되는 프로그램이 진행될 예정이에요."

성은은 그 팸플릿은 이미 있노라고 말하는 대신 소중히 받아 들었다. 타인의 보이지 않는 호의나 선한 웃음이 기분을 나은 쪽으로 이끌어주는 것을 느낄 수 있었다.

도시락 모임에 형원보다 좀 더 괜찮은 음식을 만들어 가겠다는 유치한 포부를 부풀리며 성은은 웃었다. 자신의 소박한 경쟁 심리가 어이없게 여겨졌지만, 열의를 단념하지 않고 장을 보러 갔다. 묵직하게 사 온 찬거리로 음식을 만드는 저녁 시간, 성은은 부엌 앞을 서성이며 부지런히 요리했다. 누군가의 시행착오와 팁이 담긴 메모를 눈으로 훑어보면서.

o o o

"와, 맛있는데요. 성은 씨 솜씨 좋네요."

성은의 도시락은 동료들 사이에서 인기가 좋았다.

"같이 나눠 먹을 줄 알았으면 좀 더 사 올 걸 그랬네요."

제 몫의 샌드위치만 사 온 형원이 겸연쩍게 웃는 것을 보며 성은은 통쾌감을 느꼈다. 준비해 온 음식에 대한 흡족한 인정은 일종의 보상으로 여겨지기도 했다. 물론 이런 일로 인사평가에서 가산점을 받을 거라는 순근한 기대가 있는 건 아니었다. 다만 성은은 누군가에게 자신을 드러내 인정받는 일에 서툴렀기에 열렬한 노력과 성실함 같은 것을 다른 방식으로 표출할 수 있어야 한다고 생각했다. 시시한 분야에서나마 사람들의 환대를 받는 것, 한두 마디라도 덧대어 대화를 즐겁게 이어가는 것에서 뿌듯한 보람을 느꼈다.

이번 도시락은, 책의 메모를 참고하여 수월하게 만들 수 있었다. 가령 남겨진 메모에는 기재된 2인분 기준의 레시피와 별개로 1인분 양을 요리할 때 적절한 소스의 배율을 보통 크기 숟가락 기준으로 적어두거나, 다른 재료를 추가할 시에 궁합이 좋은 것들에 대한 유용한 팁을 설명한 대목도 있었다. 성은은 시행착오를 겪으며 더하거나 뺀 누군가의 경험을 토대로 만들어진 메모들을 주목해서 보았다. 책장을 넘기며 남몰래 상상을 이어가기도 했다. 책의 주인은 매일의 끼니를 잘 차려 먹기 위해 노력하는 부지런한 여성이 아닐까. 성은은 양념 묻은 손을 티슈로 닦은 뒤 책장을 조심스럽게 넘겨보았다.

은실은 점심을 먹는 내내 말이 없었는데, 대화에 끼지 않은 채

홀로 다른 생각을 하고 있는 것 같았다. 성은은 소개받은 서점에 다녀왔노라고 말을 걸고 싶었지만, 은실의 표정이 좋지 않았기에 그 이야기는 다음번에 하는 것으로 미루어두었다. 도시락 모임은 그 뒤로도 꾸준히 이어졌다. 모임 중 형원의 존재가 신경 쓰였지만 성은은 의식하지 않으려 애썼다.

가끔은 만든 도시락을 찍어 석원에게 보내기도 했다. 그런 때는 어김없이 "잘했네. 맛나 보여."라는 답이 돌아왔다. 이러한 노력은, 타지에서 동떨어져 사는 자녀에 대한 부모의 염려를 줄여주고 싶기 때문이었다. 부모님은 성은에게 언제든 버티기 힘들면 돌아오라고 말했다. 그런 말을 들으면, 성은의 내면은 오히려 단단하게 가물었다. 점차 휘어지는 부모의 허리를 너른 들판 삼아 그 위에 서는 대신 제힘으로 중심을 잡아 서고 싶었다. 회사에서 직원들과 도시락을 나눠 먹는 모습, 퇴근 후 집으로 가는 길에 "나 퇴근하는 길이야."라는 연락을 할 수 있는 건 성은에게 남다른 의미의 일이었다. 그 모든 여정이 제 삶을 자립적으로 꾸려가고 있다는 것을 드러내는 자랑스러운 증거로 여겨졌다. 이러한 자생력을 잃은 채, 고향으로 돌아가고 싶지는 않았다.

주현은 고단한 식당 일을 끝낸 밤이면 남의 돈 벌어먹고 사는 게 쉬운 게 아니라는 넋두리를 늘어놓았다. 그 말이 갖고 있는 무게감을 성은은 일찍이 깨달았다. 그렇기에 다른 동료가 "여긴 가족 회사이니 오래 다닐 생각은 말아요."라며 건넨 말은 위협적인 경고로 다가오지 않았다. 경력이 있어야만 다른 곳으로 가는 게 유리해지며 이직도 가능하다. 지금으로선 불온한 조직이나마 버티어 정규직으로 전환되는 것이 성은의 목표였다.

다른 인턴들은 회사 복지나 처우가 좋지 않다 보니 경력만 쌓고 이직할 계획을 세우고 있는 듯했다. 그들은 경제활동을 쉬더라도 공백기를 버텨낼 수 있는 자금을 미리 마련해둔 걸까. 적어도 서울에 본가가 있는 이들은 생활을 메꾸어줄 최소 자금에 대한 불안은 없는 것 같았다. 생계에 대한 간절함이 다른 이들에게서 보이지 않는다는 점이 성은에겐 제일 부러운 지점이었다.

정은실 과장님과 어떤 면에서는
비슷하다는 생각이 들었다.

성격도 그렇고
통하는 게
많은 것 같아.

계란탁〃

물론 난 과장님처럼
능숙하게 일하는 능력과
강한 멘탈은 아직 없지만.

휙

휙

난 회사에서
괜찮은 사람일까?
1인분의 몫은 해내는?

나보다 앞서 있는 사람들을 보며
앞으로의 미래를 떠올리는 요즘

더도 말고 덜도 말고
그 정도만 해내면 좋겠어.
이렇게 알맞은 색으로
익은 계란말이처럼.
그곳에 어울리게.

오늘 도시락
완성!

8

○ ○ ○

"먹고는 가지."

은실은 빈 도시락과 그릇을 치우며 중얼거렸다. 조용한 집 안, 달그락거리며 그릇이 부딪히는 소리가 울렸다. 세제를 듬뿍 묻힌 수세미로 들러붙은 소스와 찌꺼기를 닦아냈다. 마음에 스민 감정이나 불온한 경험도 문질러 지울 수 있다면 좋을 텐데. 그럴 수 없다는 점이 은실에게는 절망으로 다가왔다.

그날 도시락 모임에서 여러 대화가 오갔지만 은실의 신경은 다른 곳을 향해 있었다. 자신의 모진 말로 상처받은 영지를 떠올리면 마음이 무거웠지만 사과하고 싶진 않았다. 더는 늦은 밤 영지의 연락을 받게 될 일이 없으면 후련할 줄 알았는데, 울리지 않는 휴대폰을 보며 은실의 기분은 무겁게 가라앉았다.

　늦은 저녁을 먹고 있던 중 은실은 인숙의 연락을 받았다.

　"어제는 내가 일이 바빠서 연락을 못 받았네. 저녁은 먹었어?"

　"지금 먹는 중이야. 황태 콩나물국 끓였는데, 엄마가 끓여주던 그 맛이 아니네."

　"혹시 어디 아프니? 황태 콩나물국은 몸살감기 걸리면 찾던 음식이잖니."

　짐짓 괜찮은 척하더라도 인숙은 딸의 보이지 않는 마음 뒷면까지 짚어내는 데 능했다.

　"아니야. 이따금 생각나는 맛이라서 오랜만에 만들어봤어."

　은실은 애써 의연한 투로 대답했다.

　"황태는 기름에 덖은 뒤에 끓였고?"

　"따로 볶진 않고 물에 불린 것으로 끓였어."

　"볶아서 끓여야 진한 국물을 낼 수 있어. 만드는 방법 알려줄 테니까 순서 보고 만들어봐."

　그 말에 은실은 고개를 저으며 "아니, 안 할래."라고 답했다. "엄마가 알려주는 대로 만들어도 내가 원하는 그 맛은 안 날 거야. 그건 엄마가 끓여줘야 맛있는 음식이니까. 다른 식당 가서 먹더라도 엄마가 끓인 맛에 비할 수 없어."

은실의 말에 인숙은 "그래, 너 올 때 끓여줄게. 포장해갈 수 있도록 넉넉하게 만들어둬야겠다."라고 답했다. 레시피에 대한 설명이 이어지던 중, 인숙은 나른한 투로 중얼거렸다. "그러고 보면 넌 유독 식성이 닮았어. 네 아빠도 황태 콩나물국 좋아했거든."

아빠라는 말은 은실에게 있어 창고에 방치되어 있던 너저분한 짐짝 같은 단어였다. 제 입으로 아빠라는 말을 뱉어본 기억이 은실에게는 남아 있지 않았다.

"내 앞에서 그 사람 얘기는 하지 마. 관심 없으니까."

"너무 모질게 그러지 마. 요즘은 증상이 심해졌는지 나도 알아보지 못해. 섬망도 잦아졌고."

그는 엄마와 가족을 볼품없이 버리고 갔다. 그랬던 남자가 뻔뻔하게 다정한 아빠의 가면을 쓰고 집으로 돌아온 날, 그 당당함은 어린 은실에게도 거북하게 여겨졌다. 용돈을 주려는 심산으로 지갑을 연 남자 앞에서 동생이 얌전히 기다릴 때 은실은 냅다 은주의 손을 붙들고 밖으로 뛰쳐나왔다. 집에서 멀찌감치 떨어진 골목에 당도한 뒤 은주의 머리를 세차게 쥐어박았다. 눈물을 터뜨리는 동생을 내려다보며 은실은 말했다. "넌 엄마를 배신한 남자한테 그 돈을 받고 싶어? 엉?" 아버지는 가족에 있어 배척해야 할 존재였다. 그래서일까. 영지가 가정 있는 남자를 만난다고 털어놓은 순간, 낡은 모멸감과 분노가 앞섰던 것은.

"그 사람 얘기할 거면 전화 끊을게."

은실은 통화를 끝맺은 뒤 테이블에서 일어났다. 밥이 남아 있었지만 식욕은 사라진 지 오래였다. 아빠라는 존재는 엄마와 가족에게 해를 끼치며 은실의 분노 중추를 자극하는 주된 요인이었다. 시간이 흘렀다고 해서 상처를 준 가해자가 피해자가 될 수 없는데도 불구하고, 인숙은 남편을 계속 돌봐주었다. 그 점을 은실로서는 도무지 이해할 수 없었다.

잠들지 못하고 뒤척이고 있는 새벽, 메시지 한 통이 왔다. 그건 황태 콩나물국 끓이는 방법을 정리한 내용이었다. 메시지를 눈으로 읽던 은실은 눈가에 맺힌 눈물을 손등으로 닦아냈다. 침대에서 몸을 일으킨 뒤 인숙의 메시지를 다이어리에 옮겨 적었다. 오타가 난 문장조차 고쳐 쓰지 않고 그대로 적었다. 지금 이 방법을 손에 익혀 제힘으로 황태 콩나물국을 끓이고 싶은 마음은 없었다. 아직은 엄마가 직접 끓인 국물 맛을 그리워하며 "오랜만에 집에 갈게." 라고 말할 수 있는 게 은실은 더 좋았다.

---

1. 멸치로 육수를 먼저 내야 허고(육수 내기 전에 멸치는 냄비에 볶아야 해.)

---

2. 북어채 얇게 찢은 다음에 들기름에 들들 볶아주면 되.

---

3. 그리고 나서는 무도 있으면 육수에 북어랑 무 넣고 끓여.

---

4. 무가 좀 익은 것 같거든 국간장이랑 새우젓, 다진 마늘 넣고 간을 해.

넌 간이 슴슴한 걸 좋아하니까 국간장은 한 수저면 될 거야.

5. 마지막에 좀 더 끓이면서 대파도 송송 썰어서 좀 넣어주구.

밥 잘 챙겨 먹고 다녀. 괜히 신경 쓰이는 말해서 미안하다.

○ ○ ○

점심시간, 직원들은 밥을 먹기 위해 휴게실로 모였다. 저마다 싸 온 것들을 꺼내 펼치자 제법 푸짐했다. 샐러드 외에도 주먹밥이나 볶음밥, 계란말이 등이 보였다. 은실이 준비한 돈가스 샐러드는 성은을 비롯해 다른 이들에게도 인기가 좋았다. 다음번에는 각자 식 재료를 가져와 비빔밥을 만들어 먹어도 좋을 것 같다고 규림이 말했다.

"그런데, 과장님 좀 의외였어요."

형원은 샐러드 사이에 숨겨져 있는 방울토마토를 입에 넣으며 말했다.

"과장님은 사내 동호회도 안 하신다고 들었는데 도시락 모임을 제안한 게 신기했거든요."

　따로 점심을 챙겨 먹겠다는 답이, 모임을 결성하자는 제안으로 오인된 게 의아했지만 은실은 구태여 의견을 덧붙이지 않았다. 사람들은 저마다 그들이 듣고 싶은 방식으로 이야기를 받아들이고 해석하는 사적인 회로가 있고, 그건 은실도 다르지 않았다.

　사람들과 어울리는 것을 즐기지 않았던 은실은 회사에서 규림을 제외하면 친한 동료가 없었다. 더군다나 젊고 어린 사원들이 주축을 이룬 모임은 유행에 둔감한 은실에게 범접하기 어려운 세계였다.

　"야자 때문에 도시락을 싸 갖고 다녔는데, 옛날 생각나네요."

　영업부서의 혜리가 웃으며 말하자, 규림은 고개를 끄떡였다.

　"맞아요. 추억도 떠오르고 여자들끼리 있으니까 좀 더 대화하기 편해서 좋네요."

　"근데 성은 씨 솜씨 좋네요. 반찬이 다 맛있는데요? 원래 요리를 좋아해요?"

　다른 동료 중 한 명이 성은의 도시락을 칭찬하며 물었다.

　"레시피 찾아보고 맛있어 보이는 건 만들어보는 편이에요."

　은실은 투명한 속내가 드러나는 성은의 무해한 얼굴이 예쁘다고 생각했다. 나도 이십 대에는 저렇듯 순수하고 담박한 분위기를 풍겼을까. 지나온 시간을 헤아리며 어린 후배에 대한 애틋한 동질감과 묘한 향수 같은 것을 느꼈다.

"요리 외에 또 관심 있는 거 있어요? 나중에 내가 활동하는 모임으로 와요."

다른 이들도 동호회와 별개로 따로 즐기고 있는 취미에 관해 이런저런 말을 이어갔다.

"저도 요즘 쿠킹 클래스에 관심 생겨서 주말마다 참여하고 있는데 꽤 재미있어요."

"재미있겠네요. 저도 시간 날 때마다 원데이 클래스에 참여해요."

형원은 주말마다 안양천 합수부에서 출발해 한강 남단을 달리는 라이딩을 즐긴다고 말했고, 규림은 꽃꽂이를 배운다고 했다. 다음으로 연애라는 여자들 사이의 공통 화두가 등장하자 대화 주제는 매끄럽게 그쪽으로 이어졌다. 특별한 취미나 애인이 없는 은실은 오가는 대화를 가만히 듣고만 있었다. 강제 맞선 일정에 지친 송주의 하소연이 이어졌다.

"저는 누굴 만나더라도 제 일을 계속하고 싶은데, 엄마는 취집하라고 성화예요. 요즘 세상에 취집해서 여자가 집에 있기를 원하는 남자가 어디 있어요. 우리 회사만 봐도 부장님이나 과장님들 거의 다 맞벌이신데."

"그러고 보니 저희 회사의 남자분들은 대부분 기혼이신데, 연차 높은 여자분들 중에는 기혼자가 없네요? 그렇죠, 과장님?"

자연히 동료들의 시선이 한곳으로 모였다. 여러 눈동자가 자신을 중심으로 변을 이루자 은실은 당황했다.

"과장님은 경력이 오래돼서 잘 아시죠?"

"자세히는 모르지만 그전에 같이 일한 동료들한테 들었을 땐, 육아휴직을 쓰기 쉽지 않아서 이직을 결정했다고 해요. 대체할 인원을 구하는 게 쉽지 않다 보니 회사와도 조율하기 어려운 면이 있었을 거예요."

규림은 고개를 끄덕였다.

"솔직히 여기는 보수적이긴 해요. 복지 부분에서 자율성도 떨어지고요. 처음 신입으로 왔을 때, 정사원이 되기까지 무려 1년이나 걸렸어요. 3개월이었던 인턴 기간이 6개월, 8개월 계속 미뤄져서 계속 다녀야 하나 고민이 많았는데 지금 생각해도 버틴 게 대단하다고 여겨져요."

회사의 육아휴직이나 복지에 관한 주제는 정규직에 관한 일화로 이어졌다. 규림의 말을 잠자코 듣고 있던 성은의 얼굴에 그림자가 드리워졌다. 그 변화는 무리 중 은실만이 알아차렸다.

○ ○ ○

점심시간이 끝난 뒤, 사람들은 가벼워진 도시락을 챙겨 들고 일어났다. 직원들이 하나둘 자리로 돌아갈 때 "과장님." 하고 누군가 뒤에서 은실을 불렀다. 돌아본 곳에는 성은이 서 있었다. 은실에 비해 한 뼘 더 높은 곳에 있는 성은은 동생과 동갑인 데다 체구도 비슷해서 친근하게 느껴졌다.

"여쭤보고 싶은 게 있어서요."

은실이 커피를 타서 건네자 성은은 따뜻하게 데워진 컵을 두 손으로 받아 들었다.

"과장님, 저, 정규직 전환될 수 있을까요?"

성은은 잔을 내려놓으며 결심을 털어놓듯 물었다. 마치 은실이 채용 여부를 결정할 권한이 있다고 믿는 것처럼 간절한 눈빛이었다.

"채용과 관련한 것은 제가 결정할 수 있는 부분이 아니에요. 아직 인사평가가 확정된 것도 아니고요. 그렇지만 수습 기간 동안 충분히 좋은 성과를 보여줬다고 생각해요. 다른 담당자분들도 성은 씨를 긍정적으로 보고 있으니까 걱정하지 말아요."

의기소침한 성은을 독려하는 말을 덧붙인 건 위로하려는 목적만은 아니었다. 무엇이든 배우려는 자세를 갖춘 성은은 은실로 하여금 과거를 돌이켜 생각하게 만들었다. 첫 인턴으로 일했던 회사에서 정규직으로 전환되지 않았기에 은실은 다른 곳의 면접을 봐야 했다. 그때 느꼈던 위축감과 좌절은, 사회생활을 시작하고 맛본 첫 실패였다.

지나고 보니 당시의 그 일은 실패가 아니었다. 사회에 첫발을 들인 뒤 겪은 시행착오 중 하나였을 뿐, 기회와 선택지가 그곳 하나만 있지는 않았다. 인턴 생활을 끝마치고 다른 회사에 입사했고, 지금까지 경력을 쌓아가고 있다. 기대했던 결과를 얻지 못하더라도 새로운 경로가 있을 수 있다는 것을 당시에는 알지 못했다. 시기마다 볼 수 있는 시야의 격차가 있는 게 아닐까. 이십 대에는 보이지 않던 것들이 시간이 흐른 뒤에 비로소 보이기 시작했다. 만약 정규직 전환에 실패하여 좌절하는 과거의 '나'를 만난다면 어떤 말을 해줄 수 있을지 생각하며, 은실은 입을 열었다.

"신입 시절, 첫 회사에서 정규직 전환이 되지 않았을 때, 세상이 무너지는 것만 같았어요. 스스로 무능력하고 부끄럽게 느껴졌든요. 다른 회사에서 면접을 본 뒤 새로 일을 배운다는 것 자체가 막막해서 엄두도 나지 않았고요. 성은 씨도 기대했던 결과를 얻지 못할까 봐 두려운 거죠?"

"네, 전 여기서 일하고 경력을 쌓고 싶은 마음이 커요."

"저도 당시에는 결과에 대한 실망감과 낙담이 컸었는데, 이후에 다른 기회를 만나게 됐어요. 그때 알았어요. 인턴 종료됐다고 해서 인생이 끝나는 게 아니라는 것을요. 물론 당장의 목표 외엔 보이지 않을 거예요. 나도 그랬으니까요."

"과장님도 그런 시절이 있다는 게 신기해요. 늘 의연하게 일을 잘하셨을 것 같았어요."

"그렇지 않아요. 내 이십 대 시절을 성은 씨가 보면 놀랄 거예요."

은실은 부드러운 웃음을 머금은 채 말을 이어갔다.

"어떤 결과가 나오든 난 성은 씨가 최선을 다했다는 걸 알고 있어요. 만약 정규직 전환을 앞두고, 예상 밖에 다른 일이 생기더라도 자책하지 않았으면 좋겠어요. 혹 수습 기간을 연장하자는 말이 나오더라도 체결된 근로 조건을 변경하기 위해서는 당사자의 동의가 필요해요. 정당한 해고 사유 없이 그만두게 할 수도 없고요. 부당한 일이 생기거나 곤란해지면 편하게 말해줘요. 나도 도울게요."

은실은 성은의 어깨를 다독여주었다. 어린 후배에게 능동적으로 다가가거나 도움을 줄 만큼 친밀한 성격은 못 되지만, 털어놓은 고민에 진심 어린 조언을 건네주고 싶었다.

"앞질러 실망하지 말아요. 설령 기대한 결과를 얻지 못했다고 해도 완전한 실패는 아니에요. 그냥 그 사실을 알고 있으면 돼요."

오후 업무를 시작할 무렵, 은실의 책상 쪽으로 성은의 손이 가까워졌다. 성은의 손이 지나간 자리에 알사탕과 쪽지가 놓여 있었다. 노란 메모지에는 '정해진 기간까지 최선을 다하겠습니다.'라는 말이 정갈한 글씨체로 남겨져 있었다. 건네준 쪽지를 눈으로 읽은 뒤에 은실은 그것을 파티션 일면에 붙여두었다. 쪽지가 들뜨지 않도록 검지로 눌러 붙이며 은실은 성은의 미래를 응원했다. 과거의 자신과 닮은 후배의 바람을 애틋하고 완곡한 마음으로.

○ ○ ○

신경통 증상으로 몸이 힘들었지만, 일이 많은 시즌이었다. 이따금 동생의 안부가 궁금했고, 더는 연락 없는 영지가 신경 쓰였지만 주변을 돌아보는데 쓸 여력이 없을 만큼 바빴다. 은실은 일상의 톱니바퀴가 어긋나지 않고 돌아가는 것에 온 신경을 기울였다. 그러나 막연히 인내하는 것만으로는 상황이 나아지지 않았다.

영지를 제외하고 새롭게 개설된 메신저 창을 봤을 때 은실은 심장이 덜컥 내려앉는 기분이었다.

└ 그럼 지금 회사 전체에 소문이 퍼진 거야?

은실은 메신저 창의 오간 대화 내용을 눈으로 읽으며 손마디가 조금씩 떨렸다.

└ 나 아는 후배가 그 회사로 이직해서 알게 된 거야. 이미 사내에는 소문 다 퍼졌다나 봐. 그래 놓고 우리 앞에서 뻔뻔하게 숨긴 거 보면 보통내기는 아니야.

메신저 창에서 오가는 내용을 되짚어 읽던 은실에게 전화가 왔다. 수신인은 선아였다.

"은실아, 너한테는 영지가 별 얘기 없었어? 우리 중에선 네가 제

일 가까운 사이였잖아."

선아는 은근슬쩍 떠보는 투로 물었다. 자신이 알고 있는 것 외에 새로운 정보를 전해 듣기 기대하는 눈치였다.

"연락 없었어. 아는 것도 없고."

"그래? 근데 난 처음부터 감이 좋지 않더라고. 본인 월급으로 감당하기 어려운 명품을 몸에 둘렀을 때부터 촉이 왔거든. 아무리 곤궁해도 그렇지 만날 남자가 없어서 유부남을 만나?"

은실은 영지를 미워했지만, 소문이 번져 곤경에 빠지길 바란 건 아니었다. 뜨거운 불에 덴 것처럼, 가슴 한구석이 욱신거렸다. 이따금 일어나는 통증과는 다른 형태의 아픔이었다.

자신의 가족사를 모르고 멋대로 하소연하던 영지의 무감각한 고백에 지쳐 선을 그은 건 완루한 내면 탓이었나. 제 행동이 친구로서 해줄 수 있는 최선이었는가에 대한 고민이 은실의 머릿속에서 이어졌다. 더는 통화를 이어갈 힘이 없었다.

"우리, 더는 이 얘기에 대해 언급하지 말자."

"너, 설마 불륜 저지른 애 편드는 거야?"

선아가 극악스럽다는 투로 묻자, 은실은 전에 없던 차가운 음성으로 답했다.

"미안하지만, 업무 중에 이런 연락 더는 하지 말아줬으면 좋겠어."

은실은 싸 온 도시락을 성은에게 건넸다.

"과장님, 식사 안 하시려고요?"

"속이 불편해서 저는 건너뛰어야겠어요."

약을 먹었지만 신경통은 나아질 기미가 없었다. 가슴과 목, 어깨를 중심으로 이어지는 발진은 여전했고, 얼굴 중심부까지 붉은 기운이 스멀스멀 올라왔다. 은실은 모니터 화면에 띄워진 메신저 창을 봤다. 단체 방에는 메시지가 실시간으로 쌓여가고 있었다. 그들은 사건의 전말을 알게 된 후 기함했고, 그 뒤에는 영지를 비난했다. 그녀의 행동거지에 대한 면밀한 분석과 판단, 자신의 남편이 회사에서 다른 여자와 눈 맞는 최악의 상황은 없으리라는 안도의 말도 오갔다. 그 뒤에는 혹여 그런 일이 벌어지면, 어떤 행동을 취할 것인가에 대한 예상 답변도 이어졌다.

모두들 지루하던 참에 흥미로운 장난감을 거머쥔 아이들처럼 열띤 대화와 추측을 나누었다. 가까운 친구에 대한 비난의 중심부에는 안도가 숨겨져 있었다. 샘이 날 정도로 아름답고 감미로웠던 영지의 행복이 부도덕한 방식으로 만들어진 것이라고 판단 내리자, 친구들은 "그럼 그렇지."라는 야릇한 안도와 통쾌하다는 반응을 동시에 보였다. 은실은 외로움을 해소하기 위한 영지의 연락이 불편했지만, 즐거워하는 친구들에게 다른 형태의 실망을 느꼈다. 누구도 영지가 사직서를 내고 회사에 나온 뒤에 어떻게 지내는지, 왜 그런 선택을 했는지에 대해선 걱정의 말이 없었다. 10여 년을 알고 지낸 막역한 사이에서도 일면식 없는 타인과 다를 바 없는, 아니 그보다 더 상세하고 집요한 형태의 비난이 오갔다. 응당 잘못한 일에 대한 결과라고 결론 내렸지만 마음은 좋지 않았다.

이십 대의 나는 어딘가 위축되고 고민이 많았다.

여긴 이번에 입사하신···

내가 과연 회사에서 적응할 수 있을지 막막하고 두려웠던 시기.

그런 때가 벌써 7년 전이네···

그런 시기를 지나 내 몫을 나름대로 해낼 수 있게 됐다.

분명 성은 씨도 그런 시기를 지나는 과정 중이겠지.

내가 그랬듯이···

○ ○ ○

탕비실 문을 열고 성은이 혼자 들어오자 규림이 물었다.

"성은 씨, 과장님은 왜 같이 안 오셨어요?"

"속이 좋지 않으셔서 도시락을 대신 먹으라고 하시네요."

"요즘 상태가 좋아 보이시지 않던데, 괜찮으신 거예요?"

걱정스러운 표정으로 다른 동료가 물었다. 형원은 작게 혀를 차며 "같이 먹는 사람들 몫까지 싸 왔는데, 모임을 주최하신 분이 빠지시니. 이건 성은 씨가 다 먹어요. 편집부 배당이에요."라고 말했다. 그건 형원이 즐겨 사용하는 어투였는데, "장난인 거 알죠? 농담이에요.", "생각해서 해준 말인데, 정색할 필요 있어요?"라는 식이었다. 형원은 같은 인턴 신분이면서도 내뱉는 언행에 위축감이 없었다. 그런 모습은 성은으로 하여금 회사에서의 단단한 연줄을 의식하게 만들었다.

"그나저나 힘들겠어요. 요즘 과장님 퇴근이 점점 빨라지던데요."

본심을 떠보려는 듯 송주가 물었다. 심심한 대화 거리를 채울 요량으로 농담의 빛을 띤 뒷담화는 용인되는 일이 많았다. 모두들 화제의 중심이 자신만 아니면 된다고 생각했고, 타인의 이야기에는 동조하거나 침묵으로 동의했다. 그런 주제는 대화 중간에 교묘히 끼워져 "근데 그거 아세요?"라는 문장으로 이어지기 일쑤였다. 형원을 의식했기 때문인지 마케팅부서나 영업부에 관한 불평은 언급되는 일이 거의 없었다. 성은의 어두운 표정을 의식한 규림이 나직하게 물었다.

"성은 씨, 괜찮아요?"

"네? 방금 뭐라고 하셨죠?"

성은은 자신의 침묵으로 인해 어색해진 분위기를 감지하고선 수습하듯 답했다.

"아, 과장님은, 평소에 잘 챙겨주세요. 이런저런 업무도 상세히 알려주시고, 자율적으로 저에게 일을 맡겨주기도 하세요."

곁에 있던 형원은 시시한 말에 응수하듯 "우리 팀장님은 배움에도 단계가 있다면서 일부러 조금씩 알려주시고, 가이드를 정확히 주시는데."라고 중얼거렸다.

"인턴한테 그렇게 부담 주는 사수는 그리 좋다고 볼 순 없겠는데요."

"하긴. 모임 하자고 하고 안 오시는 것만 봐도 그렇죠. 우리끼리 먹는 것도 뭐 괜찮지만."

다른 동료들이 한 마디씩 거들 때, 규림은 도시락 뚜껑을 덮으며 이야기의 맥을 끊어냈다.

"당사자가 아니라는데 말 덧댈 필요 있나요? 대놓고 상사 욕하라고 부추기는 것도 아니고."

"전 그런 뜻으로 한 말이 아닌데……. 성은 씨 혹시 오해했어요?"

동료 중 한 사람이 과장스러울 만큼 눈을 크게 뜨며 묻자 형원 쪽에서 대신 입을 열었다.

"에이, 그건 대리님이 할 말은 아니죠. 다른 부서인 건 마찬가지인데."

"정 과장님이랑 일을 제일 오래 하고 잘 아는 건, 저예요."

불편한 분위기로 이어지던 대화는 규림의 중재로 일단락되었다. 식사를 마치고 직원들이 빠져나간 탕비실에는 규림과 성은 둘만 남아 있었다. 규림은 말했다.

"어느 조직이건 남의 말 오가지 않는 곳은 없어요. 신경이 안 쓰일 수는 없겠지만, 동요하진 말아요. 과장님은 이미 아실 거예요, 이런 말이 오가는 것도."

성은은 맥없이 고개를 끄덕이면서도 의아함이 해소되지 않았다. 규림은 그 표정을 읽고선 "그런데도 왜 가만있으신 건지 이해가 안 되는 거죠?"라고 되물었다.

"저도 그게 의아했는데, 사람들이 이유 없이 자신을 싫어하는 것 같으면 차라리 싫어할 만한 이유를 만들어주는 게 낫다고 하시더라고요. 과장님, 저런 사소한 말에 흔들리는 분 아니에요. 그러니 지금까지 그 자리에 있으셨던 거죠."

○ ○ ○

비 오는 저녁, 석원이 보낸 건 꽃 사진이었다. 성은은 그 꽃을 계란프라이 꽃이라 불렀는데, 석원은 본래 이름이 개망초라고 말해주었다. 진회색 어둠이 감도는 하늘 위로 우산이 활짝 펼쳐졌다. 흰색 우산 위로 빗줄기가 쏟아졌다.

'우리 집 마당에는 오이고추나 상추 대신 개망초가 그 자리를 대신 채우고 있겠지.'

우산은 밤의 바탕 위에 활짝 피어 지하철역까지 옮겨갔다. 빗소리를 음악 삼아 거닐며 성은은 헤드셋을 가방에 넣었다. 천천히 걸어가는데 저만치 앞에서 익숙한 숏커트 여자가 보였다. 엉덩이를 덮는 기장의 긴 셔츠를 가운처럼 걸쳐 입은 여자는 멀리서 보더라도 형원임을 알 수 있었다. 형원은 편의점에 들어가는 길인 듯했다. 성은은 그녀와의 애매한 만남을 피하기 위해 빨리 걸음을 옮겼다.

'아, 마주치고 싶지 않은데.'

신호등 앞에서 초조하게 신호가 바뀌기를 기다리고 있는데, 인기척이 가까워졌다.

"성은 씨!"

깊숙이 우산을 눌러썼는데도 불구하고 성은을 알아본 형원이 반색하며 다가왔다.

"마침 잘 만났네요. 저랑 집 가는 방향이 비슷하죠? 같이 가요."

늦은 저녁, 지하철 안은 한산해서 둘은 나란히 옆자리에 앉았다. 형원은 "우리 이제 인턴 기간도 얼마 안 남은 거 알아요?"라고 운을 떼며 회사 생활에 대해 물었다.

"이전보다는 적응했어요. 형원 씨는요?"

"저도 어느 정도 적응했어요."

동갑이거나 한두 살 터울인 인턴들은 반말을 하는 경우도 있지만 성은은 회사 동료와 말을 놓지 않았다. 어투가 편해지면 오해를 살 만한 언행을 일삼을 수 있기에 직장에서는 조심하고 싶었다. 그런 생각은 일정 정도 학원에서 같이 일한 은주의 영향도 있었다.

"근데 전 성은 씨한테 아쉬운 점이 있어요. 다른 동기들과는 가까워진 것 같은데, 성은 씨랑은 그렇지 못한 것 같아서요. 물론 마케팅부서랑 편집부가 일로 부딪히는 만큼 썩 편하진 않은 건 이해하지만, 성은 씨가 동기들이랑 가까워지는 걸 꺼리는 게 느껴지다 보니."

형원은 너스레를 떠는 투로 말했다.

"그럴 의도는 없었는데, 제가 낯을 가리는 성격이라 그렇게 느껴졌나 보네요."

성은이 그 뒤에 다른 말을 덧붙이지 않자 형원은 목소리를 낮추었다.

"사실, 제가 이런 얘기까지는 안 하려고 했는데, 동기로서 솔직히 말해주고 싶은 게 있어요. 좋은 의도로 하는 말이니까 기분 나쁘게 듣지는 말고요."

성은은 그 뒤에 이어질 말이 어떤 주제의 것이든 듣고 싶지 않다는 생각이 들었다. 내면의 감춰져 있던 버튼이 눌린 듯 입에서 "아뇨, 그럴 필요 없어요."라는 문장이 흘러나왔다. 형원은 당혹스러운 듯 표정이 일그러졌다.

"동료로서 생각해서 하려던 말이에요. 전 진짜 좋은 의도로……."

"어떤 의도가 담긴 말이든 안 해주셨으면 좋겠어요. 회사에서 만난 사이에는 어느 정도 선이 있어야 한다고 생각해서요."

형원은 예상치 못한 답변에 얼떨떨한 표정이었다. '솔직함'은 선을 넘는 무례함으로 표현되는 경우가 많았기에 그런 말은 일찌감치 차단하고 싶었다. '솔직히 말해서', '내가 널 생각해서 말하는 건데'라는 문장 뒤에 오는 조언은, 상대의 상태나 관계의 깊이는 안중에도 없이 일방적으로 늘어놓는 말들인 경우가 많았다. 형원은 온순히 고개를 끄덕이거나 수긍하던 성은의 평소 모습과 다른 태도에 기분 나빴던 듯, "뭐 알겠어요. 원치 않으면 안 하죠."라고 대답했다.

환승할 역이 가까워지자 가방을 반대편 어깨로 돌려 매며 성은은 지하철 문을 빠져나왔다. 뒤따라 내리던 직장인 여성은 누군가와 통화하며 "솔직히 내가 틀린 말 한 건 아니지 않아? 그쪽이 잘못해서 말한 건데."라고 투덜거렸다. 성은은 지나쳐 가는 여성을 힐끔 보았다. 곧이어 타야 할 다음 노선의 지하철이 역 내로 들어

오고 있다는 안내음이 들렸다.

'그런 솔직한 이야기, 본인도 듣고 싶지 않을 거면서.'

성은은 퉁명스럽게 중얼거리며 도착한 지하철로 옮겨 탔다.

9

○ ○ ○

서점 앞에 다다랐을 때, 은실은 상호를 입으로 읊조려보았다.

'우연, 우연이라.'

그간 은실에게 우연이란 말은 극복하기 어려운 거부감으로 다가왔다. 모든 일이 예측 가능한 범위에서 이어지기를 바라는 건 욕심일까. 그러나 은실의 바람은 실제로 그러했다. 그 어떤 변화도 원하지 않았으며, 지금보다 나은 생활을 누리고 싶다는 욕심도 없었다. 더 나은 조건에서 값진 무언가를 누릴 수 있게 되면, 달콤한 행복 뒤에 예상치 못한 불행이 대기하고 있을 것만 같았다. 행운이 깃든 우연이든, 위기라고 생각될 만한 우연이든 그 어떤 변화도 거부하고 싶었다. '그래서 네가 지금 그런 상태에 머물러 있는 거야.' 내면에서 냉소적인 음성이 들려왔다. 확신을 주지 못하는 관계를 애매하게 끌고 갔던 연애 시절도, 대우가 좋지 않은 회사를 그만두지 못하고 계속 다닌 점도 우연과 변화의 속성에 대한 두려움 탓이었다.

'그냥 더도 말고 덜도 말고 매일이 예측 가능했으면 좋겠어.' 은실은 중얼거렸다.

서점에 들어서자 잔잔한 피아노곡이 울렸다. 얼마 전 들춰봤던 책이 같은 자리에 놓여 두 번째 주인을 기다리고 있었다. 에세이 부문의 책들을 훑어보고 있는데 서점 주인이 다가왔다.

"안녕하세요."

"저, 우산이 망가져서 새로 가져다드리려고 했는데, 오늘 미처 챙겨 오지 못해서요. 다음번에 드려도 될까요?"

곤란한 은실의 얼굴에 남자는 온화한 말씨로 화답했다.

"그럼요. 다음에 갖다주셔도 괜찮아요. 마침 새로운 책들이 입고된 날이라 편하게 보면서 쉬고 싶은 만큼 있다 가세요."

은실은 마음껏 책을 읽어도 좋다는 말이 아니라 쉼이라는 단어를 쓴 점이 마음에 들었다. 지금 상태로는 단 한 줄의 문장도 눈에 들어올 것 같지 않았다. 그저 조용히 어느 한구석에 앉아 이따금 눈이 가는 책의 제목을 훑어보는 정도면 충분할 것 같았다. 남자는 "필요한 게 있으면 말씀주세요."라고 말한 뒤 돌아갔다. 은실은 서점 입구와 계산대에서는 눈에 띄지 않는 사각지대에 앉았다. 높이가 낮은 책상에 앉아 그림이 가득한 책을 넘겨보았다. 매우 느리고 반복적인 행동이 이어지던 끝에 은실의 손동작이 어느 순간 멈췄다. 책 한 귀퉁이의 작은 손 글씨가 눈에 띄었다.

바쁠 때 끼니 거르면 안 되는 것처럼 지칠 땐 쉼이 될 만한 책을 곁에 허락해두는 것도 좋을 거야. 어쩌면 우연하게 펼친 어떤 페이지가 너한테 위로가 될지도 몰라.

한 자 한 자 정성 들여 쓴 문장에서 글쓴이의 진심이 느껴졌다. 책을 중고 서점에 내놓은 주인은 남겨진 메모를 잊었던 게 아닐까. 글귀를 기억하고 있었다면 이곳에 내놓았을 리 없다.

'이상하지. 이 메모는 내게 해주는 말이 아닌데도 그 위로를 갖고 싶어.'

은실은 책을 손에 꼭 쥐고 판매대로 향했다.

"이 책 어제 입고된 건데 바로 주인을 만나게 됐네요."

남자는 웃으며 책 상태를 꼼꼼히 살폈다.

"읽다 보니 마음에 들어서요."

"좋은 책을 우연히 만났군요."

은실은 문득 서점의 이름이 왜 '우연한 책'인지 알 것 같았다. 이런 우연이라면 별다른 저항 없이 마음껏 누릴 수 있겠다 싶기도 했다.

"'우연한 책'이요, 생각할수록 상호가 좋아요."

"제가 여기 정착해서 서점을 열게 된 것 자체가 우연이어서요. 우연히 어떤 서점에 들렀다가 책 읽는 것을 좋아하게 됐어요. 그러다 책을 좋아하는 열망이 강해져서 다니던 회사를 관두고 서점까지 열게 됐죠. 그 모든 과정이 연결 고리처럼 계속 이어진 거예요. 결과적으로 그 우연들은 저를 좀 더 행복하게 만들었어요."

"우연이라는 게 꼭 나쁘지만은 않네요."

은실은 공감하며 가볍게 미소 지었다.

○ ○ ○

은실은 주말을 맞아 고향에 내려갔다. 이따금 인숙의 "뭐 좀 먹을래?"라는 말이나 "아휴, 너 얼굴 상한 것 좀 봐."라는 성화를 들으면 염증과 피로도 햇빛에 힘을 잃은 눈 더미처럼 녹아들 것만 같았다. 은실은 오랜만에 온 집에서 사용하던 방 안을 둘러보았다. 몇 년 전과 달라진 게 없는 방 안에는 익숙한 편안함이 감돌았다.

인숙은 은실을 위해 정성스러운 한 끼를 준비해주었다.

"매번 이렇게 준비하지 않아도 괜찮다니까."

은실이 툴툴거렸지만 인숙은 웃으며 밑반찬을 가까이 밀어주었다.

"황태 콩나물국 먹고 싶었다며."

은실은 엄마의 솜씨를 따라가려면 멀었지만, 나름대로 요리를 하게 됐다고 말했다. 그러나 인숙은 그 말을 믿지 않는 눈치였다. 만든 음식 사진을 보여주자 고개를 끄떡이며 이제 좀 사람 사는 것 같다고 했다. 한소끔 끓여낸 국을 뜨자 여운 깊은 그리움이 밀려왔다.

"은주도 네 소식 묻더라."

"그래? 공부는 잘하고 있대?"

"말하면 스트레스 받을 테니 묻진 않았어. 알아서 잘하겠지."

"언제까지 시험만 준비할 순 없어. 엄마도 알잖아. 은주, 3년째야."

대놓고 압박을 주는 일은 그만두었지만 은실은 내심 동생에 대한 걱정을 안고 있었다.

"말이 쉽지. 그간 본인이 노력해왔던 게 얼마나 아깝겠니."

"회사에 새로 들어온 후배 인턴을 보면 은주 생각나. 은주도 시간 흘려보내지 말고 이젠 사회생활을 시작했으면 좋겠어."

"하고 싶은 만큼 하게 둬. 애매하게 후회하느니 할 만큼 해보고 포기하는 게 낫다."

"은주가 그러는 건 엄마도 일정 정도 책임 있어."

은실은 엄마가 가정을 위해 얼마나 열심히 살아왔는지 알고 있었다. 인숙의 삶의 목적은 자신과 은주라는 것도. 그런 엄마에게 가시 돋친 말을 내뱉은 순간, 은실은 아차 싶었다. 제어하기 어려운 감정과 부딪히면 때로 의도한 것과 다른 말이 둑이 무너지듯 흘러

넘쳤다. 은실이 뱉어낸 말의 심지에는 인숙에 대한 연민이 있었고, 미안함과 애틋함이 뒤섞여 있었다. 고달픈 삶의 연장선을 이어가는 엄마에게 아무것도 해주지 못한 현실이 은실을 내리눌렀다. 어쩌면 동생인 은주보다 더 철없는 건 자신이 아닐까. 엄마의 생활에 보탬이 되어주지 못하는 것이 부끄러워 은실은 고개를 숙였다.

"지금 내가 한 말은, 그런 뜻이 아니라……."

"피곤할 텐데 먹고 쉬어. 난 가게 나가봐야 해."

인숙은 곧바로 집을 나섰다. 혼자 집에 남은 은실은 괜한 말을 했다는 후회를 설익은 쌀알처럼 씹어 삼켰다. 저녁을 먹고 난 뒤 엄마가 있는 가게로 향했다. 인숙은 구제 옷을 펼쳐두고 정리 중이었다. 가까이 간 은실은 엄마를 따라 옷 상태를 살폈다. 옷소매가 뜯어지거나 안쪽 주머니에 구멍은 없는지, 얼룩은 없는지 살핀 뒤 수선할 옷과 매대에 놓을 수 있는 옷을 분류했다.

"집에서 쉬지 나오긴 왜 나와."

"엄마 보러 온 건데 혼자 집에 있으면 뭐해. 같이 있어야 의미 있지."

은실은 들고 있던 옷을 반대편으로 홱 던지며 답했다. 시선을 돌린 채 퉁명스럽게 답하는 은실의 옆얼굴을 인숙은 말없이 보았다.

○ ○ ○

일을 마치고 돌아가는 길, 은실은 무거운 입을 열었다.

"은주 탓만 할 건 아닌 거 알아."

이상했다. 나쁜 심보 따윈 정이현 팀장이나 영업부 실장 앞에선 나오지 않다가 엉뚱한 곳에서 터져 나오기 일쑤였다.

"맏딸로서 나도 엄마한테 잘한 거 하나도 없어."

넉넉한 경제력을 갖춘 것도 아니며, 건실한 신랑감을 만들어서 결혼한 것도 아니다. 은실은 서른 중반의 제 처지 또한 엄마에게 연민과 걱정을 일으키는 요인이라는 것을 모르지 않았다.

"최소한의 자식 도리는 하고 살아야 한다고 생각해. 나도 그러고 싶고."

말없이 걷던 인숙은 번진 노을을 향해 고개를 돌렸다. 진한 햇살이 사선으로 떨어지며 인숙의 얼굴을 비추었다.

"은실아, 엄마는 이렇게 멋진 풍경을 보는 것도, 네가 가끔 찾아와주는 것도 낙이야. 너 오면 뭐해줄까 고민해서 반찬 만드는 것도 좋고. 그냥 지금은 만족하면서 살아. 너희한테 손 벌리지 않고 내 힘으로 돈 벌 수 있는 것도 다행스럽고 감사해."

은실은 머리를 조아리듯 고개를 숙였다. 엄마의 말이 가슴 표면 위로 미끄러져 흘렀다.

"난 말이다. 너나 은주가 후회 없이 살면 좋겠어. 가슴에 오래 남을 상처 안 만들고. 넌 싫겠지만, 네 아빠, 알코올성 치매가 악화돼서 병원 들어간 뒤에 밤이고 낮이고 연락이 자주 와. 그때 그 사람이 너랑 은주에 대해 묻더구나. 섬망이 와서 제정신이 아닌 날도 많지만, 이성을 되찾으면 제일 먼저 가족을 찾아."

고압적이었던 아버지는 은실에게 부담스러운 존재였다. 치매를 앓는다는 말을 들은 뒤에도 병원에 가지 않은 건, 그 존재에 관해선 태초의 기억까지 싸잡아 지우고 싶었기 때문이었다.

"네 아빠에게 남아 있는 시간이 길지 않아. 은주도 저 스스로 공부할 수 있는 기한이 언제까지고 주어질 수 없다는 걸 잘 알고 있을 테고."

그 말에 은실의 목소리가 조금 커졌다.

"그럼 엄마는 다른 여자를 품에 끼고 산 남자를 용서하는 게 맞다고 생각해? 자리 못 잡고 내내 독서실에만 있는 은주도 기다려줘야 맞고? 도대체 언제까지 우리가 그 몫을 책임져야 해."

말을 내뱉고 난 뒤에 은실은 손바닥으로 이마를 내리눌렀다.

"거봐. 이래서 그 사람 얘기는 하고 싶지 않은 거야. 그 작자에 대한 얘기만 나오면 결국 이렇게 엉망이 되어버린다고."

잠자코 있던 인숙은 깊게 숨을 내쉬며 은실을 불렀다.

"은실아."

격앙된 짜증에도 흔들리지 않는 음성으로 인숙은 말했다.

"나도 친정아버지 살아생전에는 원망스러웠는데, 임종 날 얼굴

못 뵌 게 가슴에 걸리더라. 담뱃값 좀 달라고 할 적에 매몰차게 거절한 게 이제 와 마음 쓰여. 그냥 좀 줄걸. 미워도 얼굴이라도 뵐걸 그랬다 싶어. 난 네가 그런 후회는 하지 않았으면 좋겠어."

베개 한 귀퉁이에 머리를 베고 있는 인숙은 비좁은 단칸방에서 잠을 청하던 시절의 기억이 몸에 남아 있는 듯 움츠린 자세를 취하고 있었다. 등 뒤에서 안을 수 있으면 좋으련만, 엄마가 지닌 낙낙한 품에 안기면 기어이 눈물이 터져 나올 것만 같아 그러지 못했다. 은실은 자신이 물기가 마르지 않은 빨랫감같이 애매한 상태를 유지하고 있는 것 같다고 생각했다. 습기의 꿉꿉함이 거슬려 입을 수 없으며, 개방된 곳에서 볕을 쬐고 변화하기엔 두려워 줄곧 일정 부분 젖은 상태였다. 맏딸로서의 도리, 회사에서의 위치와 사수로서의 역할, 언니로서 동생을 돕지 못하는 것에 대한 부채감을 안고 있지만 실제로는 무엇도 책임지지 못했다. 이도 저도 아닌 형태로 구겨진 빨랫감같이 일과 생활 사이에 널려 있을 뿐이었다.

"엄마, 자?"

"왜 잠이 안 와?"

인숙은 몸을 반쯤 일으키며 "너 불편하면 내가 다른 방에서 자도 되는데."라고 했다. 은실은 인숙의 팔을 얼른 붙들었다.

"같이 잘 수 있어서 좋다고. 좋아서 그래."

은실은 인숙의 베개를 가져와 제 곁에 가까이 붙여놓았다. 두 사람은 나란히 누워 천장을 바라봤다. 어둠에 익숙해지자 행거에 걸린 옷들이 어렴풋이 눈에 들어왔다. 방 안의 모든 물건들은 오랜 시간 그 형태와 놓여 있는 위치마저 같은데, 이곳에서 생활하는 두 사람의 모습만 조금 바뀐 상태였다. 인숙의 머리는 눈에 띄게 희어졌다. 평생 가장의 역할을 짊어진 대가로 얻은 건 삐걱거리는 관절 통증과 성한 곳 없는 육체뿐이었다. 그 점을 떠올리면 은실은 엄마의 삶과 노후를 오롯이 책임져주지 못하는 현실이 그 자체로 극복할 수 없는 상처처럼 여겨졌다. 제아무리 훈수를 두듯 말해도 할 수 있는 건 가끔 가게 일을 돕거나 약간의 생활비를 보태는 정도였다.

"엄마랑 이렇게 나란히 누워 있으니까 옛날 생각나."

인숙은 고개를 끄떡이며 "그러게. 세월 참 야속할 정도로 빠르다."라고 중얼거렸다.

"네가 나랑 같이 한 방에서 잤던 게 중학생 무렵이었는데 벌써 서른이 훌쩍 넘었으니."

"서른이 뭐야. 한참 넘어서 서른일곱이야. 내일모레면 마흔이지."

"그래도 젊어. 아직 한창이지."

인숙은 이불 위에 놓인 은실의 손을 토닥이며 "늦었다고 생각할 것 없어. 스트레스 받으면서 네 몸 혹사할 것도 없고."라고 말했다. 말하지 않더라도 인숙은 그간 은실을 지치게 만들었던 것들을 헤아리고 아는 것 같았다.

"있잖아, 엄마."

입술 끝에 머물러 있던 말인데도 털어놓기까지는 시간이 걸렸다. 속마음을 꺼내놓는다는 건 매듭이 풀린 신발 끈을 매어 쥐듯 준비가 필요한 일. 어떤 진심은 듣는 이에게 보이지 않는 책임감을 부여한다는 것을 감각적으로 아는 은실에게 솔직함이란 알면서도 저지르는 죄처럼 여겨졌다. '내 이야기가 짐이 되면 어쩌지? 실망을 안겨주는 건 아닐까?' 자신의 말이 어떤 관계의 피해나 부담을 줄 수 있다는 확신에 가까운 두려움을 은실은 본능처럼 지니고 있었다. 우정이라는 통로를 통해 전달된 영지의 비밀이 은실에게 버거웠던 것처럼.

"난 엄마랑 안 닮았나 봐. 누군가를 미워하면 그 감정에 결말이 없어. 내가 생각해도 지칠 정도로 진력나게 그 미움이 이어져. 그래서 누군가를 미워하면 남는 그 흔적이 싫더라. 어떤 시간과 사람한테서 도망친대도 끈질기게 남아 지워지지 않는 그런 것들이."

"경험이 지나친 자리에 아무것도 남지 않을 순 없는 법이야."

은실은 자신의 계절에 머물다 간 사람들을 떠올렸다. 그들은 머문 기간에 상관없이 많은 것을 남기고 떠났다. 얼마나 오래 머물렀느냐보다 어느 정도로 깊숙이 새겨져 있느냐에 따라 남긴 기억의 조각은 각각 달랐다. 이들은 대개 너른 이해심과 너그러운 희생을 요구하곤 했다. 적어도 은실에겐 그 모든 진심이 강요로 다가왔다.

"나도 알아. 그냥 내 마음이나 형편에 여유가 없어서 누군가를 짊어지지 못한 것뿐이라는 거. 어쩌면 그 애의 말처럼 이해해주고 위로해주는 게 맞을지도 모르지."

은실은 정리되지 않은 생각을 되짚다가 "엄마, 고등학교 친구였던 영지 알지?"라고 물었다.

"그 키 크고 늘씬했던 아이?"

"맞아. 엄마가 기억하는 그 친구랑 완전히 관계가 끝났어."

"싸웠어?"

"그 친구가 나한테 혼자 감당하기 벅찬 고민을 털어놓은 적이 있는데, 난 그걸 진심을 다해 위로해줄 수 없었어. 아니, 위로하거나 다정하게 감싸주기 싫었어. 나 참 못됐지?"

은실이 덤덤한 척 물었다. 인숙은 고개를 저었다.

"네가 그런 생각이 들었다는 건 그럴 만한 이유가 있어서겠지."

"사실 그 친구가 위로를 요구했을 때 매몰차게 대했어. 참기 싫었거든."

"참고 넘겼으면 네가 어땠을 것 같은데?"

가만히 듣고 있던 인숙이 물었다.

"그 애를 더 많이 미워했을 것 같아."

"그렇다면 잘했어."

"정말 그렇게 생각해?"

"누굴 미워하는 것도 기운을 쏟는 일이야. 구태여 그런 감정을 키울 필요는 없지. 네 마음을 우선에 두고 먼저 지켜."

은실은 그 말이 전적으로 힘들어하는 딸을 위한 엄마의 위로에 가깝다고 생각했다. 인숙은 영혼에 위해를 끼치고 상처를 준 남자를 평생 품어왔다. 그런 인숙의 마음은 깊이를 알 수 없는 심연 같았고, 어떤 면에선 끝없이 펼쳐진 모래사막 같은 인내로 이루어져 있었다. 인숙이 자신을 앞서 두고 지켜야 한다는 걸 진정 알았다면, 남편과 거리를 두었어야 하는 게 맞지 않을까. 그게 스스로를 지키는 방법이 아니었나. 그런 모진 질문을 직접 언급하지 않았지만 은실의 내면에선 묵직하게 떠올랐다.

　　인숙은 은실의 등을 가만히 쓸어주었다.

　　"다른 누군가 때문에, 채에 무 갈 듯 마음까지 갉아먹어선 안 돼. 그게 설령 부모더라도 네 감정과 마음을 좀 먹는다면 거리를 두는 게 좋아. 먼저 네가 살고 봐야 주변도 보이고 누군가에게 위로도 해줄 수 있는 법이거든. 네 마음이 지옥이면 누구의 지옥도 와닿지 않아."

　　'맞아, 엄마. 내 마음이 숨 막히는 지옥 같았어. 앞으로 더 나아질 가능성이 보이지 않는 정지된 시간이 꼭 그랬어.'

　　은실은 입속에서 그런 말이 맴돌았지만 내뱉진 않았다. 이 고백이 엄마의 마음에 서글픈 슬픔으로 맺힐까 봐, 그 말만큼은 꺼내지 않았다. 그런 지옥을 이미 경험해본 사연 많은 시선이 은실의 가슴에 두껍게 도포된 유화 물감처럼 얹어졌다. 고요한 적막 가운데서 인숙은 멈추지 않고 등을 쓸어주었다.

○ ○ ○

은실은 버스를 타기 전 지난밤을 떠올렸다. 어슴푸레한 새벽이 밝을 적에 꿈결 같은 음성을 들었던 것 같다. 그게 실제 엄마의 말인지 또는 짧은 꿈인지 명확하지 않았다.

"네 아빠에 대한 내 요구도 욕심일 수 있겠다는 생각이 드네. 네가 가진 미움도 내가 가진 분노가 전이되어 이어진 걸 텐데……. 그건 네 탓이 아닌데……."

엄마의 제안에 응하지 못한 건 완수하지 못한 책임으로, 그 언젠가는 이행해야 할 무거운 과제로 은실에게 남았다. 아버지의 얼굴을 보지 않고 산 지 10년이 넘었다. 머릿속에 떠올려도 주름진 얼굴과 이마에 남아 있는 흉터 자국만 흐릿하게 그려졌다. 은실이 일상 전반에서 그 존재를 떠올리는 일은 많지 않았다. 다만 남아 있는 여생 동안 그가 엄마의 삶에 더 큰 짐을 떠넘기지 않기를 바랄 뿐이었다.

버스 가장자리에 앉자 차창으로 인숙이 보였다. 한동안 그 자리에서 손을 흔드는 엄마의 얼굴을 잊지 않으려는 듯 시선을 떼지 않았다.

"은실아, 무리하지 않아도 돼."

부담을 가중시키지 않으려는 엄마의 심정을 헤아릴 수 있을 것만 같았다. 아버지와 우리에게 남은 시간이 어느 정도인지 알 수 없었다. 그러나 시간은 제 의지와 상관없이 빠른 속도로 지나갈 것이다. 인숙의 말대로 충분한 시간이 남아 있는 건 아니었다. 버스 안의 공기가 답답해서 차창을 조금 열었다. 비좁은 창으로 빠른 바람의 숨결이 파고들었다. 계절의 변화는 바람의 온도에서 제일 먼저 느낄 수 있었다.

○ ○ ○

동료들은 은실에게 안색이 안 좋은데 어디 아픈 것 아니냐고 물었다. 그 말들은 진심 어린 걱정보다는 인사치레로 여겨졌다. 자잘한 말에 쉽게 예민해지는 상태가 은실은 힘겨웠다. 한편에선 내심 그런 바람도 일었다. 이대로 쓰러져서 의식을 잃고 싶다고. 싸온 도시락을 반절도 먹지 못한 채 탕비실을 먼저 나온 은실은, 정이현 팀장과 마주쳤다.

"과장님, 얼굴이 많이 안 좋으시네요. 어디 아프세요?"

은실은 이현의 시선이 불편해 고개를 숙였다.

"아뇨, 괜찮아요."

"하기야 바깥 음식 해롭다고 도시락까지 싸서 드시는데 몸이 안 좋으면 안 되긴 하죠."

이현은 붉게 칠한 입술을 말아 올리며 곁을 지나쳤다. 더 버틸 수 있을까. 은실의 목부터 귓불, 이마 끝까지 얼굴 전체에 뜨겁게 열이 올랐다.

은실은 성은이 퇴근한 뒤에도 사무실에 남아 인사평가 내역을 정리했다. 마침 퇴근이 늦어진 규림이 은실의 자리에 불이 밝혀져 있는 것을 보고 다가왔다.

"과장님, 이쯤에서 퇴근하세요. 어디 아프신 것 같아서 걱정돼요."

"대상포진은 완치 후에도 신경통이 오래 가나 봐요. 약간의 후유증일 뿐이에요."

은실은 얼굴에 붉게 올라온 수포를 민망한 듯 손으로 가리며 웃어 보였다.

"후유증이 남아 있다는 건 완치되지 않았다는 뜻이잖아요. 그럴 때 조심해야 해요."

은실은 일을 마무리한 뒤에 가겠다고 답했다. 성은의 인턴 기간이 얼마 남지 않은 시점이었다. 원활하게 일을 해내는 성은이라면 정규직 전환에 큰 무리가 없으리라 예상했다. 평가 내역서의 빈 항목을 기재해 나가며 은실은 저릿한 통증이 이어지는 왼쪽 어깨를 반대편 손으로 눌렀다. 서류 작업을 마무리했을 땐 저녁 8시가 조금 넘어 있었다.

○ ○ ○

"대상포진이 얼굴 쪽으로 재발하셨네요. 당분간 입원하시는 게 좋겠어요. 얼굴 주변부에 발생한 포진의 경우, 트러블로 오인해서 만지면 살이 파여 흉터가 남는 경우도 있습니다. 더구나 가슴이나 등 주변부에 발생하는 수포와 달리 완치 뒤에도 후유증이 동반될 확률이 높고요. 재발이기도 하고, 일의 강도가 높은 편이라면 잠시 내려두고 치료에 전념하세요."

은실은 지친 표정으로 '한 달 휴식 요망'이라고 쓰인 진단서를 손에 쥐고 병원을 나왔다.

"거의 다 나았다고 생각했는데."

휴대폰의 검은 화면에 비춰 봐도 돌출된 수포로 뒤덮인 왼쪽 뺨이 두드러져 보였다. 가슴 부위의 통증은 나아지는 듯했지만, 회복된 건 아니었다. 유약해진 면역력 탓인지 바이러스는 다른 방향으로 새로이 번졌다. 몸이 아프면, 내밀한 감각에 스며 있는 선홍빛 그리움이 일어났다. 피부가 쓰려서 함부로 눈물을 훔칠 수도 없었다. 얼굴로 이어진 포진으로 인해 흉측하게 보일 것을 알면서도 은실은 마스크를 쓰지 않았다. 어둠이 밀려드는 저녁이어서 다행이다 싶었다. 바람에 눈물이 마르면서 피부 표면이 짓무른 상처에 소독약을 쏟은 것처럼 아파 왔다. 이대로 고향집으로 돌아가고 싶었다. 바로 어제까지 머물렀던 그 집과 엄마의 얼굴을 본 일이 아득한 옛일처럼 여겨졌다. 머뭇거리던 은실은 인숙에게 전화를 걸었다.

"은실이니? 오늘도 일이 일찍 끝난 거야?"

눈물이 터져 나올 것 같아 대답을 바로 할 수 없었다.

"미련하게 일만 하지 말고. 쉬는 날도 있어야 해."

은실은 차마 걸음을 떼지 못했다. 그 자리에 버티어 서서 인숙이 하는 말을 듣고만 있었다. 사람들이 오가는 모습이 흐린 배경이 되어 물러났고, 도로를 달리는 차와 가로등 대신 고향집 앞마당이 선명히 떠올랐다. 이상한 일이었다. 은실은 본래 해묵은 고향집을 좋아하지 않았다. 그곳에서 살았던 세월 중 일부에는 아버지가 있었다. 그는 가족의 둥지를 침해하는 불온한 어둠이었다. 가위로 잘라 낸 사진처럼 그를 배제하고 고향을 떠올리면 미완의 그림을 보는 듯한 불완전함이 이어졌다. 어쩔 수 없이 그곳에 가면 떠오르는 사람. 지우고 싶은 그 존재에게서 벗어나고 싶은 마음에 은실은 고향을 모욕적으로 여기며 경멸해왔다. 제 뿌리가 혐오하는 남자에게서 이어져 왔다는 걸 온몸으로 거부하고 싶은 분노와 미움이 고향에 가면 고스란히 살아났으므로. 한데, 어째서인지 지금은 큰 변화 없이 잘 보존되어 있는 옛집이 그리웠다. 그건 새롭게 다가온 감각이었다.

"건물도 오래되면 보수해야 하듯, 사람도 매한가지야. 몸이든 마음이든 고장 나면 재깍 고쳐줘야 해. 그래야 너 자신이 망가지지 않고 그런대로 유지된단다."

"이후에 다시 일어나서 새로 시작하지 못할까 봐 걱정되면 어떻게 해야 해?"

"한 번 해봤는데 두 번이라고 못 할 리 없지. 그런 기분이 들면 언제든 와서 쉬어."

은실은 엄마의 말에서 마음 붙일 자리가 있다는 것을 확인받은 것만 같았다. 언제든 찾아가면 맞아줄 존재가 있다는 것을 그간 잊고 있었다.

'이 세상 어디에도 내 자리가 없는 줄 알았는데, 그건 아니구나.'

은실은 손등으로 눈가를 쓸며 뇌까렸다. 보이지 않는 견고한 지지대가 가까운 곳에 있다는 것이 느껴졌다.

○ ○ ○

은실이 병가를 요청하자 영업부 실장은 마뜩잖은 투로 물었다.

"회사에서 같이 일하는 사람, 배려는 안 하나? 인턴들도 한창 정규직으로 전환할 때고, 여러 작품의 출간 시기도 겹쳐 있는데, 꼭 자리를 비울 필요는 없지 않냐 이 말이야. 적당히 하루 이틀 쉬는 거면 몰라도. 특히 편집부는 전반적으로 자네가 맡고 있는데, 지금 인턴만 두고 자리 비우겠다는 건 일에 대한 책임감이 없다는 걸로밖에 안 보이는데."

은실은 실장의 말을 가만히 듣고 있었다. 부정 당하는 기분이 거듭되자 버틸 수 없을지도 모른다는 불안은 확신으로 바뀌었다. 더는 물러설 곳이 없었다. 은실은 조용히 마스크를 벗었다. 왼쪽 뺨을 중심으로 코밑까지 번진 수포를 보자 실장의 얼굴이 일그러졌다. 뾰루지로 보였던 붉은 상처 부위는 주밀한 수포들이 밀집하여 번져 있었다. 그는 못 볼꼴을 본 듯한 눈빛으로 고개를 돌렸다.

"정 과장, 당장 마스크 쓰게. 지금 나한테 항의하려고 냅다 그러는 건가 본데."

격발할 것만 같은 감정을 꾹 누른 채 은실은 표정 없는 얼굴로 답했다.

"진단서로는 안 된다고 하셔서요. 더는 어렵습니다."

회사에선 병가가 근로기준법에 규정된 제도가 아니라고 주장했다. 근로자의 질병이나 부상 등의 상황을 배려해 일정 시일 근로 의무를 면제하는 건 가능하지만 병가를 거부한다고 해서 문제가 되지 않는다는 입장이었다. 육아휴직을 요구했다가 사직을 강요당한 전 동료의 일을 떠올리면 이런 사태를 예상 못 한 바는 아니었다. 은실은 실장에게 남아 있는 14개의 연차를 소진하겠다고 말한 뒤 사무실을 나왔다. 자리로 돌아갔을 때, 성은이 다가왔다.

"과장님, 식사 아직 안 하셨죠?"

성은을 대면하자 은실은 마음이 좋지 않았다.

"성은 씨는 왜 식사하러 안 갔어요?"

"전 간단히 먹었어요. 다른 분들은 정 팀장님이 같이 식사하자고 해서 나갔고요."

은실은 도시락 모임에 대한 정이현 팀장의 불만을 감지하고 있었던 터라, 점심 회동이 무얼 의미하는지 짐작할 수 있었다. 마음의 앞뒷면이 다른 이들과의 갈등은 꼬마들의 땅따먹기만큼이나 유치하게 돌아갔다. 사소한 부분에서 편을 가르며 교묘한 방식으로 견제가 이어지는 양상. 대개의 경우 은실 쪽으로 화살이 돌려졌는데, 불쾌감을 드러내면 노처녀의 히스테리가 심화됐다는 쪽으로 몰아가는 점이 힘들었다. 자신의 발로 나가든 타당하지 않은 명분으로 해고되든 정해진 결론은 비슷했다. 실장에게 민낯을 드러내자 오히려 마음은 편했다. 꿋꿋이 버티어 쥐었던 줄을 놓을 수 있을 것 같다는 생각이 처음으로 들었다.

"이거 과장님 드세요."

성은은 손에 들고 있던 도시락을 건넸다. 뚜껑을 열자 다진 쇠고기와 당근을 속 재료로 넣고 버무린 유부초밥과 정갈하게 깎인 과일이 담겨 있었다.

"제 거 싸면서 같이 만든 거라 어렵지 않았어요."

은실이 도시락에 고마움을 표하자 고개를 살짝 숙인 성은의 입술이 달싹거렸다. 무언가 중요한 할 말을 머금은 채 주춤거리는 모양새였다.

"과장님, 말씀드릴 게 있어요."

성은은 내용물이 거의 남지 않은 케첩을 힘껏 밀어내듯, 없던 용기를 내서 털어놓았다.

"사실 아까, 정 팀장님이 부탁한 서류를 가져다 두는 길에 인사평가 결과를 봤어요. 나름대로 노력한다고 했지만, 부족했다는 건 알고 있어요. 그렇지만 바뀔 여지가 조금도 없는 건지 여쭙고 싶어요. 그 평가가 확정된 결론인가 싶어서요."

은실은 처음 듣는 소리에 당황하여 성은의 상기된 얼굴을 바라봤다.

"무슨 말이에요? 이미 인사평가 결과가 나왔다는 건가요?"

"네. 평가에서 떨어진 걸 봤는데, 과장님은 결과를 알고 계셨던 거 아닌가요?"

성은의 물음에 은실은 기가 차서 말이 나오지 않았다. 어제 작성한 평가서를 인사팀에 전달조차 하지 않았는데, 결과가 나왔다니 납득할 수 없었다. 은실은 우선 금방이라도 울 것만 같은 성은을 차분히 달래주려고 애썼다.

"나도 이 부분은 안내받은 내용이 없어요. 아직 평가가 완료된 시점이 아니라서 관련된 건 담당자분에게 알아보도록 할게요."

담당자에게 문의한 결과, 돌아온 답은 이러했다.

"사내 경영 문제로 인원 감축을 해야 할 시점이에요. 정규직 채용을 축소해야 해서 인턴으로 입사하신 분들은 대부분 정규직으로 전환되기 어려울 듯해요.”

은실이 내린 평가 내용이 점수에 반영되지 않은 부분을 지적하자 담당자는 유감을 표했다.

“정 과장님이 편집부를 맡고 계시지만, 직함이 팀장은 아니다 보니 평가자로서 의견을 반영하기 어렵다고 하시네요.”

평소에는 ‘팀장’이라는 감투를 운운하여 여러 업무를 과중하게 짊어지우면서 권한은 허락하지 않는 점은 불합리하게 여겨졌다. 인사팀 관계자는 인재 추천으로 입사한 형원만 정규직으로 전환될 것이라고 귀띔했다.

“성은 씨 성실하고 괜찮던데 아쉽네요. 왜 과장님이 이렇게 얘기하시는지도 이해해요.”

담당자는 볼륨을 조금 줄인 말소리로 운을 뗐다.

“과장님도 아시다시피 여긴 가족 회사잖아요. 형원 씨도 알고 보니 실장님네 조카라고 하던데요. 그래서 정 팀장도 형원 씨를 유독 신경 쓴 거였어요.”

담당자는 한숨을 내쉬며 무력함이라는 단어를 베어 문 듯 얼굴을 찡그렸다.

“인턴 채용에도 이 정도로 인색하게 구는 거 보면 벌써 걱정되네요. 내년 연봉 협상 때도 상승폭이 어떨지 빤해요.”

○ ○ ○

　몇 시간 전, 표지 샘플을 인쇄하던 성은에게 정이현 팀장은 기획 문서를 인사팀에 가져다줄 수 있느냐고 물었다. 건네받은 서류를 들고 자리로 갔을 때 담당자는 부재중이었다. 문서를 책상 위에 두고 돌아서던 성은의 시선이 한 곳에 멈추었다. 전원이 켜진 모니터 화면에 띄워져 있는 건 성은의 인사평가서였다. 성은은 화면에 나온 내용을 빠르게 훑어보았다. 다른 이의 컴퓨터를 허락 없이 보는 일이 부적절하다는 것을 알면서도 그 순간, 결과를 아는 게 더 중요하게 여겨졌다.

　은실의 말대로 그간 성은은 평가를 의식하지 않으려고 애써왔다. 자신이 최선이라 생각하는 만큼 노력했으며, 그 결과가 어떻든 승복하고 인정할 수밖에 없다는 것도 알고 있었다. 그러나 평가 항목의 결과가 C인 것은 수긍하기 어려웠다. 대단히 잘했다고 할 순 없지만, 최선을 다한 시간이었다. 부족한 부분을 보완하기 위해 애써왔고, 팀원들과의 관계에서도 겉도는 분위기가 느껴지지 않도록 한 마디라도 덧댔으며, 모여야 할 때 빠지지 않고 참여했다. 그에 대한 평가가 C라는 등급으로 종결된 점, 평가 이유에 경력이 부족해 업무 적응 능력이 빠르지 못하다는 식으로 기재된 건 억울했다. 이제 막 일을 배우기 시작한 초짜 인턴에 대해 경력 부족으로 인해 업무 적응 능력이 더디다는 의견을 기재해둔 건 허술한 명분으로 보여졌다. 누군가 다가오는 기척이 들리자 성은은 빠르게 화장실로 달려갔다. 비좁은 칸 안, 변기에 주저앉자 참았던 눈물이 흘렀다.

○ ○ ○

카페에 마주 앉은 두 사람은 잠시 말이 없었다. 성은은 긴장한 표정으로 통보될 결과를 기다렸다. 인사팀에 문의해보겠다던 은실이 어떤 이야기를 해줄지에 대한 긴장과 떨림이 내면에서 요동쳤다. 긴장한 기색이 다분한 시선이 은실에게 고정되어 있었다.

"사내 경영 상황이 좋지 않은 쪽으로 흘러가고 있다고 해요. 그로 인해 인턴들에 대한 처우가 좋지 않은 쪽으로 이어질 가능성이 있다고 하고요. 성은 씨 곁에서 같이 일한 제 의견이 반영되지 않은 것도 이번 평가의 문제였어요. 그러니 성은 씨가 봤던 그 평가서는 재고해야 할 부분이 많아요. 평가 내역서에 관해선 저도 윗선에 이야기할 거예요."

은실의 말을 듣던 성은은 면접 날을 떠올렸다. 당시에 은실은 성은에게 이런 물음을 던졌었다. "살면서 했던 것 중 기억에 남는 거짓말 같은 게 있나요?" 그 질문은 예상하지 못한 내용이라 뜻밖이었지만, 성은에게는 대답하기 수월한 것이었다. 그건 성은이 몸소 경험한 일이었으며, 이곳에 올 수 있었던 억척스러울 만큼 강한 동력이 되어주었던 힘이었다.

"부모님을 떠나 독립하고 서울로 오기 위해 거짓말을 한 적이 있어요. 준비하고 있던 회사에 합격해서 당장 다음 주부터 출근해야 한다고 말한 게 기억에 남아요. 어떻게든 독립하고 서울에서 일하기 위해 저한테는 그런 거짓말이 필요했어요. 그렇지 않으면 제가 놓인 현실에서 벗어날 수 없을 것만 같았거든요."

그 말을 할 적에 성은은 귓불이 붉어졌다. 다른 면접관들의 표정은 보지 못했지만 은실만큼은 고개를 끄덕이며 옅은 웃음을 띠었던 것으로 기억한다. 성은의 말에 은실은 대답했다.

"이상한 질문이라 여겨지겠지만 거짓말은 문학의 핵심이에요. 이런 세계도 가능하지 않을까, 이런 일도 벌어지지 않을까, 하는 상상과 거짓말이 덧대어진 내용이 전개되면서 한 편의 이야기가 완성되는 거죠. 그래서 문학을 읽고 다루는 편집자라면 일정 정도 거짓말에 능숙해야 한다고 생각해서 물어봤어요. 작가라는 직업을 가진 사람들을 대할 때도 때론 적절한 거짓말과 가면을 써야 하는 순간이 있기도 하고요. 이건 꼭 편집자뿐 아니라 회사 생활을 하는 직장인이라면 누구나 공감할 거예요. 성은 씨는 거짓말도 할 줄 알지만 솔직하기도 하네요. 이렇게 제 질문에 가감 없이 답해준 걸 보면."

성은은, 그때의 질문과 답을 대입해보며, 은실이 지금 하는 말이 위축된 마음을 위로해주기 위한 빈말인지, 또는 진심 어린 속내인지 가늠해보았다. 골똘히 고민했지만 은실의 의도를 명확히 알 수 없었다. 다만 은실이라면, 비슷한 시절을 겪어본 사람으로서 진솔하게 이야기해주기 위해 애쓸 것 같았다.

"많은 도움이 되어주지 못해서 미안해요."

"아뇨. 과장님이 미안해하실 일이 아니에요. 제가 부족했어요."

부족한 모습을 다그치거나 비난하는 대신 사려깊은 배려로 이끌어준 은실 덕에 그럭저럭 해야 할 몫을 해낼 수 있었다는 사실을 성은은 고백했다. 결과를 받아들이고 싶지 않은 성급한 억울함이 앞섰지만 마음 깊은 곳에선 제 미숙함을 모르지 않았다. 은실은 자책하는 성은의 마음 회로를 다른 방향으로 부드럽게 틀어주었다.

"회사 일이란 각자 전문 분야가 다른 사람들이 모여 함께해 나가는 일이에요. 그러니 지금까지 그래 왔듯 하나씩 배우면서 해 나가면 돼요."

은실은 회사에서 필요한 건 특출한 재능이 아닌, 합을 맞춰 같이 일을 해 나갈 수 있는 사람이라고 강조했다. 나지막한 음성으로 자신은 그런 부분이 부족했노라고 시인하듯 털어놓기도 했다.

더운 김을 내뿜던 커피가 식고 대화의 깊이는 진해질 무렵, 은실은 마스크를 고쳐 쓰며 물었다.

"그거 알아요? 회사에서 연차가 쌓이면 누구에게나 주어지는 질문이 있다는 거."

"어떤 질문이요?"

"넌 앞으로 이 조직에서 어떤 콘셉트를 유지해 나갈 건데, 라는 식의 질문이에요. 회사를 떠나 자기 일을 하려는 사람이 아니라면 대부분 직장 생활을 이어가게 되고, 이 질문에 답해야 할 시점을 마주하게 돼요."

은실의 얘기를 들은 성은은 생각에 잠겼다.

"회사에서 사람들은 크게 두 부류로 나뉘어요. 회사의 요구에 따라 성과를 만들어서 능력을 증명 받는 사람과 감투에 대한 욕심과는 동떨어진 곳에서 적당히 주어진 일을 하는 사람."

은실은 선택의 기로에서 후자를 선택했다고 말했다.

"질문에 답할 타이밍을 놓쳐버렸을 때 다른 동료들은 이미 자신의 길을 가고 있었어요. 이직하거나 결혼해서 새 삶을 살거나, 또는 회사에 이바지하는 쪽으로 노선을 정하기도 했지요. 난 아직도 모르겠는데 어떻게 해야 할까, 고민하며 몇 년을 흘려보냈고, 그사이에 마음의 결론과 상관없이 내 노선은 후자 쪽으로 정해졌어요."

"과장님은 어떤 쪽의 선택이 옳다고 생각하세요?"

"답은 없어요. 편한 쪽을 선택하면 돼요. 남들 보기에 좋아 보이는 선택이 버거울 정도로 마음을 힘겹게 한다면, 이후에 견디지 못하게 돼요."

고심하는 성은의 표정을 읽은 듯, 은실은 말했다.

"그 질문의 답은 천천히 고민하고 정해요. 지금 당장 정해야 하는 건 아니에요."

각자의 상념과 고뇌는 비슷한 지점에서 유사한 깊이로 관통하는 맥락이 있다는 것, 본인은 이미 통과하여 나왔더라도 누군가는 이제 막 답을 찾는 과정에 있다는 것을 헤아려 건넨 조언이었다. 이런 대화가 오갈 수 있다는 점에서 성은은 인사평가 결과가 아주 큰 불행은 아닐 거라고 여길 수 있었다. 속상할 순 있지만 마음을 지배할 만한 것이 아니며, 침범하여 좌절시킬 전부도 아니었다. 그렇게 생각을 정리하니 평가 결과에 대한 실망감과 자책, 형원이 갖춘 유리한 조건에 대한 시기와 억울한 분노가 한풀 꺾였다.

은실이 건넨 말은 넓은 나선형으로 이어져 성은의 마음에 자리했다. 그 내용은 또 다른 질문으로 이어지는 발판이 되었고, 질문과 조언의 계단을 밟아갈수록 하고 싶은 것이 무엇이고, 어떤 일에 몰입하는 순간 행복한지 되짚어 생각할 수 있었다. 경험에서 우러나온 조언은 닥친 상황을 마냥 부정하고 싶어 했던 성은의 괴로움과 자책을 이완시켜주었다.

"지금 당장은 이 말이 와닿지 않을지도 모르지만 조급하게 생각하지 않았으면 좋겠어요. 자신을 코너로 내몰며 비난하진 말아요. 그간 성은 씨가 일하면서 보여준 태도나 결과는 좋았던 점이 많았어요."

"전에 과장님이 말씀해주셨던 걸 기억하려고요. 어떤 결과가 나오든 그건 실패가 아니라고, 또 다른 시작을 만들어갈 기회가 올 거라고 말해주셨잖아요."

은실은 씩씩한 성은의 대답에 고개를 끄덕이며 무거운 입을 떼어 상황을 설명했다.

"실은 또 한 가지 성은 씨한테 이야기할 게 있어요. 갑작스럽지만, 몸이 좋지 않아서 일을 쉬어야 할 것 같아요. 업무는 하던 대로 진행하면 돼요. 모르는 게 있거든 연락해도 좋고, 규림 씨한테 물어도 좋아요. 인사 평가와 관련해서는 제가 인사 담당 팀과 좀 더 논의해볼게요."

두려움에 떨리는 성은의 눈이 이쪽을 향했다. 은실은 그 눈을 깨끗이 닦인 명경 삼아 자신을 비춰보았다. 그 이면엔 미숙했던 이십 대가 있었고, 독서실 한구석에서 부동자세로 책장을 넘기는 은주의 모습도 있었다. 그때로 돌아간다면 어떨까. 은실은 손에 잡히지 않는 계절을 곱씹었다. 그건 지금과 다른 방식으로 가꿔가고 싶은, 아쉬운 이십 대의 봄이었다. 은실이 지나쳐 간 시기를 이제 막 헤쳐 나가는 성은과 은주의 삶에도 비슷한 무게를 가진 화살이 관통하고 있다는 것을 느낄 수 있었다. 이들의 생이 계속해서 나은 방향으로 이어지기를 바랐다. 그런 무해한 바람이 들자 마음이 조금 가벼워졌다.

"성은 씨는 음악이나 책을 좋아하고, 애정을 지닌 그것들을 계속해서 하고 싶은 거죠?"

다정한 어투로 은실이 묻자, 성은의 얼굴이 조금 붉어졌다.

"하지만 원한다고 해서 다 얻을 수 있는 게 아니라는 건 알아요. 미숙했던 건 사실이니까요."

"회사에서는 뛰어난 한 명의 인재가 아니라 동료들과 얼마나 자연스럽게 융화되어 합을 이루어가는 사람인가 하는 문제가 더 중요할 때가 많아요. 이렇게 말하면서도 전 그런 방식을 능숙하게 해내지 못했어요."

은실은 희미하게 웃으며 물었다.

"성은 씨는 회사에 입사하고 나서 뭐가 제일 좋았어요?"

곰곰 떠올리던 성은의 입이 둥글게 벌어졌다.

"출근길, 옥수역을 지나면서 본 한강이 참 좋더라고요. 음악을 들으며 그 풍경을 보는 게 오랜 꿈이었어요. 출퇴근길에 한강을 볼 수 있고, 독립적으로 밥벌이를 하면서도 부모님께 적은 용돈이라도 건네는 자식 노릇을 하는 것, 어떤 날에는 월급으로 좋아하는 아티스트의 내한 공연을 보기 위해 연차를 쓰는 그런 일상, 그게 제 바람이었어요."

"좋은 꿈이네요."

뜻하지 않은 기회나 행운 대신 매일 예측 가능한 형태로 꾸려갈 수 있는 원만한 삶의 틀을 유지하는 것. 누가 보더라도 평균 선에서 멀찍이 떨어져 있지 않은 일상이 조용히 이어지는 나날을 바라는 마음. 그 간절한 소망에 은실은 공감이 갔다.

"성은 씨를 보면 동생이 생각나요. 또 어떤 날에는 나의 이십 대를 성은 씨의 모습에서 발견하기도 하고요. 그건 성은 씨 나이에 나도 사회생활을 시작했기 때문이겠죠. 내가 겪었던 시기를 지나쳐 가는 것을 보며 과거에 좀 더 용기 있는 선택을 했더라면 어땠을까 하는 아쉬움도 남아요. 내가 느끼는 이러한 미련이 엉뚱하게도 동생에 대한 기대로 이어졌던 것 같아요. 조금 복잡하죠."

은실은 화끈거리는 얼굴을 손으로 더듬으며 띄엄띄엄 말을 이어갔다.

"내 딴에는 동생이 언제 결승선에 도달할지 알 수 없는 무기한 마라톤에서 해방되길 바랐어요. 시험에 대한 압박과 불안에 눌려 있는 대신 성은 씨처럼 얼른 자리를 잡았으면 좋겠다고 생각했던 거예요."

"시험 준비는 보장되지 않은 결과에 노력을 들여야 하니, 스트레스가 클 수밖에 없겠네요."

"그랬을 거예요."

은실은 고개를 가벼이 끄덕였다.

카페를 나와 걸으며 성은은 "가끔 연락드려도 될까요?"라고 물었다. 은실은 "언제든 괜찮아요."라고 답했다. 대답이 만족스러웠는지 성은은 미소 지으며 왼쪽 어깨에 메고 있던 가방 안으로 손을 넣었다 뺐다. 가방 안주머니를 훑고 나온 성은의 손에 빨간 사탕이 놓여 있었다.

"과장님도 하나 드세요."

성은이 사탕 껍질을 까서 입안에 넣었다. 은실도 껍질 벗긴 사탕을 마스크 틈으로 넣었다. 달콤하고 둥근 사탕을 녹여 먹으며 두 사람은 거리를 걸었다.

"동생분이요."

역이 가까워질 무렵, 성은이 입을 열었다.

"과장님께서 진심으로 걱정해주는 만큼 잘 해낼 수 있지 않을까요? 전 형제나 자매가 없어서 그런지 부럽게 느껴지네요."

"오히려 동생한테는 이런 말을 못 해줬어요."

은실은 지나치는 건물 맞은편으로 어렴풋이 기울어가는 노을을 보며 중얼거렸다.

"타지에서 고생하며 공부하는 것을 아는 데도 위로는커녕 더 잘해야 한다고 다그쳤어요. 그래서인지 제 연락을 피하는 것 같아요."

물고 있던 사탕의 표면에 베였는지 입속 동굴이 쓰라렸다. 반대편 볼로 사탕을 옮겨 물자 중심부에서부터 딸기 과즙이 흘러나와 은실의 입안을 적셨다.

"먼저 안부 전화를 해보는 건 어때요?"

그 말에 은실은 고개를 돌려 성은을 보았다.

"해야 하는 걸 알지만 부딪히기 두려운 상황을 마주치면 도망치고 싶어지잖아요. 그런 마음을 붙들어줄 말들이 이따금 그리운 날이 있던데요. 전 취업 준비 시절에 그랬어요."

천천히 말을 잇는 성은의 옆얼굴을 은실은 가만히 바라봤다. 살짝 고개를 숙이자, 툭 불거진 성은의 목뼈가 달빛에 희미하게 빛났다.

"동생분 마음에 섭섭함과 슬픔의 응어리가 남아 있더라도 그런 연락을 기다릴지도 몰라요. 언제든 마음 기댈 곳이 필요할 거예요."

은실은 성은의 말을 한 번 더 되뇌었다. 마음이 기댈 곳.

천천히 걸어가는 두 사람 뒤로 어둠은 깊이를 더해갔다.

10

○ ○ ○

은실이 동생을 찾아간 건 부재중 연락 때문이었다.

'그간 전화 받는 것도 꺼리던 아이였는데…….'

은실은 동생을 떠올리면 찾기 애매한 위치에 있는 오래된 가게 같은 인상을 받았다. 아주 오래전부터 다닌 가게이지만 피치 못할 사정으로 발길을 끊게 된 것처럼, 은주는 접근하기 어려운 곳으로 완전히 가버린 느낌이었다. 그 사실을 뒤늦게 알고 방치한 게 둘 사이를 멀어지게 만든 것일 수도 있다.

두 번째 임용 시험에서 떨어진 날, 은주에게 했던 말을 떠올리면 은실은 후회가 일었다. 동료나 상사, 친구에게 하지 못할 말을 볼륨을 높이 올려 동생에게 와다다 표현했던 건 되짚어 떠올려도 경솔한 언행이었다. 과열된 타이어의 향내처럼 번진 말이 은주의 내면에 상처로 남아 있을 것만 같았다.

'별일 없어야 할 텐데.'

휴대폰을 보던 은실은 진동음에 황급히 전화를 받았다.

"은주야, 괜찮아? 별일 없는 거야?"

은실의 물음에 은주는 모호하게 흘리듯 답했다.

"응, 그냥 안부 차 연락했어. 별일 아니야."

은주는 하고 싶은 말을 등 뒤에 감추어두고 꺼내 보이지 않았다. 다급히 전화를 끊으려는 은주 뒤로 남자의 고함이 언뜻 들렸다.

"네가 시험에 합격했으면 아무 문제없었다고."

큰 소리가 이어진 뒤에 통화는 끊어졌다. 다시 전화를 걸었지만 휴대폰 전원은 꺼져 있었다. 은실이 느끼는 염려와 걱정은 막내에 대한 안쓰러움 때문만은 아니었다. 그 이면에는 앳된 은주의 얼굴이 너무도 또렷하게 남아 있었다. 제 손을 붙든 채 "엄마가 집을 떠나더라도 언니는 나랑 있어줘."라고 말하며 손가락을 걸었던 그날의 약속에 대한 마땅한 책임감도 뒤섞여 있었다. 시간이 흐르더라도 그 말을 잊지 않고 있다는 것을 증명하고 싶은 애틋함이 은실의 절절한 본심이었다.

생각에 잠겨 있던 은실은 인숙에게 연락하여 물었다.

"엄마, 은주 사는 집 주소가 어디였지?"

연락도 없이 찾아가는 게 달갑지 않으리라는 것을 알면서도 은실은 받아 든 주소지로 향했다.

역에서 십여 분간 걸어 들어간 골목에는 다세대 주택들이 즐비했다. 메모지에 적힌 주소지를 찾고 있을 때, 익숙한 얼굴이 파란 대문을 열고 나왔다. 뛰다시피 걸어가는 건 다름 아닌 은주였다. 셔츠에 슬랙스를 갖춰 입은, 단정한 차림새였다. 은실은 조용히 그 뒤를 따랐다. 은주는 초조한 얼굴로 아랫입술을 꾹 물거나 제자리에서 발을 동동 구르며 누군가와 전화를 하고 있었다. 일정 정도 떨어진 거리에서 얼핏 들은 대화는 이런 내용이었다.

"난 너 때문에 임용까지 포기했어. 그런 나한테 더 뭘 바라는 건데."

"학원 수업 가는 길이야. 풀타임 근무라 더는 통화 어려워."

은실은 '임용 포기'라는 말에 혼란스러워졌다. 동생과 통화하는 상대는 누구이며, 어디로 향하고 있는 걸까. 서로 얼굴을 붉힌 날 이후 은주는 도움 없이 제힘으로 시험을 준비하겠다고 선언했다. 알바하며 모아둔 돈으로 얼마간 고시 생활을 이어갈 수 있다고 말했던 은주는 남몰래 경제활동을 시작한 듯했다.

은실은 동생을 따라 지하철에 몸을 실었다. 네 정거장을 지나 도착한 건 입시 학원이 많은 동네였다. 보습 학원으로 향하는 동생을 따라 건물로 들어갔다. 안내 데스크에 앉아 있던 담당자가 "혹시 아이를 데리러 오셨나요?"라고 물었다. 일찍이 결혼했더라면 학원에 다니는 자녀를 두어도 어색하지 않은 나이가 됐다는 것을 실감하며 은실은 고개를 애매하게 저었다.

"아, 등록하러 오셨구나. 팸플릿에서 강사진 확인하세요."

얼떨결에 받게 된 안내서를 훑어보며 강의실을 둘러보았다. 문마다 투명한 직사각형 창이 있어서 안쪽 상황을 엿볼 수 있었다. 학생들은 반쯤 풀린 눈으로 칠판을 응시하고 있었다. 그 반대편에 선 은주가 무언가를 설명하는 게 제일 안쪽 강의실 창으로 보였다. 은실은 동생이 교단 앞에 선 모습을 본 적 없지만, 어쩐지 잘 어울릴 것 같다는 생각이 들었다. 은실은 판서하는 은주의 옆얼굴을 멍하니 보았다. "언니한테 손 안 벌릴 테니까 그런 소리 마. 공부할 돈은 내가 벌어." 매섭게 외치던 은주의 음성이 되살아나는 듯했.

너무 많은 시간을 공부로 허비하는 게 아니냐고 조언한 본심에는 현실의 버거움이 크게 자리했다. 결혼을 약속한 애인과 헤어지고, 다른 대안이 없어 억지로 이어가는 회사 생활은 은실을 무기력하게 만들었다. 그 상황에서 동생의 생활비까지 충당해야 하는 게 버거웠지만, 남루한 감정을 들키지 않으려고 생각해주는 척 조언했다. 지금 와서 짐작할 수 있는 건, 그 모든 번잡하고 약은 계산을 동생이 몰랐을 리 없다는 것이다. 기민하고 판단력 빠른 은주는 박한 마음과 얍삽한 계산이 은실의 뇌리에서 이루어지고 있다는 것을 일찍부터 간파했으리라.

"알아서 할게. 이젠 나도 곧 서른이니까."

그때부터 은주는 먼저 연락하는 일이 없었다. 부러 거리를 두던 동생이 남긴 몇 차례의 부재중 연락은 그래서인지 더욱 예삿일이 아닌 것으로 여겨졌다. 하던 공부를 그만둔 거냐고, 휴대폰 너머로 들리던 남자의 음성은 뭐냐고 묻고 싶지만 은주는 곧이곧대로 답해주지 않을 것이다. 은실은 조급한 질문을 하는 대신 조용히 학원을 빠져나갔다.

데스크에 앉아 있던 여성은 은실에게 팸플릿을 하나 더 가져가라고 권했다.

"방금 저 안쪽 강의실은 시간강사예요. 다른 실력 좋은 분도 있으니 상담하고 결정하세요."

건물을 빠져나오자, 상가에 주차된 트럭에 귤이 쌓여 있는 게 보였다. 퇴근길에 은주는 저 귤을 지나치지 못했으려나.

"은주가 귤을 참 좋아했는데."

은실은 떨어지지 않는 발걸음을 억지로 뗐다. 동생이 마음을 돌이켜 일을 시작한 건 잘된 거라고 여겼지만, 흐뭇한 안도 같은 건 없었다. 이미 늦어버렸다는 불안이 일었지만 용기를 내고 싶었다. 그날 밤, 은실은 성은이 했던 말을 떠올리며 익숙한 숫자를 눌렀다. 통화 연결음이 이어지다 이내 끊어지고, 음성사서함으로 연결된다는 안내음이 들렸다. 은실은 단내 나는 입을 벌려 머금고 있던 말을 찬찬히 꺼냈다.

"은주야, 언니야."

씩씩하게 뛰놀던 은주와의 추억이 빠르게 시야를 훑고 지나갔다.

은실은 오랜만에 동생에게 묻고 싶었다. 잘 지내느냐고, 그간 혼자서 힘들지 않았느냐고.

○ ○ ○

수업을 끝맺고 나왔을 때 데스크에 있던 직원이 물었다.

"은주 선생님, 아까 누가 강의실 앞을 서성이던데 오기로 한 사람 있었어요?"

"아니요. 누가 저를 찾던가요?"

"그건 아닌데, 그쪽에서 한참 동안 서성여서요. 선생님 지인 중 학원에 방문하겠다고 한 손님이 있었나 싶어서 여쭤봤어요."

어떤 인상이었느냐고 묻자 "마스크를 끼고 있어서 얼굴은 못 봤지만, 서른 후반 정도 되는 단발머리 여성분이었어요. 아이들을 데리러 온 학부모 같진 않았거든요."라는 답이 돌아왔다.

수업 중 은주도 어떤 시선을 느꼈었다. 이따금 원장이나 부장 강사가 수업 분위기를 살피기 위해 교실을 둘러보는 일이 있지만, 그날 뒤를 돌아봤을 때는 낯익은 실루엣이 스쳤다. 강의실의 투명한 창으로 스쳐간 이를 확인하기 위해 교실을 나왔지만, 복도는 비어 있는 상태였다. 마스크를 쓴 단발머리 여성이라는 설명에서 은주는 은실을 떠올렸다. 직원이 언급한 내용은 언니를 연상하기에 미약한 근거였지만 어쩐지 그런 예감이 들었다. 아니, 이건 예감이 아니라 은주의 바람에 가까웠다. 의도하지 않게 지금의 생활을 발각당해 홀가분해지고 싶은 마음도 있었으니까. 제힘으로 알아서 하겠다고 되뇌었던 다짐은 이처럼 자주 힘을 잃었다. 은주의 불안정한 심정을 알기라도 하듯 은실은 요즘 들어 자주 연락을 취했다.

얼마 전, "필요한 거 있으면 말해도 돼. 뭐든 괜찮아."라는 연락을 받았을 때 "언니, 나 시험 준비 더는 하지 않고 있어."라는 고백이 입가에서 쓴물처럼 감돌았지만 수업이 시작한다는 방송에 맴돌던 말을 삼켜야 했던 일도 있었다.

수업을 마쳤을 땐 저녁 9시가 넘어 있었다. 역으로 향하던 은주는 누군가의 음성에 고개를 돌렸다.

"저기요, 아가씨."

턱 부근에 너슬너슬한 수염이 돋아 있는 남자가 웃으며 "맞죠. 귤 자주 사 가던……."이라고 말을 걸었다. 은주가 고개를 숙여 인사하자 그는 봉지를 내밀었다.

" 이거 가져가요."

은주가 한사코 거절했지만 그는 "단골에 대한 서비스예요."라고 말했다. 은주는 마지못해 검은 봉지를 받아들었다.

"일하느라 고생이 많아요. 출출할 때 하나씩 까먹어요."

"고맙습니다."

"우리 딸도 손님과 비슷한 나이예요. 사회생활 시작하고 여러모로 분투하는 모습을 보면 기특하고 안쓰러워요."

아버지라는 존재를 떠올릴 일이 없었기에 남자의 말은 생경하게 여겨졌다. 그간 은주에게 있어 아빠란, 그다지 중요하지 않은 위치에 놓여 있었다. 그가 알코올성 치매라는 소식을 들었던 날, 은주는 합당한 저주라 여기며 빠른 죽음을 소원했을 정도였다.

'더는 그 남자가 엄마와 우리에게 피해를 줄 수 없을 거야.'

그 시기 가족들의 마음은 모두 같았을 거라 예상했지만, 인숙은 병상에 누운 남편을 바라지하며 "그래도 네 아빠인데……."라고 했다. 은주는 동정 어린 엄마의 말을 흘려들었다. 아빠라니. 그가 언제부터 나의 부모였는지 반문할 때 곁에 있던 은실의 표정이 또렷이 떠올랐다.

'언니도 그 사람을 가족으로 인정하지 않았지.'

귤을 팔던 남자가 제 모습에서 딸을 떠올리며 느낀 감정은 무얼까. 안쓰럽고 기특한 시선으로 누군가 나를 본 적 있던가. 엄마와 언니라면 자신을 그런 눈으로 봐줄지도 모를 일이다.

은주는 차진과 이별한 뒤로 언니와의 관계에 관해 골몰하는 일이 많아졌다. 언니나 애인에게 이해와 지지를 요구하던 시절의 설익은 응석은 그만 멈추는 게 옳았다. 대면해야 할 문제를 다른 이의 애정을 통해 무마하려는 방식, 그녀가 매번 고수해온 방법으로는 앞으로 나아갈 수 없었다. 당장 은주에게 필요한 건 마음과 마음 사이의 적절한 간격이었다. 서로의 진심이 타인을 침범하거나 돌출하지 않는 선에서 유지 가능한 응원이면 충분했다.

은주는 문득 언니가 보고 싶었다. 가파른 골목에서 제 손을 붙들고 속도를 맞춰 걷던 은실이, 같이 웃고 떠들던 짙은 밤의 추억이, 같이 덮었던 따뜻한 이불이 새삼 또렷하게 떠오르는 것이었다.

언니와의 추억 속에는

안도하는 마음이 담겨 있다.

언니가 있어서
다행이야.

같이 책을 읽거나 놀 때,

은주야
귤 먹을래?

문득 그때가
그리워져.

같은 방에서 잠들 때의 살가운 애정과
편안함이 지금도 떠오른다.

11

○ ○ ○

인숙은 은실의 입원 수속을 밟아주었다. 면역력 약화로 인한 대상포진일 뿐이라며 괜찮다고 했지만 통하지 않았다. 그간 제 몸 하나 관리하지 못한 녀석은 자격이 없다는 명분 두둑한 잔소리를 들어야 했다. 은실은 어린 시절로 돌아간 듯한 기분이 들었다. 엄마의 손을 잡고 입학식에 간 날, 손끝에 진득한 땀이 배어날 정도로 긴장해서 반대편 잡은 손의 온기를 놓고 싶지 않았던 집요한 애착 같은 것이 아련히 그려졌다. 그건 은실이 갈구해온 원론적인 형태의 애정이었다. 다른 이들에게 짐을 떠넘길 순 없다는 완고한 고집을 세웠지만, 본심은 늘 누군가의 손을 붙들고 싶었다.

"예순 넘은 자식도 엄마 앞에서는 아이인 법이야. 서투른 걸음 떼며 아장아장 걷던 모습이 여태 기억에 남아 있는걸. 네가 알지 못하는 너의 아기 적 얼굴도 다 아는데, 부모 앞에서 체면 차릴 게 뭐 있어."

"부모한테 걱정 끼치는 자식으로 남고 싶은 사람은 없어, 엄마."

은실의 말에 속옷을 정리해서 접던 인숙은 단련된 손동작을 멈추고 바라봤다.

"뭐 어때. 다 큰 딸내미 푸념 듣는 거로 실망할 부모 없다."

은실은 붉어진 눈가와 코끝을 들키고 싶지 않아 반대편으로 돌아누웠다.

"쉬어. 내일은 네가 좋아하는 국 끓여 올 테니 그거 먹자. 너, 입맛도 까다로워서 병원 밥 별로 안 좋아할 테니까."

인숙은 반대편으로 돌아누운 은실의 등을 다독여주었다.

그 밤이 지나서부터 은실은 조용히 책을 넘기는 일이 많아졌다. 서점에서 제 손으로 골랐지만, 몇 페이지 읽지 못한 책을 입원 기간 동안 모두 읽었다. 대개의 시간은 휴식을 취하거나 엄마와 산책을 하며 보냈다. 인숙이 계속해서 가게를 닫아두고 있을 수만은 없다는 것을 아는 은실은 얼른 고향으로 돌아가라며 채근했다. 하루이틀 가게를 쉬면 그만큼 매출에 악영향을 준다는 것을 알기에 계속 엄마를 붙들어둘 순 없었다. 인숙이 돌아간 뒤에도 입원실은 마냥 조용하진 않았다. 규림이 퇴근길에 병문안을 와주었고, 이따금 성은에게도 연락이 왔다.

그러던 때, 뜻하지 않은 손님이 온 건 늦은 점심 무렵이었다. 산책하고 돌아온 은실의 시선이 한곳으로 향했다. 협탁에 놓인 봉지에는 올망졸망한 크기의 금귤이 들어 있었다. 은실은 병실을 나서며 전화를 걸었다.

"왔으면 연락하지. 어디쯤이야?"

"나온 지 한참 됐어."

은주의 말소리 뒤로 아이들의 왁자한 소리가 희미하게 들렸다.

"면역력 떨어졌을 땐 비타민 섭취를 잘해야 된대. 모양은 좀 그래 보여도 달고 맛있어."

은실은 둥근 귤 하나를 손에 쥐었다. 한 손에 들어오는 만만한 크기의 귤. 한 입 베어 물면 잇새에서 터질 신선한 과즙을 떠올리자 입가에 침이 고이는 것만 같았다. 어릴 때 은실은 동생과 소설책을 탑처럼 쌓아두고 귤을 까먹었다. 책 한 페이지에 귤 한 개씩 먹다 보면 이불 위에 귤껍질이 허물처럼 쌓였다. 은실은 동생에게 귤을 줄 때 표면의 흰색 실을 떼어주었다. 그 흰 선을 은주는 귤의 수염이라고 표현했다. "난 이 수염을 떼고 먹는 게 맛있어."라고 은주는 말했었다. 까다로운 귤 취향을 타박하면서도 은실은 한 땀 한 땀 엉긴 실의 매듭을 풀듯 귤 표면에 실선을 제거하고 건넸다. 동생과 귤을 나눠 먹던 시절을 되짚어 떠올리자 코가 시큰했다. 은주는 여전히 수염을 제거한 귤만 먹을까. 제 손으로 한 땀 한 땀 귤을 손질하여 베어 물까. 그런 시시한 질문들이 머릿속에서 이어졌다.

"삼십 대에 대상포진으로 입원하는 사람은 언니밖에 없을 거야. 그러니까 잘 챙겨 먹어."

"입원한 건 어떻게 알았어? 엄마가 말해줬어?"

"응, 엄마가 언니 걱정 많이 했어."

"언니로서 모범이 되지 못한 것 같네. 요즘 알게 된 게 하나 있는데, 엄마의 걱정거리 중 팔 할은 나더라. 네가 아니라."

은실은 동생에게 잔소리했던 제 모습이 부적절하게 여겨져 쓰게 웃었다.

"그러니까 이제 좀 건강도 챙겨. 일만 하지 말고."

대화가 오가던 중 희미한 소음 사이로 "쌤, 오늘은 쉬는 시간 더 주시면 안 돼요?"라는 아이의 말소리가 들렸다.

"난 이만 들어가볼게."

곧이어 전화가 끊어졌다.

'학원이구나.'

은실은 휴대폰 너머로 들리던 아이들의 목소리를 떠올렸다. 어째서 임용고시 준비를 중단한 것인지, 학원에서 일하게 된 건 언제부터인지 이번에도 묻지 못했지만, 잠자코 기다릴 생각이다. 격려의 한마디면 충분하다는 성은의 말처럼, 동생이 필요로 할 때 편안하게 터놓을 수 있는 상대가 되고 싶었다. 부모님이 다투는 소리가

방 안을 울리던 밤, 은주가 "언니, 이러다 엄마가 떠나면 어쩌지?"라고 물으면 은실은 동생의 눈에 맺힌 눈물을 닦아주며 안심시켜주었다. 울다 잠든 은주의 찡그린 이마를 손끝으로 펴주며 "괜찮아. 괜찮을 거야."라고 속삭였다. 그때처럼 "아무 문제없을 거야. 지금 이대로도 충분해."라고 동생에게 말해주고 싶었다.

○ ○ ○

은실이 회사를 그만둔 뒤에도 얼마간 이어지던 도시락 모임은 서서히 빠지는 인원이 생겼다. 마케팅부서원들은 팀 단합을 위해 점심을 같이 먹자는 정 팀장 의견에 따라 모임에서 빠졌고, 다른 멤버들은 늦잠이나 피곤을 이유로 도시락을 싸 오지 않았다. 결국 탕비실에 남게 된 건 규림과 성은뿐이었다.

"우리밖에 남지 않았네요."

"전 오히려 좋은데요."

규림의 말에 성은은 웃으며 답했다. 동료들의 대화 흐름을 기민하게 살펴야 하는 탐색전을 그만두고, 편하게 이야기하는 지금이 좋다는 건 빈말이 아니었다.

"이제 인턴 기간도 마무리되어가네요. 시간 참 빠르죠?"

"3개월이라는 시간이 꽤 길 줄 알았는데 지나고 보니 짧게 느껴져요."

"고생했어요. 곧 인사평가도 나올 텐데, 결과에 따라 회사에 남을 생각도 있나요?"

규림은 성은의 정규직 전환을 낙관하듯 물었다. 성은은 쓰게 웃으며 "아마 남지 못할 거예요."라고 답했다. 확신 어린 체념에 규림은 의아한 듯 물었다.

"내가 봤을 땐 결과가 좋을 것 같은데요. 더구나 편집부는 정 과장님 자리도 비고, 당장 일을 진행할 사람도 필요하잖아요. 물론 더 좋은 회사로 가려는 계획이라면 말리지 않을게요. 더 나은 곳에서 시작하는 건 언제든 응원 받아 마땅한 일이니까."

"그건 모르겠어요."

내면에서 예각화된 상처는 어느 정도 가셨고, 현실적인 계획을 고민하는 지점으로 나아간 성은은 이직을 위해 여러 회사에 지원서를 넣는 중이었다. 인턴 기간 종료 후 새 직장을 찾아야 하는 상황에 조바심이 났지만 어떻게든 새 일을 구하면 된다는 쪽으로 생각하며 부담을 비웠다. 탕비실을 나올 적에 규림은 "잘될 거예요."라고 말해주었다.

빈 도시락 통을 들고 나오던 성은은 형원과 마주쳤다. 반쯤 고개를 숙여 인사하는 성은 곁으로 형원은 모른 척 지나갔다. 제 의도가 부정당한 것이 불쾌했는지 형원은 알은척하는 일이 그 뒤로 없었다. 뒤에서 여러 이야기가 오갈 수도 있지만, 인턴 종료 기간이 얼마 남지 않은 상황에서 더는 신경 쓸 바가 아니었다.

"이제 인턴 종료 기한까지 얼마 남지도 않았는데, 신경 쓰지 말자."

○ ○ ○

성은은 두 번에 걸쳐 은실이 입원한 병원을 찾아갔다. 한 번은 혼자 방문하였고, 다른 한 번은 규림과 동행했다.

"회사와는 정반대 노선의 지하철을 타고 와야 했을 텐데 힘들지 않았어요?"

"괜찮아요. 서울에서 한 시간 이내로 다닐 수 있는 거리는 비교적 가까운 거라고 친구들이 말하더라고요. 더 먼 곳도 있는데 40분 정도는 보통이죠."

성은이 음료가 담긴 상자를 협탁에 놓아두는데, 검은 봉지가 눈에 띄었다.

"엇, 귤!"

성은의 입가에서 반가운 탄성이 흘러나오자, 은실은 웃으며 귤 하나를 건넸다.

"귤은 알이 작고 껍질이 얇은 게 맛있다고 말씀하셨는데, 이건 맛있는 귤 맞죠?"

"동생이 사온 귤이라 맛있을 거예요"

성은은 은실이 건넨 귤을 손안에서 정성스럽게 굴린 뒤에 까먹었다. 반으로 가른 귤의 일부분을 건네자 은실은 음미하며 먹었다. 꼭 귀한 디저트를 아껴 먹듯 단정한 자태였다.

"동생분과는 얘기 나눠보셨어요?"

"아뇨. 얼굴도 보지 못했어요. 제가 잠시 자리를 비운 사이에 왔다 간 모양이에요."

은실이 언급한 동생이 은주가 맞을까. 호기심이나 의문을 풀기 위한 질문이 누군가를 곤란하게 만들 수도 있다고 생각하며 성은은 아는 사람 같다는 문장을 귤 조각과 함께 삼켰다.

"성은 씨가 그랬죠, 전화 한번 해보라고. 그 덕분에 오랜만에 연락을 했어요."

은실은 협탁에 놓인 봉지에 시선을 고정하고선 말했다.

"근데, 어째서인지 이젠 무언가를 묻기가 어려워졌어요. 묻고 싶더라도 물으면 안 될 것만 같은 간곡한 분위기를 뿜어내고 있는 것만 같았거든요. 어느 날 걸려온 부재중 전화에 대해 물어도 좀처럼 이유를 답하지 않더라고요. 은주는 그런 아이예요. 힘들더라도 쉽게 드러내지 않고 삭이는."

성은은 두 사람이 자매일지도 모른다는 추측이 사실이라는 것을 확신하게 되었다.

"마음을 추스른 뒤에 말하고 싶은 경우도 있지 않을까요? 그때 그런 일이 있었노라고. 힘들게 했던 문제에서 거리를 두게 됐을 때

터놓고 싶은 경우도 있더라고요. 미련해 보이지만 혼자 감수해야
할 문제도 있는 것 같아요.”

성은은 곧바로 “전 서울 생활을 시작했던 시기에 그런 마음이었
어요.”라고 말했다.

“엄마에게 전화가 오면 회사 생활 잘하고 있다고 답하며 어떻
게든 버텨냈어요. 그 뒤 이곳에 인턴으로 근무하면서 솔직히 이야
기하게 됐어요. 당시에 취직 안 된 상태여서 알바하며 버틴 시기가
있었다고. 별일 아닌 것처럼 웃으며 말하고 싶었어요. 가벼운 꽃잎
흩어지듯 의연하게 말할 수 있게 돼서 다행이다 싶었고요.”

은실은 곰곰 성은의 말을 곱씹으며 깊은 숨을 내쉬었다. 어째서
가족이라는 틀 안에서 서로의 사정을 말하는 게 어려워졌는가에
대한 안타까운 의문이 느껴졌다.

“내가 그만큼 동생에게 의지가 되는 언니가 되지 못해서겠죠.”
은실은 자조적으로 중얼거렸다. 반성적인 태도가 다분한 얼굴에
그늘이 드리워졌다. 동생의 인생에 중요한 존재로 자리매김하지
못했다는 것, 접근하는 게 까다로운 상대가 돼버린 상황을 인식한
것에서 답답한 공허가 느껴졌다.

“내가 묻고 싶은 것 말고 그 애가 듣고 싶어 했던 질문을 하는
게 맞을 텐데, 이젠 어찌해야 할지 모르겠어요. 뭐든 솔직히 말해주
면 좋겠는데.”

은실은 쥐고 있던 귤을 창틀에 놓아두며 말했다.

"동생한테 전 진짜 좋은 언니가 아닌 게 맞아요."

○ ○ ○

은주는 병원을 방문한 뒤에도 한두 차례 먼저 연락을 취했다.

"괜찮은 거야? 몸은 좀 어때."

"별일 아니야. 그 정도로 심각하진 않아."

휴대폰 너머 은실의 목소리엔 가벼운 웃음기가 배어 있었다.

"작은 병도 우습게 보면 큰 병이 될 수 있어. 처음부터 큰 병인 게 아니라고."

자못 심각하게 꾸짖는 말에 은실은 이내 웃음을 거두며 말했다.

"은주야, 나 회사 그만둘지도 몰라."

"갑자기? 몸이 안 좋아서 그러는 거야?"

은실은 고개를 저으며 말을 이어갔다.

"그냥, 너무 오래도록 있어서 그런지 이제 다른 방향으로도 가보고 싶어졌어. 잠시 쉬면서 앞으로의 미래에 대해 생각해보고 싶기도 하고. 아프지 않았다면 이런 결심은 하지 못했을 거야."

"마음 완전히 정한 거야? 언니는 누구보다 안정적인 생활을 바랐잖아."

"그랬지. 근데 마음의 안정감을 주는 일이라 믿었던 게 실제적으로 나를 뒷받침해준 건 아니었어. 단지 지금 겪는 무기력과 불편을 감수하는 편이 미래의 불행을 막는 일이라고 믿었던 거지. 사실 나 이 고민 되게 오래전부터 했거든."

그간 일을 그만두지 못한 건 애인과의 결혼이 무산되고 그가 떠났기 때문만은 아니었다고 은실은 덧붙여 설명했다.

"난 애초에 이 회사에서 버티는 것 외에 다른 방법을 시도할 엄두를 못 냈어. 이직하더라도 이곳과 다르지 않을 거라 생각하면서 체념했던 거야. 언젠가 좋은 남자를 만나면 다른 삶이 열릴 거라 생각하면서. 그런 외부적 계기가 마련되어야만 새 삶을 살게 될 거라고 믿었어."

"그렇게 믿어온 시간들을 후회해?"

"미련하게 버틴 시간에 대한 아쉬움은 있지. 전에 그 남자를 만날 적에도 비슷했어. 점점 나에 대한 태도가 무심하게 바뀌는 걸 보면서 이 감정이 과민한 거라고 생각하며 부정했거든. 소진된다는 기분이 역력해도 친구나 동료의 일방적인 하소연을 듣는 위치에 날 그대로 놓아두었고. 그간 나는 버티고 참는 가학적인 형태로 자신을 함부로 다뤄왔던 거야."

은실은 그간 느꼈던 감정과 떠오른 생각들을 차분히 고백했다. 걱정보다는 모호한 긍정을, 단절보다는 허술한 연결을 택했고, 그 선택에 회의적 의문을 품게 된 건 얼마 전이었다.

"참고 버텨온 시간이 7년이야. 누군가는 쉽게 하는 퇴사나 이직이 나한테는 참 어려웠어."

은실의 음성에는 낙심하여 모든 걸 내려놓는다는 느낌보다 그러쥔 상태로 이어가던 집착을 비워낸 듯한 후련함이 배어 있었다.

"이번 기회에 뒤늦게 알게 된 게 하나 있어."

"그게 뭔데?"

"끝이라는 건 나약한 실패가 아닌 쉼이 될 수 있다는 것."

속내를 꺼내 보인 적 없던 은실의 첫 이야기는 둘 사이의 경계를 허물어주었다. 사적인 고뇌 끝에 내린 은실의 선택에 대하여 은주가 할 수 있는 건 어떤 이유나 판단을 덧대지 않은 순수한 응원과 격려를 해주는 것이었다. 그렇다면 나는 이 시기를 거친 뒤 어떤 결론에 이르게 될까. 은주는 깊은 생각에 잠겼다. 고민에 대한 결론을 내는 데 있어 더는 연인의 충고나 미래의 불안에 어영부영 끌려가고 싶지 않았다. 비로소 원하는 선택을 할 수 있는 준비가 됐을 때, 다른 이들의 호오와 판단을 떠나 이렇게 하고 싶어졌어, 라고 언니에게 고백할 수 있게 되는 날이 오지 않을까. 그 고백에 대한 은실의 답이 응원이었으면 좋겠다고 은주는 바랐다.

12

○ ○ ○

병문안을 온 규림은 은실에게 연고를 건넸다.

"얼굴에 번진 염증 완화에도 도움이 될 거예요. 저도 촬영 앞두고 팔에 화상 입었을 때 사용했어요."

"고마워요. 그러고 보니 웨딩 촬영은 잘했어요?"

"네, 근데 이게 시작이라는 게 믿기지 않아요. 결혼이라는 절차가 단순하지 않다는 거 많이 느껴요. 가끔은 괜히 시작했나 싶을 정도로 들어가는 돈과 수고가 너무 많네요."

규림은 한숨을 내쉬며 너스레를 떨었다.

"결혼하면 일은 그만둘 거라고 했죠?"

"바람은 그랬는데, 뜻하지 않게 들어가는 비용도 많고 전세 자금도 둘이 합한 걸로 겨우 장만하긴 했지만 대출금 이자가 만만치 않아서 퇴사의 꿈은 미뤄야 할 것 같아요. 어쩌다 보니 이번엔 제가 과장님 몫까지 남게 됐네요. 이제 점심시간에 어쩌죠, 성은 씨도 더는 없고."

"그게 무슨 소리예요?"

"아, 혹시 연락 못 받으셨어요?"

규림은 되레 놀라며 "이번에 평가 결과가 나왔는데 성은 씨는 잘 안 됐어요."라고 답했다.

"정 팀장이 따로 불러서 성은 씨에게 말한 것 같더라고요. 소문으로는 정 팀장이 추천한 다른 사람이 편집부에 온다고 하던데요. 따로 언질 받은 거 없으셨어요?"

규림이 돌아간 뒤에 은실은 성은에게 연락을 취했다. 정규직으로 전환되지 않은 건 이미 예상했던 바였다며 성은은 괜찮다고 답했다.

"괜찮아요, 물론 인쇄소 근처에 있는 그 국밥집 못 간 게 아쉽긴 하지만요."

은실은 뭐라 답할 수 없어 "다음에 같이 가요, 그 국밥집."이라고 겨우 답했다. 이전에도 인턴의 사용 기간 종료 후 여러 이유를 들어 본채용을 거부한 일이 몇 차례 있어왔다. 정규직 전환에 대한 인턴들의 바람을 교묘하게 이용할 뿐, 무엇도 책임져주지 않는 시스템에 은실은 진력이 났다. 그전 같았더라면 부당한 일들에 엮이지 않으려 몸을 사렸겠지만 이번에는 달랐다. 마치 아끼는 동생이 괴롭힘을 당하고 오자 울화통을 터뜨리는 언니가 된 기분으로 성은을 두둔해주고 싶었다.

2주의 휴가가 끝난 뒤 업무에 복귀하면 은실은 퇴사할 계획이었다. 그녀의 자리를 대체할 다른 인력이 투입될 때까지 인수인계를 하려 했지만, 더는 최소한의 도리를 지켜야 할 이유가 없었다. 규림을 통해 받아본 성은의 인사평가서에는 일면식만 있는 다른 팀장의 이름과 불분명한 사유가 나열되어 있었다.

퇴원 후 사무실에 출근한 은실은 실장에게 면담을 요청했다. 그는 비꼬는 투로 쉬어야 할 텐데, 연차 기간에 왜 왔느냐고 물었다.

"인턴 평가에 다른 부서 팀장님의 이름이 들어가 있던데요. 이 부분은 전에도 말씀드렸습니다. 평가에는 사수로서 제 의견도 중요하다고요."

"회사에는 순서가 있고 업무에도 기준이 있어. 자네가 팀장은 아니지 않나, 정 과장."

그는 '과장'이라는 말을 힘주어 강조했다.

"회사에서는 적절한 인재를 추천받아 채용할 계획이야. 인턴 근로 계약은 기간제니까 적합하지 않다고 판단될 때 고용하지 않는 건 회사의 공적인 판단이라고."

"당초에 정규직 전환을 위한 채용이었어요. 이런 식이라면 저도 그간의 업무에 대해선 인수인계나 퇴사 일정 조율 없이 제 상황만 생각해서 당장 일을 정리해도 되겠군요."

"자네, 원래 이렇게 무책임했나? 내가 사람을 잘못 봐도 단단히 잘못 봤군."

"실장님 말씀대로라면 저도 이곳에 있는 게 적합하지 않겠네요. 앞으로 어떤 분이 편집부에 올지 모르지만 돌아가는 시스템에 대해 알지 못하는 채로, 맨땅에 헤딩하듯 시작하는 것을 원할까요? 어떤 업무든 이전 시스템에서 벗어나 새로 시작하는 데는 시간이 걸리겠지만 그건 그만두는 입장에서 걱정할 게 아니라서요."

은실이 도전적인 어투로 말하자 실장은 불쾌한 기색을 내비쳤다.

"그런 무책임한 말이 어디 있어? 자네의 편의를 봐줄 만큼 봐줬는데."

"책임은 무한대로 상정하고 권한과 권리는 제한 두는 곳에서 너무 오래 버텼어요. 그냥 적당히 좀 뺀대고 죽기 아니면 망하는 거지 하는 마음으로 다른 길로 가볼걸, 그런 생각이 이제 와 드네요."

할 말을 끝낸 은실은 곧장 사무실을 빠져나왔다. 정리한 짐 상자를 들고 나오려는데, 책상에 놓인 사원증이 보였다. 그 곁에 얌전히 놓인 사탕은 분명 성은이 두고 간 것이리라. 은실은 사탕을 주머니에 챙겨 넣고 건물을 빠져나왔다.

비닐을 벗긴 사탕을 입에 밀어 넣었다. 성은과 거리를 걸으며 나눠 먹었던 것과 같은 딸기 맛이었다. 달콤한 맛을 음미하며 은실은 천천히 걸었다. 서두르지 않아도 집에 도착할 것이고, 급한 약속이나 일정이 있는 것도 아니니 다급하게 움직일 이유가 없었다. 길을 걷던 은실의 시선은 어느새 하늘로 향했다. 검푸른 남청색과 노을이 뒤섞인 바탕을 올려다보며 입에서 감탄이 흘렀다. "와." 앞서 있던 몇 사람이 걸음을 멈춰선 모습이 보였다. 모두들 이 순간, 비슷한 감탄을 내뱉고 있었다.

○ ○ ○

서점은 여느 때와 같이 아늑하고 평화로웠다. 은실은 새삼 그 안을 찬찬히 둘러보았다. 서점 주인이 적어둔 메모가 책장마다 안내판처럼 붙여져 있었다. 몇 주 전 다녀갔던 때와 다른 글귀들을 눈으로 훑었다. 길을 잃은 이들이 책을 통해 무언가를 찾을 수 있기 바라는 선한 마음이 시작이었을까.

은실은 책을 좋아하지만 편집자로서 자신의 일을 사랑한 건 아니었다. 하고 싶어서가 아니라 해야만 하기 때문에 유지해왔다고 하는 편이 옳았다. 오랜 기간 진행해온 일이라고 해서 반드시 애정을 기반으로 하진 않는다. 특히 무언가를 참고 인내하는 일에 익숙한 사람에게 그건 지나치게 어려운 일도 아니었다. 참고 버티는 일이 습관으로 자리 잡으면 품는 일보다 비워내는 일이 더 힘들어진다.

은실은 손때 묻은 책들 사이에서 풍기는 아득한 향을 맡기 위해 숨을 크게 들이마셨다. 어떤 시간과 사람을 통과한 뒤에 이곳에 수십여 권의 책들이 남게 되었을까 하는 궁금증으로 주변을 새삼 둘러보는데, 서점 주인이 다가왔다.

"오랜만에 오셨네요?"

"네, 안녕하세요."

은실은 다가온 남자의 얼굴을 올려다보았다.

"며칠 전에 공연과 북토크를 했어요. 혹시나 오실까 해서 봤는데 안 보이시더라고요."

"사정이 있어서 못 왔어요. 아쉽네요."

"다른 프로그램도 있으니 그땐 오세요."

"네, 그 강연은 꼭 오려고요. 동생이 좋아하는 저자가 온다고 해서 그 행사 일정은 기억해두고 있었어요. 아, 그리고 오늘 온 건 이것 때문이에요."

은실은 가방에서 우산을 꺼내 건넸다.

"죄송해요. 망가진 우산을 대체할 다른 것을 갖다 둔다고 해놓고 시간이 너무 흘렀네요."

"아뇨, 기억하고 다시 찾아주시는 것만으로도 감사하죠. 잊지 않고 챙겨주셔서 고맙습니다."

그는 은실이 건넨 우산을 받아 들더니 손잡이의 이니셜을 발견하고선 물었다.

"이름이 새겨져 있네요. 혹시 아끼는 물건이시면 두고 가지 않으셔도 괜찮아요."

은실은 고개를 저으며 "아니에요. 잃어버릴까 봐 붙여둔 것뿐이에요."라고 답했다. 그 뒤에도 둘의 대화는 이어지게 되어 은실은 궁금했던 질문을 자연스레 꺼낼 수 있었다.

"여기 처음 온 날 사장님이 하신 말이 꽤 인상 깊게 남아 있는 거 아세요?"

"그런가요? 제가 어떤 말을 했었죠?"

남자는 고개를 살짝 까딱이며 물었다.

"책을 좋아해서 다니던 회사를 그만두고 서점까지 차리게 되셨다고요. 그래서 궁금했어요. 좋아하는 일을 하면 어떤가요? 해야만 하는 일들을 했을 때와 달리 지치지 않나요?"

문득 젊은 남자와 시선을 마주치는 일이 오랜만이라는 사실을 의식하자 민망해진 은실은 눈을 다른 곳으로 돌렸다. 남자는 개의치 않고 답을 이어갔다.

"책을 좋아하니까 책방을 운영하는 일이 즐겁냐고 묻는다면 매번 그렇지는 않아요."

그는 곧게 뻗은 코 위의 투명한 무테안경을 고쳐 썼다. 까만 눈동자가 생기 있게 빛났다. 꿈에 대해 털어놓으며 성은의 시선이 총기 있게 빛나던 것처럼.

"어떤 날에는 조급하고 불안하죠."

"그런 마음이 들면 어떻게 하세요?"

"좋아하는 것에 몰입하면 불분명한 불안 대신 구체적인 꿈을 그릴 수 있게 돼요. 그렇게 내 삶에 들인 일을 사랑하면 동반되는 불안정함은 기꺼이 감수할 수 있게 되는 것 같아요."

남자는 회사에서 누리는 안정감이 그리운 경우도 있지만 책을 기반으로 누군가와 이야기하고 애정이 깃든 소중한 공간을 가꿔가는 일이 즐겁다고 고백했다.

"전 아직 모르겠더라고요. 회사라는 곳을 떠나서 다른 무언가를 할 수 있다는 상상."

언젠가 같이 일하던 사수는 남의 돈을 벌어먹고 사는 처지는 고용주가 하라는 대로 하는 게 정해진 운명이라고 말했었다. 그게 평범한 직장인에게 정해진 수순이라고. "칼퇴근에 사활을 걸고, 주어지는 월급으로 위안 삼는 것밖에 없어. 그것 외에는 낙이 없더라고."라는 자조적인 고백이 지금도 은실의 기억에 남아 있었다. 신입 시절, 선배가 자괴감 어린 말을 하는 점이 이해되지 않았지만 적어도 그가 행복해 보이지 않는다는 건 분명히 느낄 수 있었다. 월급을 통한 일시적 금융 치료는 가능하더라도 '금융 완치'라는 말은 없지 않던가. 월급과 안정적인 생활을 유지하는 것만으로는 행복해질 수 없다는 건 연차가 쌓이며 은실 또한 느꼈다. 과거의 그 선배와 비슷한 고백을 하게 된 지금에 와서 어떻게 살아가야 할지 알 수 없게 돼버렸다.

"저도 처음에는 그랬어요. 이러다 망하면 어쩔 거냐고 주위에서 걱정도 많았죠. 근데, 좋아하는 걸 두고 흥미 없는 일에 한정된 에너지를 쏟는 게 싫었어요. 더 나은 조건과 복지를 약속한 곳으로 간다고 해서 해결될 문제가 아니라는 걸 알게 된 거예요. 그래서 그만뒀어요. 숱한 고민을 반복하면서도 마음이 도달하는 방향이 계속 같았거든요."

"저도 사장님처럼 무언가를 열렬히 좋아할 수 있으면 좋겠네요. 그런 마음의 준비 없이 회사 생활을 정리하려니 조금은 막막해요."

"찾게 될 거예요. 좋아해야지 마음먹는다고 좋아지는 것도 아니고, 결심과 계획으로 애정이 기우는 경우는 없으니까요. 회사 밖의 다른 곳에서 그런 걸 찾으실 거라 생각해요."

나를 해치면서까지 지켜야 할 것이
없다는 걸 알지 못했을 땐

자네, 어쩌자고
이렇게...!

참는 것에 익숙했다.

나만 힘든 건
아닐 거야.

하아-

그때, 누군가에게 힘들면
무리하지 않아도 된다는 말을
듣고 싶었다.

터벅

터벅

그런 말을 누군가 해주기를.

이젠 그 말을
나 자신에게
해주고 싶어.

토닥

토닥

고생했다고,
그만하면 오래 버텼다고.

　오래된 집들은 상사하여 떨어질 줄 모르고 서로에게 기대서 있었다. 은주는 저 집들처럼 누군가에게 의지하여 서 있던 시간을 헤아렸다. 그렇기에 작은 어려움에도 휘뚝거릴 수밖에 없었던 거야, 라고 중얼거리며 오래된 건물을 바라봤다. 낮에 해가 들지 않는 집에서도 꿈을 키울 수 있었던 건 차진이 있었기에 가능했지만 공부에 열중한 시간보다는 연애에 천착하는 데 열의를 쏟았었다. 그를 만나기 전, 의존했던 대상은 은실이었으니 결론적으로 은주에게 제일 큰 공포는 누구의 지지와 응원도 받지 못하는 혼자의 상태였다. 계속된 의존은 상대가 없어서는 안 된다는 불안에 마음을 고립시켰다. 은주는 손등으로 눈물을 훔치며 전화를 걸었다.

　"언니, 나야."

　은주는 어떤 말부터 꺼내야 할지 막막했지만 웅어리진 감정을 담백하게 터놓고 싶었다. 차진에 대한 열띤 미움은 여전하지만, 힘든 시기를 버틸 수 있었던 데 그의 도움이 컸던 건 분명했다. 객관적으로 고마운 건 고마운 거였다. 은실에 대한 서운함을 갖고 있더라도 그녀가 지탱해준 시기에 대한 애틋한 애정이 녹슬지 않았던 것처럼. 그렇기에 전 연인에 대한 격앙된 감정을 쏟거나 하소연을 하고 싶진 않았다. 애써 감정을 삼키는 은주를 대신하여 은실이 먼저 입을 열었다.

"네가 사 온 귤, 맛있게 잘 먹었어. 넌 잘 지내는 거지?"

"나야 비슷하지. 잘 먹었다니 다행이야."

"협탁에 놓인 귤을 보는데, 옛날 생각나는 거 있지. 어렸을 때 넌 과일 중에서도 단연 귤을 좋아했잖아. 서럽게 울 때는 귤락을 떼어 낸 귤을 입에 물려주면 뚝 그쳤지. 오랜만에 귤을 먹는데, 어쩐지 내가 알던 네 모습이 남아 있는 것 같아서 반가웠어."

은실은 과거의 기억이 떠올랐는지 희미한 웃음을 머금었다.

"귤락을 벗겨 먹다가 이불에 껍질이 들러붙어서 엄마한테 혼났던 일, 기억해? 극세사 이불이라 표면에 달라붙은 먼지 같은 게 잘 떨어지지 않는 재질이었거든."

"나도 가끔 언니랑 책 읽으면서 귤 까먹던 기억이 떠오를 때가 있어. 같이 읽은 책, 지금도 기억나. 노란색 바탕에 갈색 머리를 말아 올린 여자의 옆얼굴이 그려져 있었잖아."

"맞아. 그 뒤로 네가 그 작가의 다른 책들도 읽어달라고 졸랐었지. 자주 가는 서점에서 그 사람의 북토크를 한다는 소식에 얼마나 반가웠는지 몰라."

은실은 미소를 머금은 채 중얼거렸고, 은주도 옅게 웃었다.

"우리, 그런 시절도 있었네."

"그러게. 우리에게 그랬던 때가 있었지."

"그때 난 언니한테 많은 영향을 받았어. 언니가 하는 건 다 따라 하고 싶어 했고, 언니가 추천한 책을 읽고, 언니가 갔던 학교를 가고 싶어 했으니까."

"내 영향을 받은 게 지금 와선 미안하게 느껴지네."

"어째서?"

"너한테 긍정적인 영향을 줬다고 생각하진 않아. 좋은 언니도 아니었고."

"그렇지 않아. 고마운 게 더 많아."

성긴 관계에서 오랜만에 이어진 대화였지만 두 사람의 말은 끊어지지 않고 두런두런 오갔다.

"넌 요즘 어떻게 지내고 있어?"

새삼 안부를 묻는 말에 은주는 눈물이 터져 나올 것만 같아 머뭇거렸다. 은실은 무슨 일이 있느냐고 성마르게 묻지 않았다. 충분히 준비된 뒤에 이야기해도 괜찮다는 태도로 기다려주었다.

"언니, 실은 나 요즘 잘하고 있는 건지 모르겠어."

은주는 울지 않으려고 애쓰던 의지를 내려놓았다. 속내를 터놓으면 막다른 골목 앞에 주저앉아 있는 기분이, 떠난 연인의 그림자에 허덕이며 빠져나오지 못하는 괴로움이 옅어지지 않을까 하고 생각했다.

"그간의 노력이 아무 의미가 없는 것 같아. 앞으로 어떻게 살아야 할지 모르겠어."

눈물이 뒤섞인 침음이 얼마간 계속됐다. 차진과의 기억, 공부에 대한 두려움, 미래에 대한 막막함과 지난 시간에 대한 후회 등이 깊어졌지만, 질문을 되뇌어도 결론 나는 건 없었다. 혼자라는 게 몹쓸 결함으로 여겨져 도망치고 싶은 순간, 은주에게 필요했던 건 이모든 감정을 성급히 결론 내지 않고 풀어가기 위한 여유와 충분한 시간을 갖추는 것이었다.

은주의 울음이 잦아들자 은실은 조심스레 입을 열었다.

"몇 년 전 그 일 때문에 네가 거리를 두는 거 알고 있어. 그땐 내가 마음의 여유가 없어서 여러 핑계로 널 신경 써주지 못했어."

은주는 고개를 저었다.

"그땐 밉기도 했지만 이젠 아니야. 무조건적으로 의지하거나 응석 부려서는 안 된다는 걸 알아. 나한테 엄마보다 더 가까웠던 게 언니라서 그땐 경우 없이 의지했어."

은주는 고민에 사로잡혀 은실의 상황을 몰라주었던 무감각함을 되돌아보았다. 시간이 흐른 뒤에 "그때 그런 일이 있었지만 이제 괜찮아."라고 말하며 세월의 맥을 되짚듯 털어놓을 수 있는 시기가 왔으면 좋겠다고 바랐다. 하소연하면 잠시 후련할지 모르지만 은실에게 의지하여 이해와 도움을 요구하고 싶어 하는 대책 없는 연약함은 경계하고 싶었다.

"내 딴에는 널 생각한다고 했던 말이 야속하게 느껴졌을 것 같아. 돌아보면 그땐 주변을 돌아볼 여력이 없었어. 남자 친구와 헤어지고 혼란한 시기이기도 했고."

은주는 잠자코 은실의 말을 들었다. 장기 연애를 이어가던 언니가 만나던 남자와 이별했다는 것을 알았을 때 의아했지만 이유를 묻진 않았다. 은실의 얼굴에 어두운 그림자가 드리우는 일이 많아진 것을 보며 만나온 세월만큼 정리하는 데 시간이 필요하리라 예상할 뿐이었다.

"널 생각하듯 말했지만 당시에 난 내가 힘든 게 먼저였어. 더는 버티기 힘들다는 생각이 들었거든. 그 시기에 너도 그렇고 엄마한테도 모질게 대했던 건 미안하게 생각해."

은실이 먼저 속내를 터놓은 덕에 은주는 "사실 나도 한때 언니를 원망했어."라는 고백을 꺼낼 수 있었다.

앞으로 서로에게 상처를 주더라도, 상한 감정을 방치하여 단절하는 대신 터놓고 말할 수 있으면 좋겠다고 은실은 말했다.

은주는, 선의와 사랑을 일방적으로 받은 과거가 상대를 얼마나 버겁게 했는가에 대해 상기했다. 엄마의 빈자리를 대신 채우는 건 언니의 당연한 몫이 아니었다. 그건 특수할 정도로 각별했던 자매 사이에서 이어진 은실의 노력이었다. 이제 은주는 제 몫으로 주어진 문제에 대해 언니나 애인이 아닌 혼자 힘으로 안고 갈 수 있어야 한다고 조용히 다짐했다.

"언니 입원했을 때 얼굴 못 보고 간 거 미안해."

"아니야. 먼저 연락 줘서 고마워."

은실은 부드러운 음성으로 은주의 이름을 불렀다.

"은주야."

"응."

"난 네가 어떤 선택을 하고 무얼 고민하든 판단하거나 비난하지 않을 거야. 언제든 오늘처럼 전화해. 편하게 잠들기 어렵거나 복잡한 날에도 귀찮게 하는 건 아닌가 하는 걱정이 일어나기도 전에 먼저 통화 버튼을 눌러. 그렇게 연락해서 '뭐해.'라고 묻는 게 전처럼 자연스러운 사이로 돌아가자. 우리는 한 이불을 덮고 같이 잠들던 그 밤처럼 서로에게 하나밖에 없는 자매잖아. 어두운 천장을 올려다보며 언니 자, 라고 묻던 너에게 아직 안 잔다고 답했던 그때와 내 마음은 다르지 않으니까."

○ ○ ○

그 뒤로 두 사람은 연락을 주고받는 일이 많아졌다. 그날도 일을 끝나고 집으로 가던 은주는, 은실에게 전화를 걸었다.

"읽어야 하는 거 말고 손 가는 대로 좋아하는 책들을 쌓아두고 읽는 게 좋아. 아, 운동을 시작하고 싶다는 생각도 들었어. 3년 전에는 식단 일기를 썼는데, 그때 쓴 기록을 보니까 새삼 나이 들었다는 게 느껴지는 거 있지."

은실은 퇴원 후 하고 싶은 일을 하며 충분한 휴식을 취하고 싶다고 했다.

"그동안 못 해본 것들을 해 나가면 좋겠다. 언니에게 필요한 시간 같아."

"넌 어때? 해야 하는 공부 말고 진짜 하고 싶은 거 있어?"

생각해본 적 없는 주제라 은주는 바로 답이 나오지 않았다.

"글쎄, 모르겠어."

"그런 게 있으면 일상에 큰 활기가 된다더라. 같이 일하던 후배한테 들은 말이야."

은실은 후배에 대해 언급하며 기분 좋은 웃음을 머금었다.

"그 애는 출퇴근길에 지하철 창으로 스치는 풍경을 보거나 음악을 듣는 게 행복하대. 매일 끼고 다니던 그 친구의 헤드셋에서 어떤 곡이 나오는지 어느 날부턴가 궁금한 거 있지? 방금 너한테 건넨 그 물음을 던졌을 때, 돌아온 답은 지금도 기억에 남아."

"어떤 답이었어?"

"지금처럼 출퇴근길에 좋아하는 음악을 듣고, 안정적인 직장에서 근무하는 것, 때로는 관심 있는 밴드의 공연을 보기 위해 연차를 쓰거나, 넉넉하진 않아도 부모님께 용돈도 드리고 싶다면서 그 친구가 '별것 없는 꿈이죠.'라고 말하는데, 난 아니라고 했어. 꿈의 크기에 상관없이 어떤 바람은 참 예뻐. 좋아하는 것에 대해 말하는 사람의 눈에서 흐르는 생기는 놀랄 만큼 사랑스럽거든. 나의 이십대를 돌아보게 된 건 그 아이의 얼굴에서 발견한 생기 때문이었어. 행복해 보여서 좋았어. 그게 참 좋아 보였어."

은실의 말을 들으며 은주는 떠오른 얼굴이 있었다.

'성은 선생님도 그렇게 말했었는데.'

음악에 대해 말하며 생동하던 시선과 평범한 생활에 대한 바람은 은실이 언급한 후배 이야기와 일치했다. 잠시간 은실의 후배가 성은일지 모른다는 생각이 들었지만, 자세히 묻지 않았다. 예상이 맞을 경우, 학원에서 일하다 만나게 된 관계를 설명해야 한다는 점이 곤란했다.

"전에는 시험에 합격만 하면 좋겠다고 생각했는데, 지금은 내가 진짜 간절히 원했던 게 맞는지, 그게 옳은 선택이었는지 확신이 안 서."

은실은 어째서 그런 생각의 변화가 생겼느냐고 물었다.

"그게 정말 내 꿈이었다면, 난 조금 더 간절했어야 하는 게 아닌가 싶어서."

집 앞에 선 은주는, 불이 꺼져 있는 창문을 올려다보았다. 차진과 함께 집으로 들어가던 뒷모습이 떠오르자 마음이 가라앉았다. 떠난 뒤에도 그와 관련한 기억은 오래된 집의 안팎에 축적된 냄새처럼 사라지지 않았다. 임용 이후의 삶이 지금보다 채도 높은 빛깔을 띨 거라는 믿음도 더는 없었다.

"뭐든 좋아. 어떤 사소한 것이든 해야만 해서 하는 거 말고 그냥 네가 하고 싶은 것을 해봐."

"목적 없이 그냥 하고 싶은 거?"

"그래. 떠오르는 거 있어?"

은실의 물음에 은주는 어두운 집의 불을 밝히며 입을 열었다.

"방금 떠올랐는데, 하나 있어. 같이 가자고 했던 북토크, 언니랑 가보고 싶어졌어."

○ ○ ○

인턴 기간 종료 후 직원들은 부서 리더와 면담 시간을 가졌다. 성은은 은실 대신 정이현 팀장과 독대하여 이야기했다.

"그동안 고생 많았어요."

이현은 전망이 어두운 출판업계의 미래와 회사 사정에 관한 장황한 설명을 이어간 끝에 "유감스럽게도 성은 씨와의 계약은 종료하게 됐어요."라고 말했다.

"물론 회사 경영 상태와 상관없이 직원들 입장에서는 결과를 납득하기 어려울 거예요."

정이현 팀장은 안타까운 결과를 전해야 하는 입장도 이해해달라고 했다.

"정규직 전환을 염두에 두고 채용한 건 맞지만, 경영 방향이 달라졌어요. 전반적인 내부 조직 개편도 진행될 예정이고요. 다른 곳에서 훌륭한 상사를 만나게 된다면 일을 잘 배울 수 있을 거예요."

성은은 이현의 말이 불편했다. 정규직 전환이 어렵게 된 건 훌륭하지 못한 상사 밑에서 일을 배우지 못했기 때문이라는 설명을 함축적으로 표현한 것으로 여겨졌다.

"유감이지만, 편집부는 특히 전면적인 개편을 통해 새로운 인원을 충원할 거예요."

"그럼 정은실 과장님은 어떻게 되는 건가요? 병가 내신 거로 알고 있는데요."

"정 과장님은 건강상의 이유로 퇴사 의사를 밝혔어요. 인수인계하기 전까지만 있을 거고, 조만간 새 편집장님이 올 예정이에요."

면담이 끝나고 성은은 자리로 돌아왔다. 메신저 창에서는 열띤 대화가 오가고 있었다. 이 메신저 창은 형원을 뺀 동기들의 그룹 창이었다.

　└ 형원 님은 마케팅부서 정규 사원 됐다고 하네요.

감정이 좋지 않았지만, 억울한 심보를 갖는다고 해서 결과가 달라지는 건 아니었다. 인정과 체념 그 어딘가에서 마음을 비운 성은은 앞으로 어떤 식으로 생활을 영위해 나가야 할지 고민하는 일에 집중했다. 본가로 돌아가는 안락한 선택도 있지만, 제힘으로 독립해서 생활을 유지하고 싶다는 의지를 포기하고 싶지 않았다.

　└ 체계 없이 주먹구구식으로 통보하는 건 최악이네요. 성은 씨는 뭐라고 하던가요? 과장님 대신 정이현 팀장이랑 이야기했죠?

　└ 저도 정규직 전환은 되지 않았어요.

형원이 영업부 실장의 조카라는 사실을 알게 된 뒤로 그녀가 제외된 메신저 방의 활동은 더욱 활발해졌다. 인턴들의 대화는 계속 이어졌지만, 성은은 메신저 창을 조용히 닫았다.

성은의 시선이 은실의 자리로 향했다. 파티션 너머로 여러 메모와 기록들 중 하나가 눈에 띄었다. '정해진 기간까지 최선을 다하겠습니다.'라는 짤막한 내용. 그건 성은이 직접 적어서 건넨 메모였다. 성은은 또박또박 써 내려간 문장을 눈으로 읽으며 손을 쥐었다. 유독 눈에 띄는 저 문장대로 최선을 다했는지 되돌아봤다. 위축된 어깨를 쓸어줬던 은실의 격려가, 과도하게 살을 덧붙이는 대신 담백하게 건네준 말들이 성은에게는 위안이 됐던 시간이었다. 어느 계절이든 그 시간 속에서 나눴던 이야기는 잊었다가도 중요한 때에 떠오르곤 했다. 기억 속의 말들은 성은에게 단단한 벽이 되어주었는데, 휘청일 때에 그 벽을 짚고 몸을 일으킬 수 있었다. 오늘처럼 예상을 빗나가지 않는 결과로 인해 맥 빠지는 날에도 마음을 다스릴 수 있는 건 은실과 나눈 대화를 떠올린 덕분이었다.

정이현 팀장의 말처럼 다른 상사를 만나 일을 배웠다면 어땠을까. 이현이 늘어놓았던 말은 곱씹어 생각해봤지만 공감할 수 없었다. 직장 내 호의적인 관계 설정을 위해 힘쓰지 않는다고 해서 무능력한 건 아니었다. 그저 성향에 따라 일하는 방식에 차이가 있는 것뿐이었다.

규림은 놀란 얼굴로 성은의 자리로 다가왔다.

"당연히 정규직이 될 줄 알았는데. 진짜 안 된 거에요?"

"네, 아쉽지만 그렇게 됐어요. 그동안 감사했습니다, 대리님."

"성은 씨 혹시 인사평가 내용은 확인해봤어요?"

"네, 확인했어요."

평가에서 직속 상사인 은실의 의견이 빠진 부분은 정정되지 않았다. 물론 그 부분에 은실의 의견이 추가된다 해도 달라지는 건 없을 것이다.

"이의 신청할 생각은요? 인사 평가팀 쪽에서 하는 말로는 성은 씨의 경우, 직속 상사인 정 과장님 의견이 빠져 있고, 대면해서 일한 적 없는 팀장이나 부서장의 의견이 담겨 있다고 들어서요. 그문제로 과장님도 보완 요청을 했다고 하던데 반영이 전혀 안 된 건가요?"

"네, 정이현 팀장님과 면담도 마친 상태예요."

성은은 목에 걸고 있던 사원증을 조용히 책상에 내려두었다. 제 몫으로 남겨두었던 사탕 또한 그 곁에 나란히 놓았다.

역으로 향하던 성은은 돌연 반대편으로 몸을 돌렸다. 골목 사이를 지나쳐 도착한 건 '우연한 책' 앞이었다. 거리가 멀어지면 자주 오지 못할 것으로 예상되어 왔지만, 북토크 준비로 쉬어간다는 메모가 문 앞에 붙어 있었다. 성은은 서점 앞에 걸터앉아 거리를 바라봤다. "오늘 저녁이나 먹고 가죠."라고 말하는 남자 곁에 무리 지어 걷는 동료들이 즐거이 웃고 있었다. 그들의 안색에서는 삶을 꾸려갈 기반이 정해진 이들의 느긋한 관성 같은 것이 엿보였다. 정기적으로 지급되는 월급이 일상이 돼버린 이들이 내심 부러웠던 성은은 멀어지는 행렬을 선망하듯 보았다.

성은은 생각했다. 자신이 정규직 전환을 그토록 바랐던 건 당연한 일이라고. 그건 곧 보편적인 생활을 유지하고 싶은 자연스러운 바람이었다고.

◦ ◦ ◦

닫힌 서점 문을 등지고 앉아 있을 때, 메시지가 왔다. 늦은 저녁부터 비가 쏟아질 예정이니 퇴근을 서두르라는 석원의 문자였다. 그 뒤에 전송된 사진은 마당에 핀 토끼풀이었다. 토끼풀이 난만히 피어 있는 부근은 눈이 쌓인 들판처럼 희었다. 네 잎 클로버를 찾기 위해 들판을 헤집고 다녔던 시절이 있었다. 열의에 가득 찬 성은에게 석원은 이렇게 말했다. "간절하지 않을 때에 비로소 보이는 것들도 있어." 그 말에 의아함을 느낀 성은은 연유를 물었다. "무언가를 바라는 마음으로 가득 차오르면 주변의 다른 것들은 보이지 않아. 그럼 중요한 것들도 놓칠 수 있단다." 석원의 손을 따라 아래를 내려다본 성은은 소스라치게 놀랐다. 발 아래 줄기가 꺾이고 잎이 떨어진 토끼풀이 가득했다. 발치의 꺾인 풀들 사이를 헤집은 아빠의 손에 잎이 반절 정도 찢어진 네잎 클로버가 들려 있었다.

'내가 지금 지나치게 간절한 건지도 몰라.'

한숨 섞인 하소연 뒤에는 부아가 치밀었다. 정이현 팀장이나 형원 앞에서 움츠렸던 태도에 대한 뒤늦은 실망감도 일었다. 체념했던 내면의 심지에 구태여 불을 붙이는 건 왜일까. 이제 그만 속상할 만도 한데. 성은은 거리를 지나치는 사람들을 멍하니 보았다. 도착한 버스를 일부러 놓치듯 지나가는 이들을 관망하고 있는데, 휴대폰 진동음이 들렸다. 수신자는 은실이었다.

"성은 씨, 괜찮아요?"

그 말을 듣는 순간, 톡 쏘는 양파즙이 튄 것처럼 눈가에 무언가 차올랐다. 흘러간 시기에 대한 아쉬운 미련은 내면에 끈적하게 달라붙었다.

"네, 그래도 한 가지 아쉬운 건 있어요. 전에 말씀하셨던 국밥집, 궁금했거든요."

"거긴 다음에 꼭 같이 가요."

그 답에 만족한 듯 성은은 미소 지으며 한 가지 말을 덧붙였다.

"아, 전에 추천해주신 서점이요. 퇴근하고 가본 적 있어요. 말했던가요? 정말 좋더라고요. 공간도, 흘러나오는 노래도요. 그간 일하면서 과장님 덕분에 좋은 기억이 많았어요. 다양한 것들을 배울 수 있었고요. 3개월간 감사했습니다."

○ ○ ○

　통화가 끝난 뒤에도 성은은 서점 앞에 주저앉아 있었다. 지금까지 무얼 보고 있었던 걸까. 응시하고 있던 대상이 뚜렷하게 없었던 탓에 기억에 남는 게 없었다. 퇴근 후 찬거리를 사 들고 가는 초로의 여성, 가게 안으로 향하는 직장인 남성. 더러는 피곤한 안색으로 택시를 잡아타는 젊은 여자를 보며 그들의 하루도 수월하지 않았음을 헤아렸다. 그런 일상적인 피로마저 성은에게는 부럽게 여겨졌다. 그들의 퇴근 대열에 뒤섞일 날이 올까. 성은은 오래 앉아 뻐근하게 굳은 다리를 털었다. 자리에서 일어난 건, 흐렸던 하늘에서 빗방울이 떨어질 무렵이었다. 잠깐 내리다 그칠 비로 보이지 않았기에 편의점까지 뛰어가 우산을 살까 고민했지만, 건너편에 위치한 가게는 애매하게 거리가 멀었다. 비가 멈추기를 기다리는 게 좋을지, 된통 비를 맞더라도 뛰어가는 게 좋을지 결정을 내리지 못하고 있을 때, 서점 옆 건물의 유리문이 열렸다. 누군가 으샤 하는 기합 음을 내자 성은은 고개를 돌려 바라봤다. 서점 주인은 용연히 솟아 있는 건물 앞에 화분을 놓아두었다. 애매하게 서 있는 성은을 발견하고는 오늘 휴무인데, 일부러 왔느냐고 물었다.

"강연 준비로 인해 급작스럽게 쉬게 됐어요."

"붙어 있는 메모 봤어요."

성은은 문 앞에 부착된 메모를 가리키다 그의 곁에 놓인 화분 쪽으로 시선을 돌렸다. 쏟아지는 빗줄기에 율마는 맛있는 간식을 손에 쥐고 기뻐하는 아이같이 잎을 떨고 있었다. 초여름을 닮은 빛깔이 싱싱하게 빛나는 자태가 흐린 하늘과 대비되었다.

"빗물을 머금으니까 잎의 색깔이 더 짙어졌어요."

"율마는 물을 좋아해요. 흙 표면이 마르면 어김없이 생기가 줄어들어요. 근데 또 이렇게 물을 주면 금방 살아나죠."

남자는 물을 머금은 화분을 건물 안으로 옮기며 손에 묻은 물을 소리 나게 털었다.

"북토크 시작하는 날, 오시겠어요? 갖고 계신 팸플릿이 초대권이라고 보시면 되는데."

"가능할지 모르겠어요. 사실 오늘부로 회사에서 계약이 종료됐거든요. 집에서 먼 거리에 있는 곳이라, 전처럼 자주 오지 못할 것 같아서 잠시 들렀어요. 자주 오지 못할 게 아쉬울 것 같아서."

"그런 줄도 모르고……. 어쩌죠."

남자가 미안한 표정으로 말하자 성은은 손을 내저으며 "아니에요. 공지를 보지 않고 무작정 방문한 거라……. 괘념치 마세요."라고 답했다.

"비가 바로 그치진 않을 것 같은데 잠시 들렀다 가시겠어요?"

"그래도 괜찮을까요?"

남자는 흔쾌히 고개를 끄덕이며 정리되지 않은 책 묶음이 발에 차일 수 있으니 바닥을 유심히 살펴야 한다고 조언했다. 그를 따라 성은은 서점으로 들어갔다. 책장 사이로 새롭게 입고된 책들이 보였다. 암갈색 책장 사이를 지나치며 손이 가는 책을 훑어보고 있는데 재생되는 음악이 바뀌었다. 그 음악을 듣는 순간, 성은은 탄식하듯 중얼거렸다.

"킹 크림슨!"

휴대폰의 플레이어 리스트를 확인하자, 아빠가 추천해주었던 곡 중 하나로 저장되어 있었다. 〈In the court of the crimson king〉.

"사장님, 이 곡 '킹 크림슨' 맞지요?"

"맞아요. 손님은 음악에 대해 잘 아시는군요."

"저보다는 아빠가 잘 아세요. 재즈를 제일 좋아하시는 줄 알았는데, 나중에 모은 앨범들을 보니 아트록이나 프로그레시브 장르의 곡도 많았어요. 음향으로 표현되는 장르를 전반적으로 좋아하시는 분이에요. 그 덕에 저도 음악을 접할 기회가 많았어요."

남자는 콧잔등에 걸쳐 있던 안경을 고쳐 쓰며 고개를 끄덕였다.

"킹 크림슨의 음악은 비 오는 날 틀어두기에 알맞아요. 방금 들었던 곡 외에도 〈I talk to the wind〉 같은 몽환적인 노래도 이런 날 듣기 좋죠."

그는 와인을 골라 마시듯 책을 읽을 때 어울리는 음악을 페어링

한다고 이야기했다. 그날의 날씨와 방문하는 손님들의 성향에 따라 재생되는 곡이 달라진다는 설명이 이어졌다.

"어쩐지. 이곳은 책도 책이지만 음악이 좋았는데, 사장님의 세심한 곡 선정 덕분이었네요."

성은의 요청에 의해 킹 크림슨의 곡이 한 번 더 재생되었고, 빗소리의 볼륨은 희미하게 줄어들었다. 바깥에 있을 땐 음악이 작게 들리고 주변 소음과 빗소리가 귓가를 메웠는데, 이곳에서는 그 반대로 외부 소음이 뒤로 물러나고 빈 여백을 오롯이 노래가 채워주었다. 깊은 선율과 두 사람 사이의 약간의 말소리만 서점 안에 균등하게 오갔다. 처리하지 못한 미완의 기분과 끈질긴 슬픔도 시작된 연주가 언젠가 끝나듯 자연히 사그라들 것만 같았다.

"여러모로 음악과 책을 즐길 수 있는 공간이라 좋았는데, 자주 오지 못하게 된 게 아쉬워요."

"언제든 시간이 되실 때 들러주세요."

성은은 그러겠노라고 답했지만, 정작 아쉬운 건 서점에 오지 못하게 된 것 때문만이 아니라는 것을 알고 있었다. 마음에 줄곧 남는 것은 회사 생활에 대한 미련, 앞으로 어떤 일을 해야 할 것인가에 대한 막막함이었다. 부족했지만, 즐거웠지. 이를테면 정 과장님의 제안으로 도시락 모임에 싸 갈 음식을 부지런히 요리했던 일과 터놓은 고민에 진심 어린 위로를 건네준 은실 덕에 잃었던 용기를 회복했던 일, 외근 후 함께 나눠먹은 매콤달콤한 떡볶이의 맛까지.

떠올릴수록 미소가 지어지는 기억이다.

성은은 돌아갈 적에 책 한 권을 계산대 위에 올려두었다. 평범한 직장인의 힐링 에세이라는 부제목의 책은 가볍게 볼 만한 것들 중 그런대로 끌렸다. 남자는 멋진 풍경이 인쇄된 엽서를 책 사이에 끼워주었다.

"우산은 가져오셨어요? 비가 아직 내리고 있을 텐데."

남자는 안쪽 작업실에서 우산꽂이를 가져오더니 원하는 것으로 골라 사용하라고 말했다.

"부담 갖지 말고 쓰셔도 돼요. 다시 오시게 되거든 그때 두고 가세요."

우산을 빌려주는 건, 비에 젖을 위기에 처한 이들에게는 반가운 호의이지만, 꾸준히 유지될 수 있을지 궁금했다. 빌린 우산이란 가져다줘야 할 것을 알지만 까맣게 잊어버려 돌려줄 때를 놓치는 물건이 되기 쉬웠다. 성은의 눈빛을 헤아린 주인은 사려 깊은 표정으로 말했다.

"갖다 두어야 할 기한이 정해져 있는 건 아니에요."

"그래도 저 때문에 필요하신 분들이 사용하지 못하면……"

"우산을 빌리거나 책을 샀던 분들은 다시 들러주시는 경우가 많아요. 깜빡 잊고 우산을 가져오지 못하거나, 빌려 간 것을 잃어버릴 수도 있지만, 그럴 땐 본인이 사용하던 우산을 대신 가져다 두세요.

그간 이곳에선 흰색 우산이 검은색 우산이나 도트 무늬 우산으로 바뀐 적은 있어도 부족해서 필요한 분들이 사용하지 못한 적은 없었어요."

성은은 여러 우산을 살펴보았다. 검은 우산과 도트 무늬 우산, 투명 우산과 회색 우산도 보였다. 처음에는 무난한 검은색 우산을 집었지만 이니셜이 새겨진 손잡이 부분을 발견하고선 이내 내려놓았다.

'이건 주인분이 아끼는 우산일 것 같네. 이 중에서 제일 낡은 걸로 빌려 가자.'

성은은 여러 우산 중 빛깔이 바랜 회색 우산을 집었다. 밖으로 나왔을 땐 주인의 말대로 계속 비가 내리고 있었다. 우산 없이 걸어간다면 축축하게 젖은 상태로 지하철을 타야 했으리라. 성은은 헤드셋을 낀 상태로 비가 오는 거리로 진입하여 걸어갔다. 귓가에서는 서점 주인이 언급한 킹 크림슨의 데뷔 음반이 재생되고 있었다.

13

○ ○ ○

매일 집과 학원을 오가는 생활에 무료함을 느낀 은주가 '우연한 책'으로 향한 건 바로 어제였다. 은실의 회사 근방에 있는 서점은 집에서 제법 먼 거리에 있었지만, 그날만큼은 수고스러운 노력을 들여 새로운 장소로 향하고 싶었다.

은주는 전날 입었다가 벗어둔 옷을 그대로 입고 나왔다. 흐린 하늘을 목격했지만 우산을 챙기러 집에 가는 대신 걸음을 서둘렀다. 도착한 서점은 평일 오후라 한갓졌다. 아늑한 원목 책장 때문인지 어떤 이의 정돈된 서재에 초대받은 느낌이었다. 서점 초입에는 은실이 말한 북토크 안내 포스터가 붙어 있었다.

"편하게 둘러보고 가세요."

　서점 주인은 친절했지만, 책 판매를 유도하려는 적극성을 실현하는 성미가 아닌 점이 은주는 마음에 들었다. 서점의 상호인 '우연한 책'은 어떤 의미일까. 은주는 책장 사이를 산책하듯 걸으며 생각했다. 에세이 코너에서 익숙한 표지가 눈에 들어와 꺼내 보았다. 늘 그래 왔듯 은주는 저자 소개 대신 판권면을 먼저 보았다. 책임편집 정은실. 은실은 많은 책의 편집을 담당했는데, 입사 초기에는 편집한 책을 선물로 주곤 했다. 그녀는 동생이 책을 좋아한다고 믿었지만, 은주가 좋아한 건, 책에 대해 말하는 은실의 나긋한 음성과 도서관 앞 가로수 길을 걸으며 올려다본 풍경이었다. 잘 알고 있다고 생각한 것들도 믿어온 것과는 다른 경우가 꽤나 많다. 가까운 사이일수록 구태여 설명하는 노력이 선행되지 않으면 서로에 대해 안다는 착각으로 넘겨짚는 경우가 빈번해진다는 것을 은주는 새삼 느꼈다.

　지금 발견한 책은 은실에게 선물 받았던 것 중 하나였지만, 집 안 어디에 두었는지 기억이 가물가물했다. 독립하여 살게 되고부터는 은실이 선물로 준 책은 거의 남아 있지 않았다. 몇 권은 이사하며 소실됐고, 또 어떤 책은 고향집 서랍에 낡은 앨범들과 뒤섞여 있었다. 책을 살펴보는데, "차 한 잔 드시겠어요?" 하고 서점 주인이 물어왔다. 남자는 테이블을 가리키며 편하게 앉아서 읽어도 괜찮다고 했다. 은주는 그가 건넨 따뜻한 페퍼민트 차를 홀짝이며 책장을 마저 넘겼다.

차를 거의 비웠을 무렵, 서점 주인이 출입구 쪽으로 무언가를 옮기는 모습이 보였다. 초록잎을 부르르 떨고 있는 식물은, 크리스마스 오너먼트가 빠진 미완의 트리처럼 보였다. 이쪽을 보는 시선을 느꼈는지 남자가 은주를 바라봤다. 떠오르는 말이 달리 없어 "식물이 예뻐서요." 하고 멋쩍게 말했다. 남자는 웃으며 "율마예요. 물을 좋아해서 비가 오는 날에는 일부러 바람을 쐬어주는 편이에요."라고 답했다. 비, 라는 말에 은주는 아차 싶은 표정으로 창문을 봤다. 창문에는 조용한 틈에 쏟아진 빗물이 맺혀 있었다.

"나올 때 하늘이 흐리다 싶더니 결국 오는군요."

"혹시 우산 없으시면 서점에 있는 것을 사용하셔도 괜찮아요."

남자의 말대로 책을 계산하고 나올 때에 입구에 우산꽂이가 놓여 있었다. 세 사람이 쓰고도 남을 만큼 넉넉한 크기의 도트 무늬 우산과 흰색 우산, 검은색 휴대용 우산이 보였다. 남자는 원하는 것을 빌려 가도 된다고 말하며 다시 들를 때 가져다 두면 된다고 했다.

"감사합니다."

여러 우산 중 검은색 접이식 우산을 손에 들었다.

"아, 그리고 시간 괜찮으시면 한번 놀러오세요."

남자는 붉은색 팸플릿을 건넸다. 은실이 사진 찍어 전송해주었던 것과 같은 내용의 것이었다. 은주는 그가 건넨 팸플릿과 새로 산 책을 들고 가게를 나섰다. 가볍게 한 손에 들어오는 크기의 우산을 펼치자, 손잡이 부근의 'YS'라는 이니셜이 눈에 띄었다. 서점을 나올 적에 제 몫의 비까지 실컷 맞으며 푸르른 기운을 뻗어내는 율마가 보였다. 잎사귀가 바람에 흔들렸다. 어두운 회색 거리와 대비되는 짙은 연두색이 눈 시리도록 생기로워서 은주는 눈물이 날 것만 같았다. 조용하지만 침착하게, 고요하지만 맹렬하게 생에 대한 욕구를 뿜어내는 몸짓으로 여겨졌다. 그때 은주는 무언가를 의욕적으로 하기를 중단한 상태였고, 생활에 필요한 최소 활동으로 시간을 채우고 있었다.

'나와는 다른 모습이네.'

물을 담뿍 머금은 식물의 생장, 그건 성은에게서 엿보였던 말간 기운과 유사했다. 비를 기다리는 식물의 마음과 무탈한 생활을 기도하는 이름 모를 후배의 고백 모두 은실의 말대로 퍽 예뻤다.

'나도 예쁘게 필 수 있으려나. 어떤 빛깔이라도 좋으니까 말이야.'

은주는 우산을 쓰고 천천히 비 오는 거리의 중심으로 걸어 들어갔다. 집에 돌아온 뒤 젖은 우산을 활짝 펼쳐두었다. 떨어진 빗물이 바닥에 깔아둔 수건을 조용히 적셨다. 책상에 앉아 있던 은주는 팸플릿과 구매한 책을 사진으로 찍어 은실에게 보냈다. 소개해준 서점을 들렀던 일에 대하여 조잘거리며 이야기하고 싶었다.

○ ○ ○

은주는 성은의 연락을 받았지만, 무기력한 상태를 내비치는 게 부끄러워 만남을 미뤘다. 생활에 지장이 없도록 유지하는 일에 힘을 쓰는 것만으로도 벅차 누군가를 만날 기력이 없었다.

얼마간 은주는 학원 수업 외에는 바깥으로 나갈 일을 거의 만들지 않았다. 먹고사는 문제를 자립적으로 책임져야 하는 게 아니었다면 집에만 틀어박혀 있었을지도 모른다. 은주가 이별 후 나름의 방식으로 미래의 초조함을 견디고 있을 때, 성은 또한 유사한 형태의 불안을 다른 방식으로 끌어안고 있었다. 그만뒀던 학원에 새로운 강사 자리가 있느냐는 성은의 물음이 어떤 의미인지 어렴풋이 알았기에 마음이 편치 않았다. 각자 나름의 방식으로 힘겨운 현실을 감당하고 있다는 것을 알면 괜찮느냐는 말조차 함부로 입에 올리기 어려워진다. 다 안다는 말이, 안타깝게 됐다는 유감의 시선이 그 순간 달리 해줄 수 있는 이야기가 없어 건네는 빈말에 지나지 않는다는 것을 은주는 알고 있었다.

시선을 돌리는 곳마다 더 나은 삶이 즐비해 보이면 제 모습이 더욱 비참하게 여겨졌다. 신의를 저버린 연인을 떠올리며 욕지거리를 내뱉었고, 때로는 그 분노가 엉뚱한 방향으로 노선을 틀어 부모나 헤어진 애인을 향한 원망으로 이어지기도 했다. 향방 없이 튀어 오른 분노는 마음을 헤집었지만, 끝내는 이 모든 결과가 스스로

의 무능함 때문이라는 해골 같은 자기혐오에 빠지는 날도 여러 번
있었다.

성은 선생님도 속상한 일을 곱씹으며 출근길에 오를까. 매일의
출퇴근길이 음악으로 위로되지 않을 만큼 힘든 날은 없을까. 은주
는 열악한 환경에서도 생기를 잃지 않는 성은의 씩씩함이 내심 부
러웠다. "좋은 음악은 보이는 풍경을 바꾸는 힘이 있어요. 삭막한 사
무실을 근사하게 만들고, 춥고 어두운 골목의 공포도 부드러운 낭만
으로 바꿔주거든요."라는 성은의 말처럼 나의 주변과 내면도 바뀔
수 있을까, 하고 은주는 생각했다.

○ ○ ○

성은을 만난 건 그로부터 2주 뒤였다. 약속 전날 남아 있던 차진
의 짐을 정리하다 은실이 편집한 책을 발견했다. 책을 훑어보던 끝
에 성은에게 도움이 될 만한 내용이라 따로 챙겨두었다.

다음 날, 둘은 저녁을 먹었다. 이른 저녁이라 식당은 한산했다.

"선생님은 잘 지냈어요?"

"네, 전 이번에 근무가 종료됐어요. 그래서 혹시 학원에 자리가
남아 있는지 여쭤본 거였어요."

정규직의 꿈이 이뤄지지 않은 것에 실망을 느낄 거라는 예상과

달리 성은은 의연했다.

"처음에는 실망도 컸지만, 지금은 괜찮아요. 꼭 이번이 아니더라도 다른 새로운 기회가 있다는 걸 알고 있으니까 그전처럼 괴롭진 않더라고요. 새로운 여정으로 가기 위한 과정이겠죠, 다음으로 향하기 위한."

은주는 성은의 말을 맑고 진한 국물을 들이켜듯 음미했다. 그간 은주에겐 선생님이라는 길 외에 그 무엇도 존재하지 않았다. 지금 선택하는 행로 외에 다른 건 없다고 믿었기에 벌였던 일들과 계획이 실패로 돌아가면, 오갈 곳 없는 신세가 돼버리기 일쑤였다. 지금 이 꿈이 아니면, 이 사람이 아니면 나를 지탱하던 세상이 무너질 것 같아 깨끗이 포기할 수도, 단호하게 마음을 돌이킬 수 없었다.

"마음이 힘들 수도 있을 것 같은데, 의연하시네요. 다행이에요."

"처음에는 힘들었어요. 당장의 생활에 대한 걱정도 있었고요. 그렇지만 다른 곳에서 시작할 수 있는 가능성이 있으니까 섣부르게 실망하지 않기로 했어요. 그 회사 아니면 절대 안 돼, 라는 생각을 가지면 답이 없더라고요. 여기 아니면 결국 난 어떤 가능성도 꿈꿀 수 없게 돼버리는 거니까."

난 섣부른 실망과 자괴감을 느끼는 대신 무얼 할 수 있을까. 이 상황을 벗어나고 싶은 마음만 앞설 뿐 나아갈 방법을 알지 못하는 게 은주가 갖고 있는 근본적인 문제였다. 그간 들였던 노력이 무용한 허비로 전락하는 게 두려워 미련한 오기를 부리는 건지도 모른다. 차진과의 기억, 막막한 고시 생활, 숨 막히는 시험의 중압감에서 벗어나고 싶었지만 학원에서 일하며 시간을 흘려보내는 게 적절한 답이라는 확신은 들지 않았다.

"선생님은요? 요즘 어떻게 지내세요?"

성은의 물음에 은주는 전과 다를 게 없다고 답했다. 다를 게 없다는 건 애매한 답처럼 느껴지지만, 그만큼 은주의 형편을 적절하게 표현하는 말도 없었다. 여전히 어떤 선택도 하지 못한 채, 고민하며 멈춰 있는 상태였다. 새로운 직장에서 새 삶을 시작한다는 설렘과 각오에 차 있던 성은의 얼굴은 약간의 피로가 감돌았지만 위축되어 있지 않은 점이 좋았다. 은주는 "잘될 거예요."라고 말해주었다. 성은뿐 아니라 제 삶도 어딘가로 흘러가는지 알지 못한 채 휩쓸리지 않기를, 소망했던 방향을 비교적 벗어나지 않는 선에서 나아가기를 바랐다.

가방을 뒤적이던 은주는 책 한 권을 건네주었다.

"언니에게 선물 받은 건데, 저보다는 선생님에게 도움이 될 것 같아서요. 한번 읽어보세요."

"고마워요. 잘 읽을게요."

성은은 진심으로 기뻐하며 뒷 페이지부터 펼쳐보았다. 판권면을 훑어보던 성은이 무언가 중요한 것을 발견한 표정으로 조심스레 운을 뗐다.

"선생님, 혹시 전에 말씀하셨던 언니분 성함이 정은실 과장님 아니신가요?"

"맞는데, 어떻게 아셨어요?"

은주의 눈이 조금 커졌다.

"제가 인턴으로 일한 회사가 이 책을 출간한 곳이에요. 그리고 지나가듯 과장님이 언급한 적도 있어요. 여동생이 있는데, 이름이, 은주라고."

언니는 나에 대해 뭐라 말했을까. 퉁명스러운 투로 말하거나 차갑게 밀어내던 제 모습이 밉지 않았을까. 은주가 얼마간 공부에만 열중할 수 있었던 건 언니와 엄마의 희생을 당연한 권리처럼 이용한 덕분이었고, 지지해준 그들의 노고에 빚진 결과였다. 부러 거리를 두었던 시절에도 은주는 언니를 차마 미워하지 못했다. 넉넉하지 않은 형편에도 수험 생활을 지원해준 건 웬만한 정성이 없다면 불가능하다는 것을 모르지 않았다.

"언니가 저에 대해 뭐라고 하던가요?"

이번에는 은주 쪽에서 물었다.

"절 보면 동생이 떠오른다고 했어요. 공부하느라 많이 지쳤을 텐데, 마음을 헤아려주지 못하고 몰아세웠던 시기가 있었던 게 미안하다고 말했어요."

○ ○ ○

성은은, 단기 알바와 채용 공고를 꼼꼼하게 살폈다. 3개월 전과 같은 패턴이 이어지는 나날. 달라진 것이라면 경력란에 '편집자 인턴 경력 3개월'이라는 내용을 추가할 수 있게 된 점이었다. 낯선 번호로 걸려오는 전화에 민감하게 반응하게 된 뒤로 휴대폰을 주시하는 일이 늘었지만 야속하게도 별다른 연락은 없었다. 석원이 보낸 사진에 '난 출근 잘했어.'라고 답하지 못하게 돼버린 게 불편했지만, 그럴수록 빨리 취직해야 한다는 간절한 오기를 되새겼다.

성은은 채용 인원이 급한 곳의 단기 알바부터 시작했다. 호텔 뷔페에서 홀 서빙을 하던 중, 출판사 인사팀의 연락을 받았다.

"성은 씨, 통화 괜찮아요?"

인사팀 과장은 평가 내역을 정정하게 되면서 안내해준 결과가 변경되었다고 말했다.

"제가 정규직 채용으로 바뀌었다는 건가요?"

얼떨떨한 표정으로 성은이 되묻자 인사팀 과장은 맞다고 대답하며 회사로 복귀할 의향이 있는지 물었다. 예상치 못한 소식에 성은은 멍해졌지만 구체적인 연유를 물을 새도 없이 곧바로 오후 알바를 시작할 시점이라 통화를 끝맺어야 했다. 일을 하는 동안에도 성은은 실수로 잘못 안내된 내용이 아닌가 하는 의심을 거듭했다. 연줄과 인맥으로 공고하게 이루어진 조직 체계와 분위기가 마음에

드는 건 아니었지만, 출판업계에서 신입 편집자로 경력을 쌓아 나
갈 수 있도록 기회를 주는 곳이 많지 않았다. 여러 조건을 따져 유
리한 것들만 취할 수 있는 입장도 아니었으니 재입사 제안을 거절
할 이유가 없었다.

○ ○ ○

재입사 날, 건네받은 계약서는 정규 사원이 아닌 인턴 계약서였
다. 3개월에서 6개월로 인턴 기간을 연장해 업무의 이해와 적응 과
정을 충분히 평가할 시간을 갖겠다는 게 입사 조건이었다. 3개월
간의 인턴 기간 연장은 중심을 잃기 쉬운 심판대에 혼자 서야 하
는 일처럼 여겨졌다. 곁에서 일에 대해 알려주고 방향을 제시해준
은실이 더는 곁에 없었으므로 주어진 3개월은 오직 자신의 힘으로
그럴듯한 결과를 만들어야 한다는 부담 또한 상당했다.

다른 대형 출판사에서 스카우트되어 오게 됐다는 편집장은 취
향과 생각이 확고하여 팀원들의 의견을 묻는 일이 거의 없었으며
답이 정해져 있는 경우가 대부분이었다.

이 회사에서 성은이 내적 친밀감을 갖고 대화를 나눌 수 있는
건 규림 외에 없었다. 회사 복귀를 진심으로 축하해 주는 규림에게
성은은 정규직이 아닌 인턴 기간의 연장 형태로 계약을 했다고 털

어놓았다.

"정말 대단하네. 사람 갖고 장난치는 것도 아니고. 애초에 계약할 때 정규직 전환을 목적으로 뽑은 거잖아요. 확 노동청에 신고해버릴까 보다."

규림은 이를 갈며 제 일처럼 분개해주었다. 주어진 상황이 불합리하게 여겨졌지만 법적으로 문제될 건 없었다. 기간제 근로자의 경우 2년을 초과하지 않는 범위에서 반복 갱신이 가능했으므로 인턴 계약을 연장한 것을 문제 삼을 수 없다는 답변을 노동청에서 받았다. 성은이 바란 건 한 조직에서 꾸준히 일을 배우고 익히는 것이었다. 그러나 이곳에선 주어지는 업무가 제한적이었다. 감리나 외부 미팅, 출판 과정 전반을 이해할 수 있는 일에서 성은은 어김없이 제외되었다. 폐쇄된 화장실에서 혼자 있는 시간이 유일한 쉼이었다. 누수가 있는 오래된 건물로 위생 상태가 좋지 않았지만, 혼자라는 것에 공연히 마음 놓을 수 있다는 점 때문에 화장실에 가면 1, 2분이라도 좀 더 앉아 있었다. 안쪽 칸에 숨죽이고 있으면 사람들의 적나라한 이야기를 듣는 게 가능했다. 이전에는 은실이 대화에 자주 오르내렸지만, 요즘은 그 대상이 조금씩 바뀐 듯했다.

"아니, 그게 낙하산이지 다른 게 낙하산이야?"

화장실을 나서려던 성은은 과열된 말소리에 숨을 죽였다. 날카로운 여자의 말에 이어 형원의 음성이 들렸다.

"낙하산이라면 낙하산이죠. 인턴 평가에서 나락 갔는데도 복귀한 거 보면 알잖아요. 기어코 죽지 않고 살아 돌아온 저승사자 보는 기분이었다니까요."

성은은 형원이 지칭하는 대상이 자신이라는 것을 바로 알아차릴 수 있었다.

"하긴 나였다면 불러도 안 왔을 것 같은데 말이야."

"누가 정 과장님 밑에서 일한 거 아니랄까 봐. 그 상사에 그 인턴 아니에요?"

"그 정도의 뻔뻔함은 갖고 있어야 하는 건가. 그러고 보니 형원 씨는 정 과장님이랑 도시락도 먹고 친한 편 아니었어? 왜 전에 다 같이 점심 먹었잖아."

"말도 마세요. 그분은 사람 불편하게 하는 게 있어요. 같이 있으면 답답하고, 숨 막히는."

성은은 대화를 들으며 가까스로 숨을 삼켰다. 뒤이어 형원은 성은과 지하철을 탔을 때 있었던 일화를 늘어놓았다.

"걔도 정 과장이랑 비슷해요. 기껏 생각해서 조언 좀 해주려고 했더니 정색을 하더라니까요? 혼자 표정 굳히고 말 끊는 거 본 뒤로 일절 대화 안 섞잖아요. 어디 무서워서 말을 할 수가 있나. 조용해 보여도 성깔 더러워요."

그 뒤에 다른 동료가 "성은 씨 그렇게 안 봤는데 독한 구석이 있구나."라고 말하며 웃음을 흘렸다. 성은은 손잡이를 손으로 꾹 쥐었다. 원치 않는 조언을 건네려는 경솔한 적극성을 보인 건 그쪽인

데, 이쪽 반응에 대해서만 과잉된 비난을 하는 것만 같아 기분이
좋지 않았다.

14

○ ○ ○

성은은 이대로 사무실을 빠져나와 어디든 가고 싶었다. 차라리 회사 근처에 있는 서점으로 가면 어떨까. 성은은 '우연한 책'을 떠올렸다. 그러나 그날은 하늘이 청명했던 탓에 빌려 온 우산을 두고 빈손으로 출근한 날이었다. 우산을 갖고 온 날, 서점에 들러야겠다고 생각하며 성은은 무거운 걸음을 옮겼다.

발치에 길게 늘어진 그림자마저 짐스럽게 여겨지는 날, 헤드셋을 가방 안에 넣어두고 엄마에게 전화를 걸었다. 아빠와 메시지를 주고받으면서도 부러 석원의 안부를 먼저 물었다.

"아빠는 잘 지내?"

"네 아빠야 여전하지."

"엄마가 집 근처라도 산책할 수 있도록 같이 나가줘. 병원 가는 날을 제외하면 대부분의 시간 동안 집에만 있는 거 건강에 좋지 않아."

"네 아빠가 말 들을 양반이니."

가라앉은 성은의 말투에 주현은 회사에서 무슨 일이 있었느냐고 물었다.

"그냥, 피곤해서 그래."

내일도 회사에서 불편한 얼굴을 마주해야 한다는 사실을 의식하자 숨이 막혔다. 계약 기간이 종료된 뒤에 정규직이 될 거라는 가능성을 조금도 낙관할 수 없었다.

험담을 들을 땐 화가 치밀었지만 기운을 잃고 체념한 마음에는 슬픔만 남았다. 선뜻 일을 그만두겠다는 말을 하지 못하는 건 미래에 대한 두려움 탓이었다. 월세를 밀리지 않고, 전기세와 수도세 등 부가적으로 들어가는 것들이 연체되지 않도록 생활을 유지하려면 이런 조직이더라도 성은에게는 절실하게 필요했다.

성은은 은실의 빈자리를 자주 의식했다. 관계의 불편과 억측, 자의적인 판단이 성행하는 조직에서 버텨낸 그녀가 대단하다는 생각이 들었다. 그 과정에서 흔들리지 않고 기꺼이 제 할 일을 해냈던 태도는 독한 것으로 포장될 게 아니라 꿋꿋한 의지로 표현되는 게 옳았다.

다음 날, 성은은 형원이 화장실에서 했던 말이 과장된 억측이 아니라는 것을 편집장의 이야기를 통해 알게 됐다. 그녀는 성은의 업무 태도를 지적하다 이런 말을 했다.

"성은 씨, 전 사수가 그렇게 가르쳤어요? 질문하기 전에 한 번이라도 생각하고 알아서 좀 해야 하는 거 아닌가. 학교에서 학생 가르치는 것도 아니고, 답답하네."

편집장은 성은의 얼굴을 외면한 채 모니터 화면만 응시했다.

"인사평가 결과에 변동이 생겨서 운 좋게 다시 들어온 거 알고 있어요. 전 사수 덕에 기회를 얻었으면 좀 적극적으로 업무에 임해야 하는 거 아니에요?"

편집장이 내뱉은 말 속에는 성은에 대한 언짢은 불편과 짜증이 집약되어 있었다. 잘못된 판단이나 실수를 하지 않기 위해 건네는 여러 질문은 수동적인 태도로 매도되었고, 매사 신중한 언행은 답답하고 굼뜨다는 말로 평가되었다. 전반적인 회사 생활에서 시험을 치르는 기분을 계속해서 느끼는 건 성은에게는 숨 막히는 압박이었다. 은실까지 무능력한 사수로 전락하게 된 점이 괴로웠다.

재입사가 확정되었던 날, 은실은 제 일처럼 기뻐해주었다. 성은은 기운차게 "열심히 해보려고요. 과장님 말대로 뜻밖의 기회를 얻게 돼서 다행이에요."라고 답했다. 씩씩한 어투로 말했지만, 시간이 흐를수록 회사 생활을 지속할 수 없을 것 같다는 불안이 깊어졌다.

성은은 어린 시절의 기억을 떠올렸다. 동네에서 짝을 이루어 놀적에 홀수로 남게 된 한 명은 대놓고 뺴둘 수 없으니 깍두기 삼아

무리에 끼워주곤 했었다. 깍두기는 놀이에 섞이더라도 팀의 승패에 영향을 주거나 높은 점수를 낼 수 없는, 애매하게 끼어 있는 역할이었다. 그래서 동네 친구들은 홀수로 남은 아이에게 "깍두기로 끼워주긴 할게."라며 선심 쓰는 투로 말했다. 성은은 동네 조무래기들과 골목에서 놀 적에 이도 저도 아닌 깍두기가 되어 천덕꾸러기 신세를 면치 못했던 슬픈 기억이 지금의 처지와 유사하다고 느꼈다. 회사에서 성은은 있으나 없으나 상관없는 깍두기였다. 정규직으로 전환되기를 간절히 바라면서도 이런 시시한 대우를 받으며 일을 해 나가야 한다고 생각하면 근무 시간 중간에도 눈물이 쏟아졌다. 실내에서 마스크를 쓰는 것을 권고하는 분위기였기에 눈가에 번져 흐르는 눈물을 조용히 감출 수 있는 게 그나마 다행이었다.

퇴근할 무렵에는 언제나 석원의 메시지를 받았다. 오늘은 사진 대신 짧은 링크가 전송되어 있었다. 링크를 클릭하자 스틸리 댄의 앨범 전곡이 재생되었다. 1970년대에 인기가 높았던 재즈 록밴드의 음반은 아빠가 자주 틀어두었던 터라 귀에 익었다. 석원은 "다 좋은데, 몇 개 없어."라고 말하며 수집가들을 만족시키기에 부족한 앨범 수를 아쉬워했었다. 여러 앨범과 LP판을 처분하던 날에도 몇 개 없는 그 앨범만큼은 책장 한쪽에 보존해두었다. 랜덤으로 재생되는 스틸리 댄의 노래를 들으며 지하철 벽에 몸을 기대고 섰다. 퇴근이 늦어져서 확인을 이제야 했다고 메시지를 보내자 곧장 답문이 왔다.

ㄴ 오늘도 애 많이 썼네.

얼멍얼멍한 상태로 버티던 마음의 틈바구니를 헤집고 들어온 말에 감정이 일렁였다. 성은은 재빨리 눈가를 훔쳐냈다.

ㄴ 있잖아, 아빠. 같이 일하던 과장님이 회사를 그만두셨어.

ㄴ 넌 괜찮아.

돌아온 답에 물음표는 없었지만 상사의 빈자리에 힘들지 않느냐고 묻는 내용이었다.

ㄴ 새로운 상사도 오고 동료도 생겼는데, 나 혼자 적응하지 못하고 겉도는 것 같아.

ㄴ 네가 많이 힘들겠구나.

ㄴ 그래도 잘해야지. 뭐든 처음부터 쉬운 일은 없으니까.

성은은 스스로에게 타이르는 듯한 말을 적어 보냈다. 은실의 배려 덕에 다시 일할 수 있게 됐으니 노력으로 결과를 만들어야 한다는 책임감도 있었다. 가진 부담에 비해 점점 더 부족하고 허술한 모습을 보이는 게 성은은 괴로웠다.

집에 도착할 무렵, 장문의 메시지가 도착해 있었다. 이 메시지를 쓰기 위해 아빠는 얼마나 많은 자판을 눌러야 했을까. 침침한 눈을 끔뻑이며, 몇 문장 앞에선가 움직이던 손동작을 멈춰야 했으리라. 메시지를 읽을수록 시야가 흐릿해졌다. 가슴을 먹먹하게 만드는 습기 같은 것이 눈앞을 채우고 불편한 죄의식과 닮은 자책이 일었다. 정 과장님은 어떻게 그런 생활 속에서 마음을 지켜갔을까. 집에 돌아온 성은은 일기장에 속내를 써 내려가다 석원의 메시지를 거듭 읽고 또 읽었다.

　└ 성은아, 서울에서 혼자 생활하느라 고생이 많지. 아빠로서 해준 게 없다는 것이 미안하고 고맙다. 할 수 있는 만큼 열심히 하고 자책은 하지 않았으면 좋겠다. 네 엄마나 너한테 가장으로서 내가 제대로 해준 게 없다는 게 늘 미안하기만 해. 끼니 거르지 말고 언제든 집에 와서 밥 먹도록 해라. 힘들 때는 돌아와도 돼.

○ ○ ○

　퇴사하겠다고 말한 건 그만 물이 넘쳐흘러 테이블보를 적신 것 같은 사소한 일이 계기였다. 그날은 이른 새벽부터 비가 내렸다. 그 덕에 성은은 빌린 우산을 잊지 않고 챙길 수 있었다.

　편집장은 성은에게 어째서 원고가 이것밖에 없느냐고 물었다. 감리해서 가져온 가제본이 실제로 요구한 수량과 달라 화가 난 듯했다. 다시 제본을 해 오는 번거로움은 심각할 정도의 문제가 아니었지만, 추가 인쇄를 하는 일에 대해 편집장은 "답답하네, 정말."이라고 중얼거리며 작은 소리로 짜증을 부렸다. 인쇄본을 추가로 가져온 뒤에도 "굳이 말해야 아는 거예요? 제대로 된 상사한테 기본부터 못 배워서 그런가."라는 말로 무안을 주었다. 일머리가 없다는 말은 참을 수 있었지만, 회사를 떠난 사람까지 운운하며 격앙된 감정이 뒤섞인 말로 인격적인 모독을 일삼는 건 참기 힘들었다.

현실적인 상황을 자각하고 있다면 하지 말았어야 할 말을 한 건 퇴근이 가까운 시간의 일이었다.

"저 그만두겠습니다."

절대 해서는 안 된다고 금지해두었던 말을 내뱉자 속이 후련해졌다. 편집장은 퇴사 의사를 밝히는 성은에게 한 번 더 생각해보라고 권유하지 않았다. 놀랍다는 반응도 아니었다. 마치 오래도록 기다렸던 항복의 표시를 듣고 만족한 승자처럼 보였다.

회사를 나오며 성은은 사원증을 자리에 놓아두었다. 당장 어떤 알바든 닥치는 대로 찾아야 한다는 불안이 일었지만, 시종 평가를 의식하던 긴장에서 해방될 수 있다는 안도감이 더 컸다. 고향으로 돌아가고 싶다는 생각을 하지 않았던 건 아니지만 올여름은 다른 일들을 하며 버틸 힘이 남아 있다고 중얼거렸다. 바람이 찬 겨울이었다면 애저녁에 짐을 챙겼을지도 모른다. 치명적인 상흔과 닮은 부채감을 안고 돌아가도 고향집에선 늘 보던 풍경이 기다리고 있겠지. 그곳은 내가 떠나오기 전과 비교했을 때 조금도 달라진 게 없으리라. 마루에 앉아 하염없이 마당을 보는 아빠를, 늦은 시간에 일을 끝내고 돌아오는 엄마를 기다리며 난 어떤 일을 할 수 있을까.

성은은 골똘해졌다. 그러나 아직은 전기세나 연료비에 대한 부담을 갖지 않아도 되며, 먼 거리를 걷는 수고도 기꺼이 해낼 수 있는 계절이었다. 매섭게 추운 날씨에는 언 손가락이 쉬이 곱듯 강한 의지로 거머쥔 마음도 힘을 잃기 쉬웠다. 그래서 엄마는 겨울이 싫다고 말했었다. 추운 날씨에는 괜스레 마음이 심란해진다고, 계절 따라 그대로 얼어버린 마음이 다시 부드럽게 이완되지 않는다고 넋두리를 늘어놓았다.

일이 힘든 건 견딜 수 있었지만, 관계에서 겪는 어려움은 극복할 수 있는 부분이 아니라는 것을 성은은 이번 기회에 실감했다. 어떻게든 이곳에서 버텨야 한다는 생각 대신 훼손되지 않은 온건한 상태로 일할 수 있는 새 조직을 찾겠다고 결심하자 마음이 편안해졌다.

퇴근 후 서점에 들렀을 땐, 북토크가 진행되고 있었다. 그 행사는 직장인 힐링 에세이를 출간한 저자의 출간을 기념하는 자리였다. 서점 주인은 앉을 자리가 충분하니 듣고 가도 좋다고 말했다. 북토크가 진행되는 중간에 연주된 음악은 〈autumn leaves〉라는 샹송으로, 저자가 퇴사 후 프랑스로 여행 갔던 때에 버스킹으로 들은 첫 곡이라는 설명이 이어졌다. 가을과 어울리는 연주는 낙엽 진 파리의 거리를, 산타마리아 델 피오레 대성당을 지나치며 코트 깃을 여미는 파리지앵을 상상할 수 있게 해주었다.

끝나고 돌아갈 적에 성은은 빌린 우산을 건넸다.

"잘 사용했어요. 감사합니다."

"다행이에요. 괜찮으시면 다른 행사 때도 오세요. 다음번에는 소설가가 올 예정이에요."

성은은 고개를 끄덕이며 들고 온 짐 상자를 가리켰다.

"일을 그만두게 됐어요. 앞으로 새로운 일을 시작하면 어려울
수도 있지만, 가능하다면 올게요."

○ ○ ○

점차 관계가 회복되면서부터 은주가 언니에게 자주 들은 건,
"네가 하고 싶은 것을 해도 돼."라는 말이었다. 은주는 미래에 대한
불안을 털어놓으며 그간 들인 노력이 성과가 없었으므로 무의한
허비를 한 것 같다고 고백했다.

"어떤 일이든 기대하는 결과로 이어지는 건 아니더라고. 그 사
실을 알면 마음이 오히려 편안해져. 은주 너도 그 시간 안에서 네
가 할 수 있는 최선을 다했으면 된 거야. 그 뒤의 결과는 네 소관이
아닌 거지."

그건 적절한 시기에 은주에게 필요했던 말이었다. 좋은 결과를
만들어냈더라면 차진과의 관계에 문제가 없었을 거라는 자책에 괴
로운 날마다 은주는 그 말을 떠올렸다.

　여느 때와 같이 출근을 서두르던 은주는 그날따라 책상 위에 놓인 팸플릿을 훑어보았다. 은실이 같이 가자고 제안한 강연에 관한 정보를 찾아보며 어떤 욕구가 일렁이는 것을 느꼈다. 어두운 하늘을 응시하던 은주는 학원에 연락을 취했다. 은주의 입에서 "몸이 좋지 않아서 쉬어야 할 것 같아요."라는 말이 나왔다. 이 정도의 피로를 두르고 침대에서 몸을 일으키는 건 일상이었다. 그런데 어째서 그런 말로 수업을 빠졌을까? 은주는 고인 흙탕물을 피해 걸음을 옮기며 반문했다.

　부장 강사는 내키지 않는 투로 꼭 빼야만 하는 거냐고 물었다.

　"그간 지속적으로 연장 근무를 해왔어요. 더는 무리예요."

　은주는 상태가 좋지 않다고 말한 뒤에 전화를 끊었다. 사면이 결착된 밀폐 용기에 갇혀 있는 느낌, 한 줌의 산소도 허용하지 않는 것만 같은 압박에서 해방되고만 싶었다.

　은주는 전날 은실에게 연락 왔던 일을 곱씹었다.

　"같이 가면 좋은데, 시간 내기 어려운 거지?"

　"청강해야 할 수업이 생겼어. 내가 가고 싶다고 해놓고 취소해서 미안해."

　"다음에 기회 되면 같이 가자."

은주는 언니가 말한 다음이 영영 오지 않을 것 같다는 생각이 들었다. 이른 아침 눈을 떴을 때, 우발적으로 수업에 못 간다고 연락한 건 그런 이유도 상당 부분 작용했다.

　말려둔 우산을 가지런히 펼치며 오랜만에 올려다본 하늘은 비가 오기에 알맞은 빛깔로 어두워져 있었다. 비가 그치면 얼마간 볕이 눈부시도록 화창한 날이 지속될 것이라는 일기예보가 귓가를 맴돌았다. 맑은 날씨가 지속되면 주인 잃은 우산을 제자리에 돌려놓는 일을 망각한 채 집 안 어딘가에 방치해둘 수도 있다.

　'우산을 돌려주러 서점으로 가자.'

　잘한 걸까. 서점 앞에 다다랐을 때 은주는 그런 생각이 들었다. 오늘 주지 못한다고 해서 영영 주인에게 돌려줄 수 없는 것도 아니지만 그냥 그렇게 하고 싶었다. 달리 그 말밖에는 이 감정을 설명할 길이 없었다.

에필로그

○ ○ ○

입구에서 푸르른 잎을 흔드는 율마가 반겨주었다. 원하는 만큼
빗줄기를 흠뻑 맞은 잎사귀는 기분이 좋은 듯 하늘로 명랑하게 솟
아 있었다. 잎의 테두리를 손끝으로 만지자 가늘고 부드러운 잎이
닿는 느낌이 좋았다. 너울지듯 푸르른 잎사귀가 바람에 흔들리는
광경을 보고 있을 때, 입구에서 나온 서점 주인과 마주쳤다. 남자는
웃는 얼굴로, "오셨어요." 하고 인사를 했다. 마치 은주가 이곳에
방문할 것을 알고 있던 것처럼 자연스러운 반가움이 느껴졌다.

"생각보다 빨리 오셨네요."

"마침 비가 오려는지 이곳에 처음 방문한 날처럼 하늘이 흐려서

요. 생각난 김에 우산 가져다드리려고 왔어요."

"잊지 않고 가져다주셔서 감사해요."

"빌렸던 우산에 이니셜이 있던데 본래 주인의 이름인가요?"

은주는 쥐고 있던 우산의 손잡이를 가리키며 물었다.

"그건 단골 손님의 우산이에요. 원래 있던 것 대신 본인이 사용하시던 걸 가져다 두셨어요."

은주는 고개를 끄덕이며 율마 잎에 맺혀 있는 빗물을 구경하듯 보았다.

"저 식물, 볼수록 색이 참 예뻐요. 이름이 율마였죠?"

"맞아요. 생기가 없다가도 빗물을 머금으면 언제 그랬냐는 듯 살아나요."

"그러고 보니 처음 온 날에도 이 부근에 율마가 있었어요. 그날도 비가 왔던 것 같은데……."

"그러게요. 어쩌다 보니 오늘도 비가 오는군요."

"날씨 요정은 못 되나 봐요. 가는 곳마다 우중충한 먹구름을 몰고 오는 사람인 건지."

은주가 자조적인 투로 중얼거리자, 서점 주인은 담담하게 답했다.

"우연히 그날 비가 왔을 뿐인걸요. 비가 오는 게 나쁜 것도 아니고요."

"그렇지만 우연찮게 오늘 날씨가 맑았더라면 어땠을까 싶어서요."

은주는 율마의 여린 잎을 아이의 뒤통수를 쓸어주듯 매만졌다. 쏟아지던 빗줄기가 잦아들면서 남자의 음성이 또렷하게 들렸다.

"귀한 것들은 적절한 시기에 우연히 오는 경우가 많아요. 비가 오기를 기다리는 식물들한테는 이런 날이 우연한 행운인 거예요."

생각에 잠겨 있던 은주의 입꼬리가 완만하게 휘어졌다.

"그러고 보니 오늘 우산을 잊지 않고 가져올 수 있었던 것도 비가 온 덕분이네요."

그 말 뒤에 은주는 조그맣게 웃으며 "아주 나쁜 우연이 아닐 수도 있네요. 제가 여기 온 건 비가 온 것도 한몫했으니까."라고 중얼거렸다.

남자는 화분을 두 팔로 지탱하며 천천히 계단을 내려갔다. 은주는 그를 따라 안으로 향했다. 그날 서점에서 흘러나오는 음악은 성은이 알려준 곡 중 하나였다. 몇 번이나 반복적으로 들어서 귀에 익은 선율이 들리자 은주는 반가움을 느꼈다.

은주 선생님에게 주려고
챙겨둔 책을 보게 됐다.

언니네 출판사에서
냈던 책인데,
오랜만에 보네.

책장을 넘기다 간지 사이에 적어둔
언니의 짧은 편지글을 보았다.

엇, 우산에 붙어 있던
이니셜이랑 같은데,
설마.

To.은주
은주에게
이 책이
동이 되기를 ♡SJ♡

글씨체가 같은 걸 보면
언니의 우산이 맞구나.
서점에 갔다가
두고 갔던 건가 봐.

언니에게 직접 우산을
돌려주고 싶었다.

어쩌면
그냥 언니가
보고 싶은
건지도 몰라.

○ ○ ○

　늦은 저녁, 강연 시각이 가까워졌을 때, 은실은 서점 쪽으로 부리나케 뛰어왔다. 비에 젖은 어깨와 옷소매를 손으로 털고 있을 때 검은 우산이 드리워졌다. 고개를 돌리자, 은주가 이쪽으로 우산을 기울여주고 있는 게 바로 보였다.

　"은주야, 어떻게 왔어?"

　동생을 발견한 은실의 얼굴에 여러 표정이 스쳤다.

　"꼭 와보고 싶었던 곳이라서. 같이 오기로 약속하기도 했었고."

　은주의 손에 들려 있는 우산이 익숙하다는 것을 깨달은 은실의 눈이 뒤늦게 커졌다.

　"어, 이 우산은⋯⋯."

　"전에 왔을 때도 오늘처럼 비가 왔어. 그때 빌린 우산인데, 언니의 이니셜이 새겨져 있더라고. 나도 뒤늦게 알게 됐어, 언니 우산이라는 건."

　은주는 언니와 각별한 애정을 나눴던 시절로 돌아온 것 같은 기분을 느꼈다. 인숙은 늘 말했었다. "난 너희가 힘들 때 서로에게 기댈 수 있는 친구 같은 자매가 됐으면 좋겠어. 내가 채워주지 못한 부분을 서로 채워주면 좋겠구나." 인숙은 두 사람이 돈독한 관계이기를 바랐다. 은주는 언니 손을 붙들고 동네를 누볐던 산책의 순간을, 같이 읽었던 책 속의 수많은 문장이 남긴 감상을, 잠들지 못하는 밤의 다정한 다독임을 떠올렸다. 그때는 언니의 그림자 뒤에 숨던 꼬마였지만, 이제는 제 몫을 해 나가야 할 한 명의 어른이 되었다는 것을 새삼 의식했다.

"비가 오는 게 나쁘지만은 않은 것 같아. 그렇지 않았으면 여기 오지 못했을지도 몰라."

은주는 우산의 물기를 바깥으로 가볍게 털어내며 말했다.

작가의 말

○ ○ ○

　소설 속에 등장하는 은실, 성은, 은주는 일상에서 만날 수 있는 평범한 사람들이다. 사무실 옆자리에 앉아 있는 동료, 버스 차창에 머리를 기댄 채 노곤한 안색으로 잠든 여인, 얼큰하게 취한 얼굴로 걷는 남자의 느슨한 넥타이 같은 건 익숙한 풍경이라 지나치기 쉽지만, 그들이 주인공인 이야기를 꼭 한 번은 다루고 싶었다. 아니, 그들은 곧 우리의 모습이니 곧 '나(=우리)'를 주인공으로 한 소설을 쓰고 싶었다는 말일 수도 있겠다.

　은실이 사직서를 내기까지 7년이라는 세월을 버티어냈던 것처럼, 성은이 입사한 회사에서 고군분투하던 것처럼 나 또한 일상을 영위하기 위해 안간힘을 쓰며 견디던 시절이 있다. 그때의 나는 은 주처럼 꿈을 향해 걸어가는 과정이 불안하여 긴박한 초조함과 공포를 느꼈다. 사라지지 않는 상념을 한철 연애에 기대어 해소하려 했지만, 물거품 같은 노력이었다. 금방이라도 중심을 잃고 휩쓸릴 것만 같은 아득함에 아침이 오는 것을 저주하면서도 손에서 놓지 않은 건 펜이었다. 미숙하게나마 적어 내려간 글이 당시에 나를 살렸다고 생각한다. 내가 쓴 문장은 나를 붙들었고, 내가 써 내려간 다짐은 내일의 나를 이끌었다. 복잡한 생각 대신 무엇이든 쓰고야 마는 습관 덕택에 지독하고 긴 이십 대의 어두운 터널을 지나갈 수 있었다.

소설을 쓰는 건 오랜 꿈이었고, 짝사랑으로 끝나버릴 거라 자조하던 동경 자체였다. 난 내 이야기를 쓰는 데에는 거리낌이 없었지만, 이상하리만치 소설을 쓰는 일만큼은 막연한 부담과 고충이 있었다. 내가 만든 인물에 사람들이 공감할까, 과연 설득될 만한 서사인가, 라는 자조적인 속삭임이 이어졌다. 그럴 땐 부러 귀를 막고, 에라 모르겠다 싶은 마음으로 써 나갔다.

내가 에세이가 아닌 소설이라는 장르를 동경한 건, 자신에게만 국한한 자기 고백적 글쓰기에서 진보하여 이야기의 둘레를 넓히고 싶었기 때문이다. 말하고 싶은 것을 직접적인 문장으로 고백하는 것도 좋지만 이번에는 독자들이 투영할 만한 평범한 인물을 통해 보여주고 싶었다. 때로는 직접적인 말보다는 어떤 사람의 눈빛과 발걸음, 깊은 한숨 등에서 더 많은 것들을 전달할 수 있다.

결국 에세이적 글쓰기에 적응되어 있는 나의 소설에는 이곳저곳에 내 경험과 생각이 녹아들었다. 이들의 시시할 정도로 별것 없는 하루가 누군가에는 불현듯 제 얼굴을 거울에 비춰보는 듯한 기분을 느끼게 하지 않을까. 평범한 우리의 꿈은 잔잔하게 흘러가는 것이지만, 그런 하루를 바라는 시시한 걸음도, 어떤 시점에는 나를 더 나은 곳으로 데려다줄 거라 믿는다.

좀처럼 삶에 정착하지 못하여 불안하거나 무기력함에 침잠한 누군가에게 이 책이 씩씩한 온기를 불어넣어 주면 좋겠다. 날마다 반복되는 생활 속에 우리는 시시할 정도로 작은 일에 울고, 사소한 일에 기뻐하며 '그럼에도 불구하고 내일은 더 낫지 않겠어?'라는 위안으로 살아간다.

그 작은 위로의 사탕을 깊숙한 주머니에서 꺼내 건넨다. 이 글이 노곤한 일상에 달콤한 사탕이 되어주기를. 그러다 보면 긴 하루의 끝자락에서 '무탈한 하루에 안도하게 됐어.'라고 말하며 미소 짓는 날이 더 많아질 테니까.

무탈한 하루에 안도하게 됐어

초판 1쇄 인쇄 2024년 2월 5일
초판 1쇄 발행 2024년 2월 21일

지은이 라비니야
펴낸이 이범상
펴낸곳 (주)비전비엔피 · 애플북스

기획 편집 차재호 김승희 김혜경 한윤지 박성아 신은정
디자인 김혜림 최원영 이민선
마케팅 이성호 이병준 문세희
전자책 김성화 김희정 안상희 김낙기
관리 이다정

주소 121-894 서울특별시 마포구 잔다리로7길 12 (서교동)
전화 02) 338-2411 | **팩스** 02) 338-2413
홈페이지 www.visionbp.co.kr
이메일 visioncorea@naver.com
원고투고 editor@visionbp.co.kr
인스타그램 www.instagram.com/visionbnp
포스트 post.naver.com/visioncorea

등록번호 제313-2007-000012호

ISBN 979-11-92641-26-3 03810